FRENTE AL ESPEJO DE OLORÚN

El fin del baile

COLECCIÓN CANIQUÍ

EDICIONES UNIVERSAL, Miami, Florida, 2013

Luis F. González-Cruz

FRENTE AL ESPEJO DE OLORÚN

El fin del baile

Novela

-·-EDICIONES UNIVERSAL

———

Primera edición, 2013

EDICIONES UNIVERSAL
P.O. Box 450353 (Shenandoah Station)
Miami, FL 33245-0353. USA
Tel: (305) 642-3234 Fax: (305) 642-7978
e-mail: ediciones@ediciones.com
http://www.ediciones.com

Library of Congress Catalog Card No.: 2013932542
ISBN-10: 1-59388-247-5
ISBN-13: 978-1-59388-247-1

Composición de textos: María Cristina Zarraluqui

Dibujo de la cubierta: *El último baile*, óleo sobre lienzo
de Mario Torroella

Foto del autor: Asela Torres

Diseño de la cubierta: Luis García-Fresquet

Esta es una obra de ficción. Cualquier semejanza con hechos reales o
personas vivas o muertas es pura fantasía del autor y mera coincidencia.

A Ali y Silvia, siempre.

Al eminente investigador y amigo
Sir Herbert Priestley Dorset, con respeto y admiración,
a pesar de nuestras leves discrepancias teóricas.

A aquellos que sufren, ríen y lloran.

A los que creen en las cualidades esenciales del amor:
la pureza y la verdad.

A Isadora Alonso, dondequiera que esté, rogándole su perdón.

F. B.

«Una tirada de dados jamás abolirá el azar».

Stéphane Mallarmé

Índice

1
Un baño de sangre

Tenía tres años. Tules desgarrados y sangrientos pendían de los cuatro pilares de mi cama. «*Cuatro angelitos que te acompañan: Lucas, Juan, Marcos, Mateo; acuéstate Panchito y no tengas miedo*», *remachaban mi madre y mi padre, repitiendo una y otra vez la letanía en voz altisonante. Sabía, desde la perspectiva del hombre maduro que yo era y soñaba todo eso, la imposibilidad de oírlos, porque al morir ellos, sus palabras habían sido sepultadas con sus cuerpos. Entonces me acribillaban cientos de puñales en mi camita de niño, adonde mis padres no podían venir ya a socorrerme. Comenzó a entrar por las puertas y ventanas un torrente de sangre que lo iba inundando todo y se convertía de inmediato en un mar rojo, tumultuoso, revuelto, que me envolvía en su oleaje y me halaba hacia la profundidad, impidiéndome salir a flote. La falta de aire me hizo despertar. Traté de mantener los ojos abiertos y despejarme para poder pensar en los hechos tal como habían ocurrido y no según los deformaba mi mente descontrolada en aquel duermevela.*

* * *

Fueron varias las semanas durante las cuales no pude dormir tranquilo a partir de la noche de pánico cuando tocó directamente a mi puerta la catástrofe, aunque no era yo en realidad la víctima, tal como había *visto* en mi sueño. Y Bruna, mi Santa Negra protectora, que velaba eternamente por mi bienestar, se me aparecía con frecuencia, a veces después de las pesadillas que me sacudían, tan pronto me volvía a adormecer, para tratar de darme con sus palabras el sosiego que tanto necesitaba.

Según reportaron las autoridades, a las dos o las tres de la mañana se levantó, fue a la cocina, tomó un cuchillo de una de las gavetas, se dirigió a la saleta, y comenzó su tarea de aniquilar la vida de la carne dormida. Los exámenes forenses no tuvieron otra alternativa que reportar «*multiple stabbings*», «múltiples puñaladas», porque fue imposible determinar cuántas veces entró el cuchillo en un mismo lugar. Cuando llegué, la casa era un baño de sangre. Las autoridades dejaron en su sitio los restos humanos hasta que terminó la investigación, pero el entra y sale de policías y oficiales de homicidio fue dejando manchas de sangre en el piso por todas partes y hasta en la estrecha vereda que conducía de la calle a la casa. El asesinato lo cambiaba todo. O, al menos, de momento, así lo parecía. Cambiaban, desde luego, los acontecimientos que se desencadenarían a partir de entonces y también el destino de todos los involucrados. Pero al paso del tiempo, en el fondo de los corazones no cambiaba nada, porque el hombre termina por adaptarse a su nueva realidad, a pesar de los mayores infortunios. Su inteligencia le permite ajustarse con rapidez al medio que lo rodea y a las circunstancias que conforman su presente, aparte de que la única ley inexorable de la creación a la que pertenecemos es el perpetuo cambio. Dichoso aquél que así lo entienda.

* * *

Esta *memoria*, que ahora continúo redactando, después de terminar, con la asistencia de mi amigo Editor, dos volúmenes que él se ocupó de publicar, no intenta más que dar fe de ciertos sucesos que por su singularidad, merecen ser documentados. También me propongo —por deber hacia los lectores de mis anteriores apuntes— acabar el recuento de aquellos asuntos que quedaron sin ventilar en la segunda parte de esta serie, titulada *Las nalgas de Olorún*. Cuando completaba yo las páginas finales de ese libro, Mendel (quien yo no sabía si era hijo mío o no) se había marchado a Cape Cod y vivía con su esposa Sandy, a quien conoció en un crucero que realizamos juntos alrededor de Sudamérica. Mendel y yo conversábamos por teléfono casi a diario. A medida que pasaban las semanas de haberse separado de mí, yo sentía que aumentaba su necesidad de estar en contacto conmigo. Por teléfono parecía cómodo haciéndome comentarios personales, algo que pocas veces había hecho cuando estaba a mi lado. Hubo, desde luego, excepciones a la regla, como aquella vez que sentados frente al lago Llanquihue me relató lo que recordaba de la vida íntima de su madre y su desconocimiento de la identidad de su verdadero padre. En otras ocasiones, me confió, asimismo, datos de su niñez y adolescencia.

La personalidad de Mendel me resultaba ya bastante clara y me parecía que comenzaba a depender de mí afectivamente. Todos los detalles de su vida con Sandy venían a ser parte de sus confidencias telefónicas. Por lo general, las llamadas las hacía él y en realidad venían a interrumpir muchas veces los pocos ratos que lograba dedicar a mi escritura. Pero gracias a ellas, me enteraba de sus quehaceres y de los de su compañera, así como de aquéllos de Dina, su madre, con quien también estaba Mendel en contacto telefónico frecuente. Dina había pasado años sin poder conseguir que le instalaran un teléfono, pero ahora Mendel le había enviado uno móvil (*celular*), a través de una agencia en Miami que se ocupaba de estas cuestiones, y él lo pagaba mensualmente desde aquí. A partir de aquel señalado día, cuando me llevé a Mendel de casa de su madre en La Habana, casi obligado por ésta, para traerlo conmigo a los Estados Unidos, había hablado pocas veces con ella. De cualquier modo, era una operación complicada, pues tenía que conectarme con una persona conocida de ella que sí tenía teléfono en su barrio, concertar una hora determinada, y volver a llamar entonces cuando Dina estuviera en la casa de su vecina. Durante el tiempo que Mendel vivió conmigo, era necesario que él ocasionalmente se comunicara con su madre, pero yo repudiaba aquellos contactos en que me veía forzado a oír la voz de la mujer que me inició en los misterios del sexo para abandonarme tan pronto consiguió de mí lo que se proponía, que fue incapaz de demostrarme afecto, ocultándome durante más de treinta años que de aquel encuentro —según me manifestó— había surgido Mendel. Siempre tuve la impresión de que Dina me mentía; después de las referidas declaraciones que Mendel me hizo mientras reposábamos junto a las quietas aguas del lago chileno —refiriéndose a los múltiples amantes que tuvo su madre en la época en que intimó conmigo—, se intensificaron las dudas que tenía de que fuera mi hijo. Me resultaba claro que todos aquellos embustes tenían como único propósito resolver su problema y el de Mendel; sacarlo a él del país con la esperanza de que un día cualquiera pudiera él hacer algo por ella. El momento parecía haber llegado; sus maquinaciones, como siempre, daban el resultado que ella esperaba, aunque, suponía yo, habría inesperadas variantes que de algún modo impartirían la justicia severa del Gran Dios contra ella. Mendel me dio la noticia; quería traer a Dina a los Estados Unidos de visita, con miras a que estando en territorio americano pudiera, si su madre así lo deseaba, quedarse a vivir permanentemente con ellos. Para él y para Sandy no había limitaciones monetarias; ésta no tuvo el menor reparo en secundarlo en su proyecto. Me contó Mendel que Dina estaba entusiasmada con la idea, y él, pienso yo, podría llenar el vacío afectivo sentido desde que se separó de ella, porque Sandy no podía darle un cariño semejante al de su progenitora. La joven y él tenían más o menos la misma edad y aquélla lo deseaba como marido. Él, por su parte, se creía forzado a demostrar su virilidad, puesto que la intimidad entre ellos se había originado con las sesiones enloquecidas de sexo en las cuales, durante la primera parte del crucero en el que se conocieron, participaba también Lois, la amiga de Sandy que viajaba con ella. La unión tenía una base, por tanto, carnal, pero, como es natural, todo fue cambiando, relativamente, al pasar los meses, aunque Mendel no lo advirtiera. La futura visita de Dina, fuera permanente o no, venía a proyectar en mi futuro una nueva interrogante. En una de las conversaciones telefónicas que tuvo con su hijo, me envió un recado enigmático. Le pidió a Mendel que cuando hablara conmigo me informara que tenía necesidad de verme tan pronto llegara a los Estados Unidos y que, si yo podía, que la llamara a Cuba cuanto antes. Por lo menos dos años habían transcurrido desde la última vez que nos comunicamos debido, en primer lugar, a lo difícil que era localizarla para que viniera al teléfono de la vecina, y, en segundo, a los pocos deseos que yo tenía en realidad de oírla. Me sentí obligado a llamarla, porque no iba a tener otra alternativa que la de enfrentarme con ella cuando viniera y, por otra parte, porque prefería limar asperezas en un momento cuando se entreveían inevitables encuentros familiares entre Mendel, Sandy, ella y yo. Marcando el número que Mendel me había proporcionado del teléfono móvil de su madre, contestó de inmediato:

DINA. ¡Oigo!
YO. Dina, te habla Francisco.
DINA. ¡Al fin resollaste! ¿Mendel te dio mi recado?
YO. Sí, me dijo que querías hablar conmigo.
DINA. Figúrate, tantas cosas han pasado desde la última vez que conversamos... ¿Ya sabes que Mendel y su esposa quieren que me vaya a vivir con ellos?
YO. Sí, ya estoy informado.
DINA. No estoy muy segura, Francisco. De momento iré de visita. No quiero ser una carga.
YO. No creo que lo seas. No he estado en Cape Cod, pero según me cuenta Mendel, tienen un caserón con ocho dormitorios; además, Sandy es inmensamente rica.

DINA. Sí, ya sé. La parte económica está resuelta, pero, cómo explicártelo... mi situación ha cambiado... Estoy vieja... El tiempo no se detiene...

YO. (*Interrumpiéndola.*) Mira, Dina, perdona mi franqueza, pero yo no pensé que pudieras sobrevivir tanto tiempo después de vernos en La Habana. Aquel día me dijiste que te quedaban pocos meses de vida, que te estaban haciendo diálisis y te habías negado a continuar el tratamiento. Ése era el motivo más importante por el cual querías que trajera a Mendel a vivir conmigo a los Estados Unidos, porque tú no podrías cuidarlo cuando llegara el final. Han pasado más de dos años y sigues vivita y coleando ¿Cómo lograste recuperarte para durar tanto tiempo?

DINA. ¡Ay, Francisco, qué cosas se te meten en la cabeza! Oigo rencor en tu voz...

YO. (*Interrumpiéndola de nuevo.*) Perdóname, no creo que esta conversación telefónica, que resulta bastante cara, sea el momento de discutir nada de esto. Querías que te llamara, y lo he hecho. ¿En que puedo servirte?

DINA. A mí en nada, o casi nada, quiero decir. Son cosas que nos conciernen a ti y a mí. Te debo explicaciones y quisiera dártelas en persona, que nos viéramos en Miami a mi llegada, antes de seguir para Cape Cod. Me gustaría estar un tiempo contigo...

YO. Mendel no me ha confirmado si viene a Miami a recibirte. No sé nada de los arreglos que han hecho él y tú; pero no veo inconveniente en lo que quieres. De verdad, no creo que necesites darme explicaciones de nada. Los contratiempos que has ocasionado en mi vida son cosas del pasado que ya ni cuestiono, si es que eso es lo que tienes en mente...

DINA. Hay cosas que tienes que saber, Francisco, y no quiero que... (*La comunicación se corta momentáneamente. Oigo algunas palabras y me pierdo otras.*)

YO. ¿Cómo dices? No te oigo bien.

DINA. ...que tengo que entregártelo en persona.

YO. ¿A qué te refieres?

DINA. No puedo darte más detalles por teléfono. Cuando nos veamos, te entregaré eso que te he guardado tantos años y todo te lo contaré. Créeme que te recuerdo siempre con mucho cariño. (*Noto algo falso o hipócrita en su última afirmación.*) Ojalá mi salud se mantenga para poder hacer el viaje; y el destino decidirá si me voy con Mendel y Sandy, si me quedo en Miami o si regreso para acá. ¿En tu apartamento podrías acomodarme? (*Yo no contesto temiendo el compromiso que contraería si dijera que sí. Hay un lapso en la conversación de varios segundos en que ninguno de los dos dice una palabra. Dina al fin habla.*) ¿Estás ahí, Francisco?

YO. ¡Aquí estoy!

DINA. No gastes más. Un abrazo.

YO. Bueno, Dina. Nos veremos de nuevo... si así Dios lo dispone. Hasta pronto.

DINA. Hasta pronto.

* * *

En aquel momento, si Dina venía de paso por Miami, yo *ni quería* ni podía alojarla en mi apartamento. Luz —treinta años menor que yo, con quien mantuve lazos íntimos— y nuestros hijos mellizos, Cosme y Damián, ocupaban entonces el único dormitorio disponible, que Mendel había desalojado. Los había traído a mi hogar, con la esperanza de poder criar entre Luz y yo a los bebitos, a pesar de la caprichosa decisión suya de no convivir maritalmente conmigo. La volubilidad de su carácter me hacía soñar con un futuro acercamiento, pues nuestra relación se había reanudado en otras ocasiones después de comportarse ella de modo similar. Pero el cuidado de los niños hizo que la salud mental de Luz, en vez de estabilizarse, se fuera deteriorando a medida que pasaban los días. Esto no me hacía sospechar que Luz fuera a *enloquecer* —dicho sea de un modo simplista—, puesto que sus crisis habían sido siempre cíclicas, y de ellas emergía al fin y al cabo gracias a algún medicamento que acabara de salir al mercado; no quedaba ninguno que no hubieran utilizado ya sus médicos. Terminó al fin ingresada otra vez en el sanatorio donde nos habíamos conocido. Y me tuve que enfrentar a una situación nueva y complicada que me obligó a tomar una decisión drástica. Por no tener a una persona de confianza que pudiera ocuparse de los niños, busqué la asistencia de Acacia —para quien Luz era poco menos que una hija— con el propósito de que atendiera a aquellos ángeles como si fueran sus nietos. La remuneraba adecuadamente por sus servicios; con mi ayuda económica aseguraba, además, que no faltara nada en aquella casa. Así pues, ella y su amiga Elena vinieron a suplir la falta de una verdadera madre y un padre, aunque yo no dejaba de visitarlos con frecuencia. Los bebitos comenzaban a llamarme «Apá» cuando me veían y elevaban sus bracitos para que los cargara. Cuando Luz fue dada de alta —anticipadamente y por error, según descubrimos después— del sanatorio, a todos los involucrados en su caso nos pareció recomendable que volviera a vivir, como antes de conocerme —aunque ahora con hijos—, en el hogar de Acacia, quien sabía cómo manejarla mejor que yo en sus ataques de bipolaridad.

Durante el tiempo que Luz estuvo a mi lado sin que hubiera entre nosotros lazos de *intimidad*, me resultaba incómoda la rara relación con ella, a quien, por temor a una reacción violenta suya, no me atrevía a poner ni un dedo encima. Yo tenía que reprimir mis deseos carnales cuando se despojaba de la ropa ante mí con absoluta naturalidad. No creo que tuviera conciencia de sus actos ni del apetito que en mí despertaba; todo era parte de su conducta enajenada. Eso sí, tenía que llevarla conmigo adonde yo fuera, pues se resistía a que la dejara sola. Cuando aparecía alguien a quien tuviera que dar cuentas de mi nexo con aquella mujer, la presentaba como «mi amiga». Pensar en aquel momento en un matrimonio hubiera sido absurdo. A la larga, fue mejor que ni ella ni yo consideráramos tal unión, pues la separación no se hizo esperar. Debo confesar que el tiempo que pasaron Luz y los gemelos bajo mi techo, la vida se me hizo agobiante. De repente me vi privado de toda libertad para moverme. A pesar de ser dos querubines adorables que parecían haber bajado del cielo, los niños llegaron a convertirse para mí en una carga insoportable que me impedía disfrutar de cualquier distracción o salida. Luz insistía en que siempre nos acompañaran Cosme y Damián. El entusiasmo inicial de la paternidad no duró mucho. Los llantos y chillidos que me abochornaban cuando comíamos en algún restaurante decente, los vómitos inesperados que me arruinaban la ropa cuando no tenía otro remedio que cargar a uno u otro para apaciguarlo, los pañales malolientes, llegaron a rebosar la copa de mi aguante. La situación se hizo insostenible. La enfermedad de Luz, nefasta para ella, fue esta vez salvadora para mí, pues puso fin a mi pesadilla al verme obligado a buscar en Acacia la ayuda requerida. Y respiré de nuevo. Mi cariño hacia los niños se hizo mayor en la prudente distancia que ahora me separaba de ellos. Si hubieran estado más tiempo a mi lado, quizás no hubiera desarrollado por ellos tal amoroso y paternal sentimiento. Pero habría sido mejor, a fin de cuentas, que no me encariñara, y así evitar después tanto sufrimiento.

* * *

Mis inquietudes de carácter religioso, por otra parte, se mantenían vigentes. A pesar de haberme topado ya una vez, *en persona*, con el Ser Supremo, en las alturas de los Andes, había una multitud de misterios que debía dilucidar para hallar la paz y la resignación que requería mi espíritu; tal necesidad se intensificó sobremanera después de la gran tragedia familiar que voy a referir. Olorún, en el poblado andino de Parinacota, se despidió de mí a toda prisa cuando advirtió la presencia de una compañera de viaje que vino a interrumpir nuestro místico encuentro, diciéndome: «Adiós, Francisco... Nos volveremos a ver un día de estos, cuando no haya curiosos a nuestro alrededor». Tenía absoluta confianza en las palabras de El Supremo, y sabía que esperaba por mí para hacerse presente, aunque no podía precisar ni el lugar ni el momento del próximo encuentro. Era de suma importancia que yo le siguiera los pasos, con la asistencia de Bruna, quien iba guiando mi vida a través de los sabios consejos que me daba en sueños. Esperaba que Olorún le diera a mi apesadumbrado corazón sosiego, acompañado de la claridad espiritual y la felicidad que nunca hasta entonces había alcanzado. Dentro de mí aún se mezclaban y confundían de modo incongruente, formando una amorfa amalgama, las creencias aprendidas de Bruna, las revelaciones que personalmente había tenido, y las convicciones que me llegaban a través de la tradición cristiana de mi familia. Las singulares experiencias que tuve en lugares remotos, me obligaban a continuar mi peregrinaje, aunque no sabía exactamente hacia qué Meca dirigirme o en qué guerra divina alistarme. Los santos de mis ancestros se mantenían silenciosos. Olorún, sin embargo, a través de Bruna —según ella me decía— me vigilaba y protegía, aunque dejaba siempre que fuera yo quien tomara las decisiones que regulaban mi vida. Nunca he podido determinar hasta qué punto dichas determinaciones fueron actos volitivos propios o parte inquebrantable de sus designios. O sea, es posible que lo que yo suponía era producto de mi libre albedrío, tal vez estaba predestinado por Él, haciéndome creer que yo actuaba en función de mi intelecto y razón. Fuera como fuera, volvió a ocupar mi pensamiento un proyectado recorrido que, hacía algún tiempo, tuve que aplazar indefinidamente, al verse mi salud mental algo quebrantada. Varios motivos de formidable peso influyeron para que comenzara a preparar, ahora en firme, el viaje que realizaría en barco para llegar a los lugares que más me interesaban —por aquellos días mi aversión hacia los vuelos en avión se había agudizado—.

* * *

Hacía varios años que estaba pendiente del crucero alrededor del mundo que realizaba anualmente el vapor Queen Elizabeth II, comúnmente conocido como el QE2, pero no se me había proporcionado la posibilidad de que pudiera embarcar y desembarcar en un mismo puerto que me fuera asequible desde Miami. O bien partía de Nueva York y terminaba el trayecto en Inglaterra, lo que me hubiera obligado a volar de vuelta a Miami; o hacía el regreso de Europa a Nueva York, donde habría tenido que desembarcar y tomar transporte terrestre con el abundante equipaje hasta Miami. Un nuevo itinerario ponía a mi alcance y hacía muy atractiva para mí, al fin, tal aventura marítima. En esta ocasión, el QE2 partiría de Port Everglades, el puerto de Fort Lauderdale, y terminaría allí también su trayecto. Entre Miami y Fort Lauderdale me trasladaría en taxi. Otro motivo que me impulsaba en mi proyecto era que hacía muchos años, cuando vivía en Pittsburgh y el barco acababa de echarse a la mar, lo había tomado para cruzar el Atlántico dos veces, desde Nueva York a El Havre, y después para el regreso. La noticia de que la compañía naviera Cunard pensaba sustituirlo por otro u otros más nuevos, me hizo decidir tomarlo, pensando que tal vez sería la última vez que realizara este recorrido antes de que lo vendieran a otra empresa. Y, en efecto, poco después, como reliquia que era, fue a parar a Dubai y allí, atracado permanentemente a un muelle construido especialmente para el QE2, fue convertido en hotel. Pero hubo otras dos razones que casi me obligaban a poner en marcha mis planes. La primera, que el barco haría una escala de varios días en Hong Kong, donde vivía un notable estudioso de las religiones, Sir Herbert Priestley Dorset, profesor jubilado de la Universidad de Hong Kong, con quien por mucho tiempo mantuve contacto epistolar y a quien podría visitar y conocer personalmente. La segunda tenía que ver con uno de los grandes conflictos sentimentales de mi vida. En una de las fiestas que daba mi gran amiga Olfa Cannon, quien se mantenía en contacto con Arminda Velasco Bustamante, conversaba Olfa con otros convidados sobre los éxitos de Arminda como bailarina y como profesora de una prestigiosa escuela de danza de Nueva York. Aunque se había trasladado a la gran metrópolis, viajaba mucho y conducía seminarios de danza, por invitación, en distintos lugares del mundo. El QE2 llevaba al escenario de su teatro a figuras destacadas de las artes; entre las contratadas para prestigiar la vuelta al mundo del crucero que yo iba a tomar, estaba Arminda, quien no sólo bailaría, sino que también impartiría un seminario en el cual haría un recuento de su entrenamiento y permitiría a quienes lo desearan, recibir clases de danza moderna. Pude corroborar a los pocos días de oír a Olfa, lo que había contado en su reunión, pues me llegó un panfleto de la compañía Cunard en el cual había una lista de todas las excursiones que estarían disponibles en cada puerto y también de los nombres de aquellas personalidades o conjuntos artísticos que irían apareciendo en distintas etapas del largo periplo; entre muchos otros: John Davidson, Shirley Jones, Patricia Neal, Jack Jones, Arminda Velasco y el grupo operístico Randazzo, de Nueva York, aparte de las orquestas de cámara, cuartetos y solistas que darían conciertos o animarían musicalmente la nave a distintas horas de la tarde y la noche.

Después de mi consumado fracaso amoroso con Luz, Arminda se convirtió en una idea casi obsesiva para mí. Fui a cuanto espectáculo se dio en Miami en el cual ella apareciera. Pero nunca tuve la oportunidad de volverle a hablar, ni la osadía. La última vez que nos vimos fue aquella noche en casa de Olfa Cannon, cuando Amanda, su anciana madre, al reconocerme, se puso de pie airada y con un dedo acusatorio

apuntó hacia mí para lanzar el pavoroso grito de «Túúúúúú...»,
en el preciso momento en que se apagaba su voz para siempre y se desplomaba víctima de un infarto mortal. En la confusión de aquel momento, cuando el grito atrajo a la gente
que estaba cerca de la entrada de la habitación donde ocurrieron los hechos, no pude dirigirme más a Arminda, quien
se fue pocos minutos después en la ambulancia que vino a
brindar sus servicios. Habíamos quedado en reunirnos para
almorzar en su casa unos días después, pero lo acontecido
anulaba cualquier inmediato encuentro. ¿Qué podía explicar
yo a Arminda sin comprometerme? Amanda, su madre, había sido mi amante en mis días de mocedad durante el último
período que pasé en Cuba, en La Habana, antes de marcharme definitivamente de mi país. La posibilidad de que Arminda fuera hija mía era muy remota, o al menos quería
convencerme a mí mismo de tal cosa. El parecido con su
madre, por otra parte, me llevaba a desear un acercamiento a
ella que me permitiera revivir la carnal furia amorosa de la
juventud que cada día se me hacía más lejana. Y en mi imaginación ideaba momentos de éxtasis a su lado, ignorando si
Arminda volvería a dirigirme la palabra sin saber exactamente
qué nexo hubo entre su madre y yo y por qué lanzó aquel fu-
rioso grito al verme. Si lograba vencer mi temor y aproximarme a ella, no quedaría otro recurso que mentir, y mis dioses me orientarían para dar los pasos exactos que me hicieran
llegar a esta mujer. Arminda abordaría el QE2 en Kobe, el 3
de marzo, y terminaría su primer compromiso el 18 de ese
mes, bajando en Srī Lanka; después, nos acompañaría de
nuevo del 18 al 23 de abril, viajando de Southampton a Nueva
York, donde desembarcaría.

Había informado a Mendel y a Sandy de mis planes para
que si así lo deseaban me acompañaran. Sandy —quien mane-
jaba las finanzas e incluía a Mendel en todo— aceptó de inmediato y me confirmó que hacía mucho tiempo quería realizar un largo recorrido como el que yo proponía, y la falta de

un compañero o compañera de viaje la había desanimado a emprenderlo. Con Mendel a su lado y con mi presencia —que Sandy no despreciaba, pues me había tomado afecto—, no había obstáculo alguno, de modo que quedaba hecho el trato. Ellos tomarían el barco en Nueva York, a donde los llevaría un amigo desde Cape Cod. Dos días después, el 7 de enero, abordaría yo en Port Everglades. Tendríamos una *suite* dispuesta en forma de dos amplios camarotes conectados por un salón que nos pertenecía por entero, donde se encontraban un sofá, butacas cómodas donde sentarse, más una mesa de comer con cuatro sillas; disfrutaríamos de un ancho balcón, lo cual era, en el QE2, un privilegio, pues por ser un barco algo *rancio* (construido en 1969), tenía muy pocos camarotes con balcón, los cuales son abundantes hoy día en los grandes navíos de pasajeros. Fue Sandy quien insistió con la agencia de pasajes para conseguir tales habitaciones, alegando que pasar cuatro meses en compartimientos encerrados que no tuvieran una puerta o ventana que se pudiera abrir al mar, era como viajar en un calabozo. Impuso esta condición y se salió con la suya, pero a la larga fue una decisión atinada, pues nos rodeaban oficiales del barco, nos trataban con especial esmero, y al final del pasillo de nuestro piso estaba la recámara del propio Capitán, a quien nos encontrábamos con muchísima frecuencia y entabló amistad con nosotros tres.

Preparaba con entusiasmo mi equipaje y hacía los arreglos necesarios para ausentarme de Miami varios meses, cuando ocurrió el cataclismo que estremeció mi vida, paralizó mis preparativos, y del cual, en aquel momento, no sabía si podría recuperarme para seguir viviendo. Muchos días pasé sin poder decidir qué hacer, pero a instancias de Sandy, que demostraba por su conducta ser una joven inteligente y compasiva, y por su insistencia en que el crucero me ayudaría a olvidar, distanciándome del lugar de los hechos, decidí a favor de mantener en pie los planes. Mucho me ayudó también Bruna, que en los momentos más difíciles, acudió a socorrerme durante mi sueño casi todas las noches sin que yo tuviera que emplazarla ni realizar los rituales acostumbrados para que viniera a contestar las preguntas que le formulaba antes de cerrar los ojos para dormir. Sandy y Mendel estuvieron unos días conmigo en Miami después del acontecimiento; pero regresaron a Cape Cod para también ellos terminar sus preparativos de viaje. Ya no volvimos a vernos hasta que nos reunimos a bordo del QE2. Quedaban, además, otras cuestiones que complicaban un poco las cosas y me perturbaban. Nada se había concretado sobre el proyecto de Dina de venir a los Estados Unidos, a quien el gobierno americano demoraba la visa; suponíamos que ya no llegaría antes de nuestra partida y que si recibía el documento migratorio, debería esperar hasta que regresáramos para realizar su *visita*. El otro asunto era que Sandy se embarcaba con seis meses de embarazo y era casi seguro que diera a luz durante la travesía; para esto fue necesario hacer todo tipo de indagaciones sobre las posibilidades de que fuera atendida en el propio barco o trasladada a un hospital en alguno de los puertos donde nos detendríamos. En fin, muchas de las fichas estaban fuera de sitio en nuestro tablero de juego, y no quedaba otro remedio que seguir viviendo y esperar a que por su propio peso cayeran en su lugar. Dado como era yo a la aventura, me iba a entregar una vez más a lo inesperado, confiando en que la luz de mis santos tutelares me guiara hacia *puerto* seguro.

La gran hecatombe ocurrió poco después de haber iniciado mis planes de viaje. Para relatar lo sucedido, debo remontarme a mediados de octubre. En Miami comenzaba a refrescar. Faltaban tres meses para zarpar, tiempo que resultó ser suficiente para que el exiguo orden que yo había establecido en mi quehacer cotidiano —al recobrar mi libertad cuando Luz, Cosme y Damián dejaron de vivir bajo mi techo— se estremeciera despiadadamente.

* * *

NOTA DEL EDITOR

Las licencias que como editor de la tercera parte de las memorias de Francisco Binerfa me he tomado, como verás, fiel lector, están más que justificadas. Me corresponde poner *orden* al *caos*, hacer lo que esté en mis manos para salvar, una vez más, los apuntes de mi amigo que intentan alcanzar la categoría de *novela*, aunque él se empeñe en llamarla *memoria*. Pero en esta lucha entre *orden* y *caos* no sé quién, a fin de cuentas, vencerá. Por respetar su intención literaria, no puedo adelantarme a los acontecimientos que va narrando, aunque sé bien el desenlace de esta *múltiple* trama. *Múltiple*, he escrito muy a propósito, porque dicha *multiplicidad* es la que contribuye primordialmente al *caos* de su *obra*. No me corresponde a mí *filosofar*, sino *editar*, mas no debo dejar pasar la oportunidad de un comentario —aquí o allá— que ayude a dilucidar los enigmas que Francisco va creando a través de su historia. Si es verdad que en la vida hay un *orden natural*, también es cierto que para algunos seres dicho *orden* se trastrueca en *caos*, y tal parece haber sido el caso de Francisco Binerfa. Él así lo iba comprendiendo a medida que escribía; estaba consciente de que eran tan raros los giros que daba su existencia y la de los que lo rodeaban, que se sintió *obligado* a dejar una relación escrita de ellos. En una ocasión en que tomábamos un café en el restaurante Trianón de La Pequeña Habana, expuso algo agudo —en mi opinión— con que trataba de explicarse a sí mismo su condición de escritor. Me dijo: «La diferencia entre un *creador* y un *hombre común* es que este último *vive* simplemente, de hora en hora, de día en día. El *artista* siente la necesidad de dejar constancia de esa *vida*, documentándola en forma legible, plasmándola en un lienzo, moldeándola con sus manos, o expresando sentimientos especiales en forma de música».

Por ser él el paradigma del *creador* en quien pensaba, dejó, pues, *constancia* escrita de su propio *caos*, dotado éste —en su caso— de la referida *multiplicidad* de conflictos que siempre lo acompañaba.

Según cuenta, en el momento en que se inicia la historia de esta última parte de su planeada trilogía —tal como ha tratado de resumir en sus primeras páginas—, lo asediaban preocupaciones de asuntos que no se habían resuelto. Creo que es bastante efectivo en su recuento y no te voy a abrumar con repeticiones innecesarias. Baste puntualizar que vivía enamorado de Arminda Velasco Bustamante, hija de la amante que tuvo en La Habana, a quien, por celos enfermizos, trató de eliminar de su vida lanzándola al agua desde el balcón de un barco en el cual realizaban una travesía entre Isla de Pinos y Batabanó, al sur de la provincia de La Habana. Amanda se salvó, milagrosamente rescatada por unos pescadores, y se casó con uno de ellos. Pocos meses después del rescate, tuvo una hija, Arminda. El pescador, con quien convivió un buen número de años en un minúsculo cayo del archipiélago de los Canarreos, desapareció un buen día en el mar, durante una tormenta, y Amanda y su hija se fueron entonces a La Habana, donde la niña comenzó a tomar clases de danza bajo la supervisión de la afamada Alicia Alonso.

Nada de esto ha sido jamás aclarado directamente por Francisco y hasta le ha negado a sus dioses, en quienes tanto cree, su participación en el atentado contra la vida de Amanda. La gran pregunta era si Arminda podía o no ser su hija, lo cual era posible si había sido concebida pocos días antes de que su madre fuera arrojada al mar por Francisco. A pesar de los celos que lo llevaron a la temporal locura, Amanda seguía siendo para él *el primer amor*, el que jamás se olvida, el que sirve de punto de comparación a todos los demás, el que lleva —cuando se rememoran las más íntimas escenas eróticas— al orgasmo espontáneo, el que da escalofríos y quita el sueño, el que hace sentir que no importa la muerte, porque hemos alcanzado una nueva y profunda dimensión humana que nos hace invencibles. En la categoría de *Primer Amor* nunca cupo

Dina, la profesora de química con la cual tuvo sexo varias veces durante una misma tarde en el Instituto de Cárdenas y con quien, según ella, había tenido un hijo llamado Mendel. Después de aquello, la profesora lo ignoró y nunca volvieron a intimar. Pocos años después, se encontraron en La Habana, donde ella le consiguió un trabajo de profesor de química en un colegio preuniversitario, por la época misma en que Francisco conoció a Amanda. Al ver en la hija de Amanda, Arminda, más de tres décadas después, una réplica de la mujer que inspiró aquel *primer verdadero amor*, a pesar del desastre que le puso fin, Francisco calculaba —según él mismo ha confesado— la posibilidad de volver a vivir la gran pasión de su juventud y con ello anular el tiempo transcurrido desde entonces. Culparlo por semejante desvarío sería injusto, puesto que cada acto, por absurdo que nos parezca, tiene su justificación. La religión que Francisco poco a poco había ido abrazando, estaba de su parte en cualquier conducta que la razón, *nuestra* razón, considerara impropia. Lo primordial, según los aprendizajes que había hecho a través de Bruna, era la satisfacción personal y alcanzar las metas deseadas, sin cuestionar *demasiado* los medios empleados para lograr lo que se le antojara. Sólo perturbaba a mi amigo la duda de si aquella mujer, Arminda, pudiese ser su hija. Pero involuntariamente, en el momento de iniciarse el largo viaje en barco donde él esperaba volver a encontrarse con ella, descartaba la idea de su lazo sanguíneo para dar rienda suelta a sus fantasías amorosas.

En cuanto a Mendel, a Francisco le había dejado de preocupar si era o no hijo suyo a partir del momento cuando descubrió que Luz había tenido, de él, dos niños que sí le pertenecían. Todo cambió, una vez más, cuando se impuso nuevamente el *desorden* en la inestable existencia de mi amigo. Será él mismo quien dé su testimonio sobre los hechos de *la noche atroz*.

* * *

Luz fue dada de alta del centro psiquiátrico totalmente desquiciada.

Después de casi dos meses de estar internada y no mostrar signos de mejoría, la pusieron en manos de Acacia, quien legalmente tenía su custodia, con la esperanza de que en un ambiente familiar se fuera recuperando lentamente, pero no fue así. Parece que había olvidado la existencia de sus hijos y, al reconocerlos, demostró una aversión enfermiza hacia ellos. ¡Quién hubiera podido saber lo que pasaba por aquella cabeza! Los niños dormían en sus cunas en una saleta contigua al dormitorio de Acacia y Elena —esta última se había mudado a casa de Acacia hacía ya bastante tiempo—. Según Acacia me contó, Luz llevaba varias noches sin dormir, a pesar de que ella le administraba, por prescripción facultativa, altas dosis de *clonazepam* y *temazepam*. Sin duda la falta de sueño, más todos los medicamentos que tomaba, alterando su percepción del mundo circundante, la llevaron a una crisis de locura violenta. Acacia y Elena despertaron cuando los niños habían recibido ya innumerables cuchilladas. Ninguna de las dos mujeres los oyó llorar, porque aparentemente murieron de inmediato. Lo que las hizo levantarse fue el ruido de los golpes repetidos que oían provenientes de la saleta. Al llegar allí, Luz seguía clavando el cuchillo en aquellos cuerpecitos desechos.

A esa hora de la madrugada, fue a mí a quien primero llamó Acacia, y luego a la policía, por orden mía. A Luz la contuvieron arrojándole encima una manta y echándola al suelo. Elena, con su fortaleza hombruna, la mantuvo inmóvil hasta que llegaron los oficiales y se la llevaron esposada. Ahora sí estaría Luz totalmente aislada, incapaz de hacer daño a nadie, pero ya era demasiado tarde para cambiar el curso de los acontecimientos. El futuro de Luz era incierto: quedaría detenida hasta que se formularan cargos contra ella y luego, si había un juicio, pararía en un centro para enfermos mentales desahuciados o en una cárcel, tal vez para el resto de su vida —pensaba yo—.

Enfrenté aquella situación con la ecuanimidad que había manifestado en otros momentos graves; me ocupé de todo lo que estaba a mi alcance, del funeral doble, de buscar a un abogado que se ocupara del caso para que Luz sufriera lo menos posible las sanciones que pudiera imponerle la ley por su crimen, y después me derrumbé. Fue entonces cuando Mendel y Sandy vinieron de Cape Cod para acompañarme, momento en que Sandy insistió para que diéramos curso a nuestro proyecto de viaje hasta lograr convencerme. Creo que no accedí únicamente porque sus argumentos me hubieran persuadido, por su inteligente recomendación, sino porque de repente volvía a adquirir Mendel la importancia que había tenido antes de nacer los gemelos. Ahora más que nunca me interesaba saber si era mi hijo; quiero decir, ahora, como nunca antes, deseaba que lo fuera. Y aunque no podría conseguir de él más confidencias de las que ya me había hecho, esperaba que la dilatada estancia juntos en este nuevo viaje, aportara datos que me permitieran saber la verdad, puesto que ya me había indicado su negativa a hacerse prueba alguna de ADN. No podía obligarlo ni quería volver sobre el asunto con él, a menos que alguna conversación casual nos llevara al tema sin que él sospechara en mí particular interés en la cuestión. Cuando Dina viniera a los Estados Unidos, pensaba enfrentármele y exigirle la verdad. Pero hasta que esto no ocurriera, no tenía otro remedio que esperar y observar a Mendel para ver qué características de su persona podían confirmar la identidad de su verdadero padre. La primera clave no se hizo esperar.

2

El secreto del aguacate

Muy en contra de mi voluntad, Acacia hizo que los funerales de Cosme y Damián se efectuaran a la usanza cubana, con el velorio durante toda una noche, el entierro a la mañana siguiente, y las consabidas flores acompañando los diminutos féretros. Yo hubiera preferido que aquello pasara inadvertido, que el sepelio se limitara a la mera cuestión sanitaria de disponer de los cuerpos, antes de que comenzara a descomponerse lo que quedaba de aquella carne mutilada, pero fue del todo imposible. No sólo las disposiciones de Acacia atrajeron a decenas de amigos y parientes suyos y de Elena, sino que la prensa y la televisión estuvieron presentes en todo momento para dar cobertura a este crimen sin precedentes en la historia de Miami. Uno de los periodistas del *Diario Libre* que me conocía como escritor, se me acercó; el muy astuto, entabló conmigo una conversación sobre asuntos literarios, para poco a poco llevarme al tema del crimen y sacarme información sobre mi relación con Luz: los datos que en realidad le interesaban para el reportaje que incluiría en el periódico al día siguiente. Cuando me di cuenta de su artimaña, lo mandé al demonio en el mismo momento en que uno de sus fotógrafos, que se había situado estratégicamente detrás de una corona de flores, me tomó una foto en que mi cara quedó retorcida por la ira; la vi en la edición matutina del *Diario* que me mostró Elena en la limosina camino al cementerio. A Luz no logró entrevistarla nadie. Estaba incomunicada y ni Acacia pudo verla hasta muchos días después. Supuestamente, de la estación de policía a donde la llevaron primero, la trasladaron a un complejo psiquiátrico del Condado, donde la sedaron temporalmente para prevenir que atacara a alguien o que atentara contra su propia vida.

Agradecí a Mendel y a Sandy su compañía durante estos primeros días hasta que regresaron a Cape Cod. No faltaba ya mucho para que emprendiéramos el viaje juntos. El 7 de enero, puntualmente, llegó el QE2 al puerto de Fort Lauderdale. Me reuní con ellos nuevamente a bordo; almorzamos juntos, y partimos al atardecer. Ellos, desde que tomaron el barco en Nueva York, se ocuparon de familiarizarse con los lugares de entretenimiento y todos los servicios ofrecidos en la embarcación, de modo que al llegar yo —quien, según he apuntado, ya conocía la nave—, nos movimos de un lugar a otro como si estuviéramos en casa. Algunos cambios se habían realizado durante los remozamientos efectuados en varios sitios; una de las dos piscinas exteriores, por ejemplo, que ocupaba un área amplísima en cubierta, había desaparecido; en su lugar se encontraba ahora un restaurante donde servían día y noche comidas tipo *buffet* para aquéllos que no deseaban la formalidad de uno de los comedores más elegantes, en los cuales era forzoso presentarse vistiendo la *etiqueta* requerida por la línea naviera Cunard: las mujeres debían llevar traje de noche; los hombres, chaqueta de vestir, cuello y corbata, o, preferiblemente, *smoking*. Para mí, el *smoking* se convirtió en rutina cada noche, porque era lo más cómodo; no tenía que pensar en cómo combinar una chaqueta con un pantalón, ni me vi obligado a llevar en mi equipaje más de dos trajes completos, que usaría en ciertas ocasiones para cambiar de aspecto, o para ir bien vestido a los eventos de importancia que ocurrirían en lugares exclusivos de algunas ciudades. Con el *smoking*, bastaba ir alternando los lazos que traía, de distintos colores y estilos. El restaurante que nos correspondía, según la categoría de nuestros camarotes, era el Queen's Grill. El otro, el más informal que he detallado, estaba abierto y disponible a todos los pasajeros, fuera cual fuera la categoría de su alojamiento a bordo. El *accidente* —llamémosle así— que tuvo Mendel, hubiera sido menos notable y embarazoso si hubiera ocurrido en este último comedor; pero no, fue en el sobrio Queen's Grill, a la hora de la cena, cuando todos los comensales ocupaban sus puestos en sus respectivas mesas y habían —habíamos— tomado ya los aperitivos y la sopa. Los días 8 y 9 los pasamos en el mar rumbo a Curaçao. De allí, atravesando el Canal de Panamá, arribamos a Ciudad Panamá, donde estuvimos dos noches, y el barco se abasteció de frutos tropicales que fueron apareciendo enseguida en las mesas del comedor y los mostradores de comidas.

Después de un largo día de excursión por nuestra cuenta, con un chofer que contratamos en el puerto para que nos paseara por la ciudad, volvimos al barco para asearnos, vestirnos como era debido y pasar al comedor.

Ocupábamos una mesa de cuatro que teníamos reservada permanentemente para los tres y en la cual había un puesto vacío. Resultaba, por tanto, muy cómoda, pues quedaba despejado el espacio que hubieran ocupado los platos de un cuarto comensal, ausente: allí nos ponían casi siempre una bandeja con verduras y vegetales *de la estación*, o sea, los más frescos que acababa de adquirir el barco, para que los fuéramos consumiendo a nuestro gusto durante la cena. A mi derecha se sentaba Sandy; a la de Sandy, se situaba Mendel. A éste, pues, lo tenía siempre durante la cena frente a mí, lo que me permitía observarlo detenidamente, buscando en cada ademán, en cada capricho culinario, algo en lo cual se pareciera a mí. El lunar que se manifestaba en la nuca de mi hermana y mía, en casi todos los parientes de mi madre, y en todos —sin excepción— los hijos y nietos de mi hermana, no había hecho su aparición en el cuello de Mendel. En cuanto a sus rasgos generales, la blancura algo pecosa y el pelo rojizo de su madre imperaron en él. La escena que presencié aquella noche, mientras comíamos, me llevó a valorar el significado de la famosa frase de Goethe: «Nadie camina impunemente bajo las palmeras»; ningún acto que realicemos, por insignificante o gratuito que nos parezca, está exento de consecuencias. No era posible que alguien como Dina se uniera carnalmente a mí y saliera ilesa, *sin consecuencias*, de tal contacto. Pensaba yo que su *tarde de sexo* conmigo tenía que haberla dejado marcada de algún modo; se me antojaba que dicha *marca* era Mendel. Si es cierto que él podía ser hijo de uno de los varios amantes que su madre entonces disfrutaba, no era menos cierto que yo era una carta de la baraja en aquel juego y tenía tantas posibilidades como cualquier otro de ser responsable de su nacimiento.

Se retiraron los platos de la sopa y Ajay —pronunciado *Eillei*: así quería nuestro camarero Bobby Ajay, de la India, que lo llamáramos— trajo la acostumbrada bandeja con vegetales frescos. En el centro de la fuente, cortado en gruesas rebanadas, algunas de las cuales habían sido decoradas con caviar, venía un exuberante aguacate panameño. Mendel, de momento, no miró la bandeja con detenimiento, pero unos instantes después, al notar el verde fruto, le clavó los ojos, hizo una mueca de repulsión y lanzó un «¡Ahhh!» de asco. Sandy no le hizo caso. Yo, por el contrario, me quedé perplejo al ver la extraña reacción de Mendel ante el vegetal que yo de niño detestaba: fobia obsesiva heredada de mi padre, quien procuraba ni siquiera mirarlo cuando mi madre se empeñaba en comerse un pedazo y se lo traían a la mesa ocasionalmente —con menos frecuencia de la que ella hubiera deseado, por respeto a él y para no molestarlo—. Lo que ocurrió a continuación fue la repetición de un incidente en el cual me vi involucrado de niño y que tenía ahora cariz de pesadilla revivida y, al mismo tiempo, de revelación.

Sandy, al notar que en nuestras caras —la de Mendel y la mía— se reflejaba inquietud por algún motivo que ella no atinaba a adivinar, inquirió preocupada si nos pasaba algo. Mendel fue quien habló y le dijo que odiaba el aguacate, que quería que se lo llevaran de la mesa. Sandy entonces le preguntó que por qué no le gustaba, que si lo había probado alguna vez, que si no había comido guacamole en algún plato mexicano, y le dio al asunto menos importancia de la que tenía. Su conversación adquirió tono de chanza. Se puso a juguetear con Mendel. Cortó un pequeño pedazo de aguacate y lo colocó en una cucharilla que comenzó a mecer por el aire, remedando un avión, acercándola a la boca de su cónyuge, y volviéndola a alejar mientras entonaba los versitos: «Vuela vuela el avioncito, el avioncito vuela y va, vuela vuela el avioncito, de Colombia a Panamá, vuela vuela el avioncito, el avioncito de tu mamá». Al terminar de decir la palabra *mamá*, Mendel separó los labios, tal vez con la intención de decir algo —seguramente pedirle a su esposa que suspendiera el jueguito—, y Sandy aprovechó ese instante para introducirle la cucharilla y dejar caer dentro de su boca el trozo de aguacate. Acto seguido, Mendel dio un grito desgarrador. Los comensales de las mesas circundantes, que hasta ahora no habían notado nada de lo que en la nuestra ocurría —pues Sandy mantuvo su voz muy baja cuando cantaba y jugaba con la cucharilla—, alarmados, dirigieron su mirada hacia nosotros. Algunos se pusieron de pie atemorizados por el grito, sin saber qué ocurría o tal vez para acercarse a ayudar, suponiendo que había tenido lugar un accidente. Pero *todos*, sin excepción, fueron testigos de lo que aconteció de inmediato.

Después de su grito, Mendel vomitó copiosamente sobre el mantel y los platos, bañándonos a Sandy y a mí con la inmundicia líquida que salía por su boca. Era un torrente de comida y bebida, pues habíamos estado tomando unas copas de vino antes de la cena, que él todavía conservaba en el estómago. Mendel se puso de pie, volvió los ojos en blanco y, acto seguido, se derrumbó de medio lado, inconsciente, sobre uno de los brazos de la butaca, la cual cayó con él al suelo. De inmediato lo levantamos, lo acomodamos en otra silla sin haber recobrado aún el conocimiento, y Sandy comenzó a abanicarlo con la encartonada lista de vinos que quedaba siempre sobre la mesa y había sobrevivido, casi seca, la vomitiva inundación. El *Maître d'* nos preguntó si queríamos llevar a Mendel al hospital, pero éste comenzó a abrir los ojos, lo que me hizo suponer que no había peligro para su vida y que el incidente no tenía mayores repercusiones. Así fue. Le dimos un vaso de agua, que bebió con ansiedad, y nos marchamos del comedor mientras los camareros iniciaban la tarea de limpiar el desastre que había quedado allí, asqueando visualmente a todos los presentes e insultándolos con su fétido olor.

Mi cerebro poco a poco fue valorando lo que acababa de presenciar y por primera vez, desde que concluí que Dina me había engañado para que me llevara a Mendel conmigo a los Estados Unidos, tuve la casi certeza de que Mendel era hijo mío. Si no lo era, ¿cómo explicar el hecho de que aborreciera el aguacate? No especulaba; los hechos eran fehacientes. También es cierto que todo pudo haber sido una mera coincidencia, pero las posibilidades de que lo fuera eran tan infinitamente remotas que no quedaba más remedio que descartarlas de inmediato en mis especulaciones. A pesar de las diferencias físicas entre Mendel y yo, estaba convencido de que llevaba mi sangre, aunque sólo se pareciera a su madre. Una inmensa felicidad invadió mi espíritu. La mala fortuna me había arrebatado a los dos hijos que me dio Luz, pero un milagro venía a revelarme lo que consideraba una verdad que me había eludido hasta entonces y que ahora tendría que transmitirle a Mendel, gradualmente, con suma prudencia, para que llegara a aceptarme y quererme como padre. Mi euforia inicial se disipó parcialmente cuando esa misma noche, mientras dormía, hablé con Bruna. Como siempre, fue enigmática; en lugar de ayudarme espiritualmente, lanzó una sombra de duda sobre la convicción que tenía de mi paternidad.

En vez de llegar entre humos (o algo semejante a la artificial niebla escénica), como era su costumbre, fui yo quien se vio durante el sueño en el patio trasero de su casa en Coliseo. Era mediodía. Estaba sentada en un taburete bajo la enorme mata de aguacate que tenía y la cual, durante mi niñez, abastecía al pueblo entero de aquel fruto, y alguno que otro llegaba como regalo de la Santa a manos de mi madre. Con esto,

Bruna, sabiendo cuánto le gustaban, trataba de ganarse su simpatía; algo que jamás logró, porque mi madre, como ya he referido, nunca quiso tener mayor contacto con ella, a quien consideraba aliada con las oscuras fuerzas del mal.

Me dijo: «Ven, mi niño». Yo me le acerqué y me arrodillé ante ella como si fuera un ídolo al que debía sagrado respeto. Me hizo levantar y, tomándome tiernamente por la cintura, me volteó y me sentó sobre sus piernas. Fue un gesto semejante al que hacía mi abuela paterna cuando íbamos a visitarla en el pueblo de Agramonte y yo era pequeño. Pero las piernas de Abuela eran duras y punzantes, nada parecidas a las de Bruna, mullidas y suaves, sobre las cuales me sentía cómodo, protegido y feliz. Comenzó a hablar.

BRUNA. ¿Por qué no me llamaste antes de acostarte, como de costumbre? Ya sé lo que pasó. Pensaba hacerte una visita, pero tú has escogido venir aquí, y también sé el porqué. ¿Quieres conversar bajo la sombra de esta mata de aguacate?

YO. Yo no he planeado nada, Bruna. Esto no es más que un sueño, y yo no los controlo.

BRUNA. Eso es lo que tú crees, muchacho. Tú controlas tu pensamiento. Yo no hago otra cosa que seguirte la corriente por complacerte.

YO. Pues si está enterada de todo, sobran las preguntas.

BRUNA. No, no sobran, porque te hablo de lo que tú quieras. Ya me he enredado muchas veces en mis propias palabras diciéndote cosas que no debo. Olorún me castigaría si me tomara atribuciones que no me pertenecen. Te he aclarado antes que no puedo revelar nada que te haga actuar de algún modo que trate de cambiar tu destino.

YO. Tuve dos hijos que sabía que eran míos, *dos*, y Olorún me los quitó.

BRUNA. (*Me interrumpe molesta, abruptamente.*) ¡No digas barbaridades! ¡Que no te oiga el Santo Padre! ¡Muy mal conoces a ese Ser que tanto te cuida! Olorún nada tuvo que ver con la muerte de esos dos santitos Ibeyi. Fue la loca con la que te enredaste la única responsable.

YO. Yo no me enredé con ella. Fue ella la que se enredó conmigo, la que vino a hablarme, a sonsacarme.

BRUNA. ¿No me digas? Mira, Panchito, a otro perro con ese hueso. Si no quieres admitir la verdad, como otras veces, no lo hagas, pero tú te empecinaste en esa chiquilla que bien podía ser tu nieta, porque hacía mucho tiempo que no... vaya, que no había *amor* en tu vida. Pero desde el principio reconociste que aquello era un imposible, por la edad de ella, y porque sabías que estaba enferma. ¿Acaso no la conociste en el mismo sanatorio donde estabas ingresado tú entonces?

YO. ¿Y qué? ¿Qué tiene que ver nada de eso con todo lo ocurrido? Bien podía haber visto a mis hijitos crecer y disfrutado de su compañía más tarde en mi vida.

BRUNA. ¿Ah, sí? ¿Pero tú estás ciego? ¿No te das cuenta de la edad que tienes? Si hubieran vivido, en quince o veinte años habrían visto en ti a un abuelo decrépito. ¡Ya estoy hablando más de la cuenta! No se sabe, en fin, hasta qué edad vas a vivir. Bueno, lo sé yo, pero ni te lo puedo decir ni te debo dar indicio alguno del día y la hora en que terminará tu paso por este mundo terrenal de Olorún. Y otra cosa es que con los hijos no se puede hacer planes. ¿Qué seguridad habrías tenido de que esos muchachos te iban a acompañar, o ayudar, en tu vejez? Ya ves donde está Luz. ¿Podrías contar con ella para algo?

YO. (*Interrumpiéndola.*) No me gusta nada el camino que va tomando esta conversación. Si la cosa es cuestión de deprimirme, mejor me voy, y se terminó el sueñito. No he venido aquí para amonestaciones.

BRUNA. ¡Perdóname, hijito! [*Bruna me toma la cabeza, acercándola a la suya, y me besa en la mejilla.*] Ni un reproche más. Se acabó. Eres demasiado bueno para que te saque en cara los pocos errores que has cometido. A ver, dime tú con tus propias palabras para qué has venido a verme. ¿Qué te preocupa?

YO. Ahora que he perdido a mis gemelos, me importa más que nunca saber si Mendel es hijo mío. Si lo fuera, al menos tendría la satisfacción de poder dejar en este mundo a alguien quien me perpetúe. Sandy, su esposa, está en estado. Hasta podría tener la felicidad de ser abuelo...

BRUNA: ¡Ay, Panchi! ¡Si yo pudiera! Pero no. No es éste ni el sueño ni el momento para que sepas la verdad. No me toca a mí esa parte de la historia, ni aclararte esas dudas. Tendrás que oír de boca de su propia madre lo que quieres saber. (*Bruna se da un tapabocas al darse cuenta de que ha dicho algo que no debe divulgar.*) Lo que trato de decirte es que sería mejor que intentes averiguar la verdad con la madre de Mendel, que es la única que sabe quién la preñó. Y punto. Ésta es la segunda vez que te me enfrentas para tratar de esclarecer la cuestión. Y como en la primera, te repito que si te digo que Mendel es tu hijo, te sentirías acongojado porque él no te quiere como a un padre, y si te digo que no, tal vez tratarías de quitártelo de encima, aunque ya eso no importa tanto, pues parece haber encontrado a alguien que lo quiere y lo cuida.

YO. Pero al menos, ¿no podría darme una pista, algo que si no me consuela, aunque fuera me hiciera pensar?

BRUNA. ¡Ah, ya veo! Quieres jugar.

YO. ¿Jugar? ¿A usted no le gusta también jugar de cuando en cuando, con sus humitos, sus apariciones o desapariciones teatrales y sus sentencias oscuras?

BRUNA. De tu Santo Padre Olorún lo aprendí. A Él se le ocurren también modos de entretenerse. Ya verás. Pero yo no soy tan letrada como Él, a menos que me adueñe por unos momentos del espíritu de algún poeta o escritor.

Olorún es un experto en acertijos y juegos de palabras que te ponen a pensar. Por cierto, en un lugar muy inesperado para ti, te dará la clave con que podrás descifrar uno de los misterios de tu vida que sólo el tiempo te revelará. Serán puras consonantes. Te tocará a ti añadir las vocales que faltan para componer la oración que contiene el dato que te interesa.

YO. ¿Cuándo ocurrirá eso?

BRUNA. No te lo puedo decir.

YO. No se me vaya por la tangente. Ahora se trata de Mendel. ¿Me va a dar la pista o no?

BRUNA. ¿La quieres en verso?

YO. ¡Me da igual!

BRUNA. Muy bien. Déjame pensar. Me cuesta trabajo ponerme a la altura de tu intelecto, aunque mucho de lo que digo sale de tu propia cabeza. En este mundo que sólo alcanzas a través de tus sueños, hallas en mí lo que quieres ver, aunque cuando deseo, también tengo la facultad de meterme dentro de ellos. Nos animan tu voluntad y la mía, aunque sea Olorún, en última instancia, quien rija el destino de los vivos, como tú, y de los muertos, como yo.

YO. (*Algo alterado, alzando un poco la voz.*) ¿Qué hay con Mendel? ¿Podemos terminar con este asunto?

BRUNA. ¡Bueno, hijo! ¡Cálmate, cálmate! (*Esboza una sonrisa pícara, hace como si estuviera pensando, y por fin declama los versos que compone, al estilo de una recitadora cursi.*) Aquí va la pista que me pides:

El río de la sangre se bifurca
en busca de dos mares diferentes
y a los mares aúna el mismo puente
de la sangre común que los fecunda.

YO. ¿Esa es la clave que descifrará el misterio?

BRUNA. (*Enigmática.*) El misterio se cifra en la verdad de la sangre. Esa sangre es la misma.

YO. ¿Qué sangre? ¿La de Mendel y la mía? ¿Son la misma? ¿Es mi hijo, entonces?

BRUNA. No me gustan los endecasílabos con rima asonante. ¿No se te pudo ocurrir un buen soneto que poner en mi boca?

YO. ¡A mí no se me ha ocurrido nada! ¡Esos versitos no son míos! ¡Los inventó usted! ¡Me está haciendo daño!

Sentí en las posaderas un intenso dolor. Las rodillas nudosas de mi abuela, quien había reemplazado de súbito a Bruna, se me clavaban. Abuela se puso a gritar: «Tengo un nieto loco, tengo un nieto loco», mientras reía con carcajadas tan estruendosas que me hicieron despertar.

* * *

NOTA DEL EDITOR

Me desconcierta a veces la personalidad de Francisco. Lo que voy a exponer no tiene un propósito acusatorio; es, más bien, una advertencia al lector y una explicación de lo que a primera vista resulta contradictorio, incongruente. A pesar de su infinita bondad, Francisco en ocasiones parece ser frío e insensible. Uno se preguntará cómo ha sido capaz de referir con tal objetividad el asesinato de sus hijos. Sorprende también que utilice elementos tan personales y verídicos, que estremecieron su vida, para construir una obra artística interesada, que beneficie, a la larga, su reputación como narrador: esos son asuntos que se guardan dentro, se sufren hasta que se olvidan o decrece el dolor, y se dejan tranquilos; no se explotan como material literario —lo cual podría considerarse un juego indecoroso—. Si tales elementos fueran *inventados*, la situación sería muy distinta, puro artificio, entretenimiento lúdico. Pero no, en el caso de Francisco, lo que cuenta es la pura verdad de su dura existencia. No obstante, no lo culpo del todo, porque tal vez su ejercicio de relatar aquello que le acontece, le ayude a sacarse del corazón lo que lo atormenta.

Y queda otra razón atenuante de su proceder: la enajenación en que su psiquis lo ha mantenido siempre, aunque nunca haya traspasado la frontera entre la sanidad mental y la locura absoluta, para caer por completo del lado de los perturbados sin remedio.

La travesía continúa. Los preparativos de Dina de viajar a los Estados Unidos y encontrarse con Francisco y con su hijo Mendel se mantienen en pie. Arminda abordará el barco y ocurrirán eventos inesperados que no soy yo quien debe revelar anticipadamente. El vientre de Sandy seguirá creciendo mientras la nave se desliza por los mares del *mundo de Olorún* y ni el Supremo Señor ni Bruna dejarán de interferir cada vez que lo crean propicio. Pero te ofrezco un pequeño descanso en tu lectura. ¡Salud!

3

Los Ángeles en blanco y negro

A mediados de enero nos recibió Acapulco con brisas suaves y cielos despejados. Mi recuerdo de este paraíso costero era nefasto. Sólo una vez había estado aquí. Al cuarto día, a pesar de vigilar todo lo que ingería, el descuido de tomarme una Coca-Cola de botella en un vaso al cual le habían puesto hielo hecho seguramente con agua sin purificar —pienso yo— me enfermó de gravedad. Esa misma noche se desató una furiosa diarrea que pocas horas después comenzó a deshidratarme y requirió una inoportuna hospitalización. Quería que en esta nueva estancia mía en Acapulco de tan sólo un día, Sandy, Mendel y yo, durante los paseos que hiciéramos juntos, tomáramos todas las precauciones debidas para evitar problemas.

Vimos a los famosos clavadistas lanzarse al agua desde las altas rocas de La Quebrada. Luego, después de pasar por la zona más vieja de la ciudad y la Avenida Costera, visitamos la casa de la famosa *chef* Susana Palazuelos, desde donde tuvimos una vista espectacular de toda la bahía, en el centro de la cual estaba anclado nuestro barco. Nos detuvimos en la Capilla de la Paz, construida en uno de los puntos más altos de las montañas que rodean Acapulco y, finalmente, más allá de la bahía y de la Laguna Negra, almorzamos en el Club del Mar. El comedor que nos estaba reservado era una construcción abierta, circular, con un alto techo de guano y madera, frente a la playa El Revolcadero. La comida era digna de reyes tropicales: salmón relleno de guachinango (*pargo*), sopa de pepino servida en jícaras, formidables colas de langosta frías con mayonesa natural, ensalada de frutas acomodada en cascarones vaciados de piña, y un exquisito vino blanco francés. El agua que nos brindaron venía en botellas que abrían los camareros ante nuestros ojos. El tiempo corría y se acercaba la hora de marcharnos. No obstante, tras semejante banquete, Sandy, que acostumbraba tomar siempre café al final de sus comidas, pidió una taza que le trajeron con premura para evitar mucha demora al grupo: le añadió abundante crema, una pizca de azúcar, y lo apuró en varios sorbos. «*It wasnt't worth it*», me dijo, volviéndose hacia mí. «¿Qué?», le preguntó Mendel, quien no había escuchado bien. Le respondió en español: «Que no valía la pena. Estaba frío, y para colmo era *Nescafé*». Me asaltó de inmediato una preocupación: si usaron un café instantáneo, el agua con que lo prepararon no había sido hervida y bien podía estar contaminada. No mencioné ni una palabra de esto para no sugestionar a Sandy; además, ya nada podía hacer. Esa noche, sentados a la mesa, en medio de la cena, con el barco ya en marcha hacia Los Ángeles, Sandy, poniéndose súbitamente de pie, se excusó y se precipitó hacia la salida del comedor en busca del baño. Pasados quince minutos, nuestra inquietud nos hizo dejar los postres sobre la mesa e ir a ver qué le ocurría. Llegamos a la puerta del baño. Mendel tocó. Al no recibir respuesta de nadie la abrió, y entramos él y yo, llamándola por su nombre. Respondió desde el compartimiento donde se encontraba y nos informó lo que yo ya suponía. La diarrea no cesaba. Se detenía un momento y el dolor de vientre le daba fatiga hasta que expulsaba otro chorro de excremento líquido, según nos informó. Le dije que intentara aguantarse, y así lo hizo, para trasladarla a la enfermería; logramos sacarla del baño sostenida por los dos, pues estaba a punto del desmayo, y en la clínica la atendieron enseguida. A pesar de los medicamentos administrados, del suero, de los antibióticos, tuvo una noche infernal durante la cual no se detenía la diarrea. A la mañana siguiente al fin paró. Mendel se quedó allí junto a ella hasta que yo lo relevé después del desayuno. En realidad nuestra presencia era innecesaria, pues no requería para nada de nosotros, ya que la atención médica era excelente, pero la preocupación que teníamos por su salud nos hacía permanecer cerca de ella para saber a cada instante cómo se sentía. Aunque la diarrea se contuvo, seguía quejándose de fuertes dolores en el vientre. Su estado de embarazo avanzado era motivo de alarma. De Acapulco salimos el 15 de enero. El 16 lo pasó Sandy todavía en el hospital y le dieron de alta esa noche, puesto que no había nada más que hacer y ella insistía en que quería dormir en su cama. Estaba débil y continuaban los cólicos, pero podía ingerir ya algunos alimentos que prepararon especialmente para ella y le llevaron al camarote. El día 17 transcurrió con bastante normalidad. Por la tarde, por entretenerme un rato, me metí yo solo en la sala de cine para ver un documental muy antiguo, en blanco y negro, sobre Los Ángeles. El que le siguió era actual, en colores, especie de guía de orientación para los que quisieran hacer compras allí en los comercios escogidos, donde *supuestamente* daban descuentos a los pasajeros del QE2.

A pesar de que Sandy se iba recuperando, quise que un médico especializado en obstetricia la examinara para asegurarnos, los tres, que no había sufrido el bebito que crecía en su vientre, de modo que pedí a Yoyo, la empleada y jefa del *Board Room* —un sitio reservado en el QE2 para el pequeño grupo que daba la vuelta completa al mundo y donde nos atendían y se ocupaban de cualquier necesidad especial que tuviéramos— que se pusiera en contacto con algún consultorio médico en Los Ángeles dedicado a la maternidad para que reconocieran a Sandy a primera hora el día 18 de enero, a nuestra llegada a la gran ciudad.

Mi interés no era del todo desinteresado. Desde luego que me importaba la salud de Sandy, pero, debo confesar, ansiaba ver nacer aquel niño que bien podía ser mi nieto. El médico confirmó que Sandy y su bebito estaban en perfecto estado de salud, con lo cual, ya tranquilos, nos dispusimos a realizar dos visitas planeadas con anterioridad para este día. El consultorio estaba en el Boulevard Wilshire, a unos pasos de la casa editorial *Green Integer* —antigua *Sun and Moon Press*—, que había publicado uno de mis libros, y quise pasar por las oficinas para conocer al personal que se ocupó de la edición. Después de detenernos allí unos quince minutos, tomamos un taxi que nos paseó por Rodeo Drive y nos depositó a la entrada del Museo Getty, donde pasamos unas horas y almorzamos. La pobre Sandy (¿o debería decir *el pobre yo?*) no encontraba ningún plato en el menú de la cafetería que le viniera bien, pues nada verdaderamente sólido ni contundente había ingerido desde su enfermedad. Pidió por fin una crema de brécol de la cual dejó más de la mitad y me la pasó al yo pedírsela para que no se desperdiciara. A Mendel no le interesó. Usé para tomarla la misma cuchara que ella utilizó; al hacerlo, no me cabe duda, contraje el virus, la bacteria o el germen que le había causado su indisposición, aunque en mi organismo a aquellos bichos les tomó un poco más de tiempo desarrollarse y adquirir la fuerza necesaria para convertirme por varios días en un guiñapo viviente.

En Los Ángeles se quedaron algunos pasajeros que nos acompañaron desde Fort Lauderdale, y se nos unieron otros. La mesa que estaba junto a la nuestra en el comedor, donde se sentaban dos matrimonios de avanzada edad, con los cuales conversamos muy poco, pues eran reservados, silenciosos, y tenían dificultad para moverse o volverse hacia nosotros, vino a ser ocupada por un singular matrimonio con dos niños, de cuatro y cinco años. Viajarían hasta Sydney y hubo tiempo para hacernos amigos. Eran joviales y finos. Él era negro como el carbón; un abogado de Nueva York que obviamente había hecho cierto capital con su exitosa carrera; ella, mucho más joven que él, era blanca —de piel lechosa—, con el pelo rubio y los ojos verdes. Las leyes genéticas jugaron a su antojo con sus hijos. El mayor era una réplica de su madre: en vez de tener una piel mulata donde se mezclaran marcadamente las sangres de sus progenitores, salió blanco, con el pelo rubio. El único rasgo que lo emparentaba con su padre eran los ojos, que eran muy oscuros. En una de nuestras conversaciones en extremo sinceras sobre los temas raciales, el abogado me refirió que al ver a su hijo sintió por primera vez en su vida dolor de ser negro y felicidad de saber que este niño no se vería jamás discriminado. Él no lo había sido de hecho, ni de palabra, pero sí de sentimientos por parte de otros, o, al menos, él así lo creía. Decidió preñar de nuevo a su mujer con la idea de que iba a parir una hembra, blanca y rubia como una princesa, pero esta vez le salió el tiro por la culata. Llegó otro hijo, de rostro hermosísimo, pero negro como el azabache, de pelo ensortijado y nariz aplastada. De la madre, sin embargo, sacó los ojos verdes, los cuales creaban un interesante y bello contraste. El niño blanco, nada ostensible había heredado del padre, excepto el color de los ojos. (Estos angelitos blanco y negro, aparecidos fortuitamente en el barco, fueron leña que atizó la hoguera que ardía en mi cerebro para convencerme de que Mendel era, o *podía ser*, hijo mío.) De igual modo, Mendel podía no haber heredado nada de mí, excepto la aversión por el aguacate. La regla era muy simple y me daba grandes esperanzas. No me atrevía a mencionarle de nuevo la posibilidad de hacernos una prueba de ADN, por temor a que mi insistencia lo hiciera rechazar mi petición de un modo destemplado. Las razones que él aducía en contra de mi paternidad no me convencían del todo y creo que, en el fondo, era él quien no quería tener la certeza de que yo era responsable de su existencia. Como hijo mío, habría tenido ciertas obligaciones. Ignorando quién era su verdadero padre, tenía libertad para actuar como le saliera en gana, tal como hizo cuando me planteó que se iba a Cape Cod a vivir con Sandy: un ultimátum que me dejó confundido y malherido, considerándolo una traición y una falta de agradecimiento hacia alguien que había hecho tanto por él, desde sacarlo del infierno cubano hasta ocuparse de todas sus necesidades materiales y médicas en los Estados Unidos. En cuanto a mí, este asunto era una obsesión que no podía sacar de mi mente, a sabiendas de que a la postre nada importaba, porque *un hijo* no iba a cambiar a estas alturas el curso de mi vida. Aunque su existencia, insisto, tal vez justificaría mi paso por esta tierra más que los libros míos cuyas páginas iban tornándose amarillas en los estantes de las bibliotecas. Los volúmenes de mis *memorias*, tal vez alguno que otro lector los desempolvara y sacara por curiosidad. La poesía no interesaba a nadie. La crítica literaria era, por su parte, un ejercicio inútil dirigido a unos pocos estudiosos de autores o temas específicos, y su repercusión, a largo plazo, era mínima. Las antologías que había publicado de dramaturgos cubanos, traducidos por mí al inglés, sí habían alcanzado librerías diversas, pero en el fondo de mi corazón quedaba la tristeza de que eran obras de otros las que interesaban y yo no había hecho más que darlas a la luz en una lengua más universal que el español. Era *el hijo*, o *la hija*, quien me permitiría cerrar un día los ojos para siempre, convencido de que quedaría vivo algo de mí. Y me preguntaba, al mismo tiempo, si sabiendo Mendel que era mi hijo, sería capaz de desarrollar hacia mí el cariño que debía al padre que nunca, hasta mi llegada a su vida, había conocido. No sé. Pero estoy seguro de que lograré descubrir la verdad: o bien a través del hijo de Mendel y Sandy, si llega marcado con el lunar que heredamos mi hermana y yo en la nuca y tal vez esquivó a Mendel en un *salto genético*; o a través de Dina, si tengo la oportunidad de hablarle sin rodeos, disimulos o dobleces, y ella hace lo mismo conmigo.

Aquella noche, cuando conocimos al matrimonio del abogado negro y la rubia con sus hijos, no hubo contratiempo alguno durante la cena. Entablamos conversación con ellos, la cual interrumpíamos cortésmente para ir comiendo los platos que iban siendo servidos. Fuimos a un concierto breve (un cuarteto interpretó dos composiciones de Haydn) y nos retiramos a nuestras habitaciones muy cansados de toda la actividad del día. Ahora navegaríamos poco más de cuatro días por el Océano Pacífico rumbo a Hawai. La primera noche en el mar ocurrieron dos *terremotos*, o lo que es lo mismo, un *verdadero* maremoto y una despampanante diarrea para mí; la misma que Sandy sin duda me había pasado a través de la cuchara de su sopa. El maremoto que se produjo en la madrugada del 19 de enero en las profundidades del Pacífico, a unos 250 kilómetros de la costa de América del Norte, no tuvo la intensidad necesaria para provocar un *tsunami* que afectara ninguna tierra firme, pero creó marejadas intensas que comenzaron a balancear el barco con fuerza y no dieron tregua durante todo el trayecto. Mi diarrea no me llevó a la enfermería, pues ya sabía cómo automedicarme y tenía lo necesario para pasar por aquel proceso y salir victorioso. Al malestar de estómago se unió, no obstante, el movimiento de la nave, pero el uso continuado de *Dramamine* me permitió mantenerme en pie, sin vómitos, aunque sin poder ingerir alimentos. La mayor parte de los pasajeros sufría del mismo mareo, sólo que en mi caso estaba agravado por la diarrea y la debilidad de no poder comer ni tomar casi nada, excepto galletas secas y té. Al tercer día pude tolerar algunos alimentos dulces. El antiemético me hacía dormir y pasaba horas y horas tirado en mi cama, con la puerta que daba al balcón abierta para respirar aire fresco. Soñaba que estaba en un lugar donde el suelo no se movía y me convertía en una palma, echando raíces que me afianzaban a la tierra estable. El arribo a Honolulu fue la salvación. Nunca más durante el resto del largo trayecto volví a sentir mareo. En Hawai, comiendo abundantemente y con gran apetito, comencé a reponerme. Aquí me esperaban noticias: una tarjeta de mi amigo Editor, más cartas de Dina y de Acacia. A todas nuestras relaciones, amistades y parientes, se les dejaron las direcciones postales de varios puertos donde guardarían la correspondencia recibida, dirigida a los pasajeros del QE2, y en aquellos lugares designados nos sería entregada. Honolulu era uno de los puertos escogidos. También Mendel recibió carta de Dina.

La tarjeta de mi amigo Editor me decía que le fuera mandando los apuntes que yo le había prometido hacer durante el viaje. Le envié desde Hawai una postal con una vista de la playa donde se filmó *De aquí a la eternidad* y le informaba que le daría todo el material reunido cuando regresara, para que lo revisara e hiciera con él lo que quisiera.

La carta de Dina, de sumo interés para mí, decía:

La Habana, 10 de enero de 2003
Mi querido Francisco:

Me dio Mendel las direcciones a las cuales podía escribirle cuando estuviera de viaje y aprovecho para ponerme de nuevo en contacto contigo, ya que la conversación telefónica que tuvimos no hace mucho fue demasiado breve. Yo espero que a mi llegada a Miami podamos estar un tiempo juntos, quiero decir, tú y yo, para tener la oportunidad de conversar y ponernos al día; tantas cosas han pasado desde que te llevaste a Mendel a los Estados Unidos. Ha viajado mucho contigo, se casó y pronto me va a hacer abuela. He demorado un poco los trámites de mi salida para que estén ustedes de vuelta, tú en Miami y Mendel y Sandy en Cape Cod. Imagínate qué sería de mí si llego a Miami y están todavía de viaje; no tendría ni a dónde ir ni dónde meterme. Claro que cuando tú hiciste tus planes de ese largo crucero no tenías idea de lo que yo estaba tratando de lograr, pero no habrá problema alguno. Mi visita está casi fijada para principios de junio, y ustedes estarán de vuelta a fines de abril. ¡Qué barbaridad! ¡Cuatro meses en un barco! No me lo imagino. Ya me contarán todas las aventuras. Yo quisiera poder estar un tiempito en Miami, como te dije por teléfono, si tú tienes la bondad de acomodarme en tu casa, antes de irme a Cape Cod con mi hijo, como él quiere. Esto no lo he discutido con él y te pido que no le des detalles de esta carta, porque aunque él quiere que me quede con ellos, no sé todavía lo que voy a hacer. Tengo, como cubana que no ha roto oficialmente con el régimen, la opción de regresar a Cuba si así lo deseo. Quisiera poder verte cuanto antes. Debo aclararte cosas que tal vez tú, tan inteligente como eres, habrás pensado, y sobre todo contarte un encuentro que tuve con tu madre, sí, con ella, después de estar tú en Cuba por última vez, cuando tuviste el buen corazón de salvar a Mendel. Le juré a tu madre que te contaría lo que ella y yo conversamos en su dormitorio de tu casa de Varadero, de donde ya nunca salía. La embolia y luego la fractura de la cadera la dejaron casi imposibilitada de caminar. Creo que cuando tú la viste por última vez, todavía bajaba la escalera que llevaba al primer piso donde estaban la sala y el comedor. Espero poder darte personalmente los pormenores de este encuentro que únicamente yo sé y sólo tú podrías entender.

Que disfruten mucho de los tres meses que les quedan de recorrido y un fuerte abrazo de,

Dina

La carta de Dina me resultó inquietante y abrió la senda a un pasado no muy lejano que me daba esperanzas de saber, a través de una tercera persona, de mi madre, a quien, cuando murió, hacía tres años que no veía. Dina, aparentemente, sí había estado en contacto directo con ella durante ese período. El ataque terrorista que estremeció a los Estados Unidos y al mundo el 11 de septiembre de 2001, me hizo cancelar el viaje a Cuba que tenía programado para ver a mi madre; pocos meses después, murió sin que pudiera despedirme de ella. Si era cierto que Dina la había visitado, podría contarme sus impresiones de lo que encontró en mi vieja casa en aquel momento. Yo nunca más había vuelto. Sin mi madre en Varadero, no sentía urgencia de regresar, aparte de que mis breves estancias en la Isla iban en contra de mis principios éticos e ideológicos, y resultaban ser un sacrificio que realizaba por estar algún tiempo junto a mis seres queridos. Me agobió siempre durante aquellos días que pasaba con ellos, el estar sometido a la voluntad de dirigentes políticos que podían gobernar o determinar mi destino de nuevo si ocurría algo imprevisto, un accidente de cualquier índole que obstaculizara mi regreso a Miami.

Ahora bien, la mayor interrogante de esta cuestión que Dina traía a relucir era el motivo de su encuentro con mi madre, y yo concluía que tenía que ver conmigo y con mi hijo, quiero decir, con Mendel. ¿Qué otra cosa podía querer Dina de mi madre, sino asegurarse de que yo protegería a Mendel y utilizarla como medio para que influyera sobre mí, y su hijo tuviera siempre mi protección? Aclarándole la cuestión, la convertía de inmediato en abuela de mi hijo Mendel. Aunque tenía otros nietos por parte de mi hermana, esto daría a mi madre una gran felicidad, porque mi hijo perpetuaría el apellido de los Binerfa, de mi padre, del cual ella se sentía orgullosa, aunque dicho apellido, ella misma, no lo llevara más que como apositivo: María Ramos Álvarez *de Binerfa*. Los hijos de mi hermana sólo usaban el largo apellido compuesto de su padre, *Lauzurique de la Guardia*, y el *Binerfa* quedó, con razón, eliminado. Pero, ¿por qué no me había mencionado nada Mamá en sus cartas sobre esta entrevista con mi antigua profesora, amante mía de una tarde, a quien nada debía yo afectivamente y ahora venía a pedirme que la acogiera bajo mi techo cuando llegara a los Estados Unidos? ¿Podía sentir el menor respeto por aquella mujer que ocultó una verdad de importancia para mí durante treinta años y me utilizó cuando le convino para resolver un problema migratorio, haciéndome creer entonces que su hijo, y según ella también mío, padecía una demencia severa que sólo hallaría mejoría en los Estados Unidos con tratamientos médicos apropiados? Y de nuevo venía la sospecha: ¿acaso me mintió también en su afirmación de que yo era el legítimo padre de Mendel?

Esa noche no dormí. Me agobiaba este conflicto que parecía no terminar nunca y se agravaría al verme frente a Dina otra vez en mi vida, posibilidad que yo había descartado porque mentalmente me hice el propósito de olvidar aquel doloroso capítulo de mi vida y simplemente ayudar a Mendel como un padre —lo fuera o no— sin esperar nada a cambio. La carta venía a alterar la paz que el crucero debía proporcionarme, después de la reciente tragedia provocada por Luz. Fue Mendel quien dio a su madre las direcciones a donde podía escribir durante nuestro viaje. Bien pensado, creía encontrar cierto grado de perversidad en la carta de Dina, un afán de incomodarme sin necesidad, de involucrarme emocionalmente en uno de sus juegos sucios: ¿por qué molestarme con aquellos comentarios a medias en los que no aclaraba nada y suscitaban en mí una intensa ansiedad? Tal parecía que quería ser parte de la composición de estos apuntes, que han de quedar como *memoria* mía, y ponía intrigantes cuestionamientos en el papel para mantener la curiosidad del lector común. Tal fue mi desvelo, que ni siquiera di oportunidad a Bruna para que se me apareciera en sueños y mitigara mi desasosiego. Me acosté tarde; la música demasiado estruendosa y el baile permanente de varias jóvenes hawaianas durante la cena en el salón principal del Hotel Moana Surfrider me habían dejado inquieto. En la cama me esforzaba por dormir algo, sabiendo que me esperaba un día de ajetreo. No pegué un ojo. Fue un sonámbulo quien a la mañana siguiente ascendió al cráter del volcán Diamond Head, el que recorrió el hermoso litoral que circunda Oahu, y luego subió a lo alto de las montañas del lado lluvioso de la isla. Allí, la neblina, el viento y el frío, me transportaron mentalmente por unos momentos a la ciudad de Pittsburgh que tanto detestaba, donde pasé casi treinta años de mi vida. Este recuerdo desagradable me hizo abandonar al grupo con que andaba y refugiarme en el autobús hasta que nos marcháramos de allí. Cuando bajamos a la ciudad, me reconcilié con el entorno de calles y anchas avenidas pulcras de Honolulu, moderna metrópolis donde la efervescente zona de Waikiki, con su famosa playa, resultaba un imán a visitantes de todas partes del mundo.

La carta de Acacia me informaba sobre el traslado de Luz a un centro psiquiátrico del Estado de la Florida cercano a Tallahassee, de mínima seguridad, donde tendría más libertad, puesto que había dado signos de mejoría. Nada de esto me extrañaba puesto que, debido a su bipolaridad, se convertía en otro ser humano después de pasar por una gran crisis. Lo difícil del caso era que no se sabía cuándo se produciría un nuevo cambio de personalidad, lo que impedía poder hacer con ella planes a largo plazo. A pesar de que el nuevo sanatorio se encontraba a bastante distancia de Miami, Acacia y Elena habían ido a visitarla. En este encuentro, según me contaba Acacia, Luz le preguntó mucho por mí y le dijo que si la dejaban salir de allí algún día, quería volver a vivir en mi casa. A causa de los electroshocks recibidos, borró de su memoria los eventos más recientes y nunca les hizo mención de nuestros hijos Cosme y Damián, ni del crimen por ella cometido. No sé qué pasaría por aquella mente, en aquel momento, para desear estar de nuevo cerca de mí. La perspectiva de tenerla a mi lado otra vez no me amilanaba, porque la conocía ya tan bien que —pensaba— sabría cómo conducirme con ella. Aparte de que mi corazón nunca sintió amor tan absoluto por ningún otro ser humano.

* * *

Mendel no vio el grueso de la correspondencia recibida en Hawai y nada le dije de la carta de su madre que venía para mí. Me limité a darle la suya y más tarde le pregunté sin mostrar mucho interés: «¿Qué cuenta Dina?» Me contestó: «Que ya recibió la visa y viene en junio». Nada más.

Tahití nos recibió, después de cuatro días de navegación tranquila, con su exuberante vegetación, semejante a la de nuestra isla caribeña. Aquí se abasteció el barco de melones, piñas, plátanos y guayabas. Mendel y Sandy se fueron a una playa. Yo me dirigí, por mi cuenta, a la casita donde vivió Gauguin, en la cual se encontraban un buen número de esculturas originales suyas y reproducciones de muchos de sus cuadros. El taxista que contraté me llevó a la gruta en cuyo estanque Gauguin nadaba y pasaba largas horas. En aquel sitio, en absoluta soledad, me sumergí en las aguas inmóviles, tratando de experimentar alguna sensación superior o iluminadora como las que confesaba haber tenido el célebre pintor, pero casi enseguida —quizás por el frío que sentía mi cuerpo desnudo— me invadió un fuerte ataque de asma que me hizo secarme y vestirme para seguir el itinerario que me había trazado. Las consecuencias de mi desatino y del enfriamiento que sufrí se hicieron sentir esa misma noche.

4

La manifestación luminosa

Después de la cena, me refugié de inmediato en mi camarote. Mi cuerpo se iba convirtiendo en una brasa y sentía escalofríos: síntomas de un resfriado causado por el baño en la charca helada donde Gauguin, tal vez acostumbrado a tales aventuras, nadaba sin consecuencias adversas. Me tomé unas aspirinas y me metí en la cama. Lo que vino después fue como un delirio en el cual rememoraba infinidad de cosas que Bruna me había contado en vida, cuando me metía en su casa de Coliseo; a esto siguió un sueño intranquilo en el cual se me apareció y me habló. Al despertar en la mañana, me sentí mejor y la fiebre que sin duda tuve durante la noche había desaparecido. Por el mal dormir, quedaron vívidamente en mi memoria los comentarios de mi santa tutelar. Entre los temas que mi mente reelaboró, estaba la historia que la *iyalocha* me narró un día sobre la creación, según ella la sabía y la contaba repetidamente a sus adeptos. Dicha fábula, muy antigua, proveniente de África —con numerosas variaciones, por supuesto—, sirvió de base a las leyendas posteriores relacionadas con los orígenes de Dios, de los santos o deidades menores, y del hombre, utilizadas por los judíos y muchos otros pueblos que han habitado nuestro planeta en diferentes épocas. Bruna afirmaba que hacía casi seis billones de años, Olorún había decidido dar forma a un universo, según hoy lo conocemos, donde Él pudiera sentirse a gusto, y en el cual la tierra ocupara un lugar preferencial. La sucesión de los siglos en absoluta soledad llegó a causarle melancolía, a pesar de que Su creación fue tan perfecta que de la tierra misma y de las aguas dulces y saladas, sin que Él tuviera que mover un dedo, comenzaron a surgir animales de diversas especies. Éstos se fueron reproduciendo y adaptando al hábitat donde se hallaran. Pasaron muchos milenios y llegó el día en que la soledad se le hizo insoportable. Entonces se le ocurrió que su omnipotencia podía resolver para siempre ese problema dando vida a seres que se parecieran a Él. Siguiendo el ejemplo que observaba entre los animales, que eran machos y hembras, al fin creó al primer hombre y a la primera mujer, Iawó y Ebará, respectivamente, quienes viéndose desnudos frente a frente, sintieron un irresistible impulso que los atrajo. A Iawó, lo dotó Olorún de una protuberancia, y a Ebará, de una oquedad; al comprobar que una cosa encajaba con exactitud dentro de la otra, iniciaron una especie de baile que los llevó a ambos al Primer Clímax. Al verlos fornicando, Olorún, quien no había conocido mujer en su eterna existencia anterior a éste momento, extasiado como nunca antes por lo que presenciaban sus santos ojos, regocijado mientras oía los gritos de placer de Iawó y Ebará, tuvo su Primer Orgasmo. Acababa de descubrir su propia sexualidad y no iba a desaprovechar el otro tiempo eterno, el que le quedaba por delante, haciendo abstinencias o deambulando por su universo sin una buena hembra que le diera el placer que obviamente Iawó disfrutaba. Ochún fue la primera de las concubinas generadas por Él de la nada con quien disfrutó a su gusto. Luego vinieron otras: Obalabí, Oyá, Obá, Yemanyá, y muchas más. De ellas fue teniendo hijos e hijas que a su vez se multiplicaron, llenando el orbe divino de santos y santas que hoy se ocupan de las labores que Olorún les fue asignando.

«¿Por qué puso Bruna en mi mente esa leyenda en este preciso momento?», me preguntaba. Por todo lo que dijo después, comprobé que quería trazar un paralelo entre la conducta del Santo *Lujurioso* Creador y la mía. En mi sueño afiebrado, ya de madrugada, Bruna saltaba de un tema a otro. Inmiscuyéndose, sin recato, no sólo en lo más íntimo de mi vida, sino en mi propio proyecto narrativo, me dijo: «Panchito, el domingo 2 de febrero es una fecha cardinal para todos los creyentes.

Se cumplen exactamente 6 billones de años de la creación del mundo y Olorún nos complace con cualquier cosa que le pidamos si nuestro corazón está limpio. Yo, que sé muy bien lo que te traes entre manos y estoy al tanto del librito que piensas escribir con todo lo que va pasando por esa cabecita tuya, te recomiendo que le pidas un favor que no te va a negar. No pierdas tiempo solicitando riquezas, porque con las que tienes te sobran; ni amores, porque ya los has disfrutado a plenitud; ni salud, porque eres un roble. Hay cosas que en este punto mismo de tu vida aún ignoras, pero que, lógicamente, a su debido tiempo, sabrás a la perfección después que hayan ocurrido y te dediques entonces a contar esa parte de tu historia. Mira, hijo mío, pregúntale a Olorún lo que yo bien conozco pero no tengo autorización para decirte, pregúntale lo que tus lectores están ansiosos por descubrir y no los tortures más con cuentecillos intrascendentes, alargando este escrito sin necesidad, engañándolos para mantener su interés hasta el final de lo que piensas redactar en tus páginas. Pregúntale a Olorún lo que ellos quieren saber: si Mendel y Arminda son hijos tuyos, si vas a acostarte con ella, y cuál es el gran secreto que Dina tiene guardado, por el cual te está haciendo esperar. Olorún, el domingo 2 de febrero, Día del Señor, todo te lo responderá. Cuando tengas las respuestas, le das toda la información al lector y sanseacabó. Puedes llenar unas cuantas páginas de más, si te ha quedado el libro demasiado corto, con otras anécdotas de tu niñez y juventud, de las cuales te ha faltado mucho por contar. ¿No crees? Nunca te has referido al incidente relacionado con el reloj que acababa de regalarte tu padre cuando cumpliste quince años. O aquel otro asuntito que te has tenido tan callado de cuando fuiste a ver al Dr. De La Cerda en La Habana. ¿Acaso se te ha olvidado? También sería interesante oír tu versión de las cositas que hiciste con Rosita, Antonia, Edilia, Nancy, Elba, Mara, Adolfina, Roberta, Anita, Melisa, Ángela, Josefa, Cachita, Gloria, Lisa, Nenita, Adela, Gisela, Tanya, Érica, Weslyn, Araceli, Luna, Patty, Ondina, Lizy, Berta, Guillerma —a quien dejaste preñada—, Sara, Luisita, Rafaela, Margot, Fernanda, Juanita, Caridad, Laura, Nina, Sofía, Betsy, Carmen, Marta, Janice, Manuela, Jane, Ofelia, Laurie, Joanna, Lourdes, Victoria, Gracie, Amelia, Julia, Alina, Isabel, Toti y Migdalia. Cincuenta y seis en total. ¿No pone todo esto en tela de juicio el afán de pureza y castidad que preconizas? No cuento, sobra aclarártelo, los *grandes amores* de tu vida a los cuales, por ahora, me puedo referir: Dina, Amanda y Luz. Y digo *por ahora*, porque no puedo hacer ni alusión siquiera a aquello que te falta por gozar, o por sufrir. Solo Él podría referirse a tales asuntos, si quisiera. No dejes de preguntarle el domingo, el domingo 2 de febrero, y termina de una vez con tus dudas y con esta historia». Le pedí a Bruna que me aclarara cómo me comunicaría con Olorún, si en el sueño o en algún tipo de visión cuando estuviera despierto y, después de una breve risita que me confundió mucho, me dijo que eso era decisión de Él, que sólo bastaba que yo tuviera fe, pero que suponía que lo vería cuando yo quisiera. Me recomendó que me levantara muy temprano y buscara al Salvador con las primeras luces del día, y añadió: «¿No lo ves cómo te sonríe con su cara iluminada cada mañana cuando hace que desaparezcan las tinieblas de la noche? Es Él que resucita. En este viaje que has emprendido, lo verás surgiendo del mar; no has notado hasta ahora otra cosa que el Sol, pero el día señalado, probablemente en esa esfera vislumbres su cara, la Santa Faz que hace tanto tiempo andas buscando. No sé cuáles son sus designios. Mi poder es muy humilde comparado con el suyo; yo no soy más que su sierva. Por eso no puedo asegurarte nada, pero sí sé, no por la sabiduría con que Él me ha dotado, sino porque lo siente mi corazón, que lo verás; tarde o temprano, un día lo tendrás frente a ti en toda su magnitud y belleza, sin velos que cubran su cara ni atenúen la admiración que entonces por Él sentirás. Tal vez esto no ocurra el 2 de febrero y se limite a hablarte y contestar tus preguntas desde su Santo Reino sin hacerse visible, pero no pasarás por esta vida sin mirarlo a los ojos, lo cual no ha ocurrido hasta ahora porque debe estar esperando el momento oportuno. No dudes, Panchito mío. Si tu contacto con Él el día 2 no llega a ser lo que tú esperas, no te desanimes, porque a fin de cuentas se aclararán todas tus dudas».

Lo que acabo de trascribir es exactamente lo que Bruna me dijo; podría haberlo excluido aquí, pero debo ser fiel a la verdad. Debo admitir que ciertos cánones que regían mi vida durante mi adolescencia y primera juventud, han cambiado a través de los años. Y reconozco, además, que como todo ser humano, he realizado actos que parecerían oponerse a los principios que he preconizado. Pero, volviendo a la famosa frase a la cual me aferro cuando comprendo que he errado, *la carne es triste*, aunque a través de ella consigamos grandes gozos.

A mi inseparable amiga Bruna, por sus inmensas bondades e incondicional cariño, todo se lo perdono, pero no dejo de reconocer que es bastante entrometida, en particular en cuestiones literarias que no son de su dominio o incumbencia. En sus advertencias, consejos y predicciones, yo advertía un serio problema: si todo ocurría como ella vaticinaba, terminaría de un tajazo la historia que voy refiriendo. Si seguía su recomendación, tan pronto recibiera yo la información que sugería le pidiera a Olorún el 2 de febrero, concluiría mi relato. Pero, señores, las cosas no son tan simples como uno a primera vista se imagina. No sé si Bruna estaba de nuevo jugando conmigo, si quería hacerme caer en una trampa, o si, simplemente, decía la verdad e ignoraba que yo estaba realizando un viaje que me mantenía en perpetuo movimiento. Tampoco estaba al tanto yo de ciertos hechos que vinieron a interponerse entre los sucesos que vaticinaba y mi conocimiento de los secretos que guardaba para mí el porvenir que el Santo Olorún me había asignado.

El sábado primero de febrero —el día antes de las anunciadas revelaciones—, salí al balcón de mi camarote antes del amanecer, a manera de ensayo, y esperé la salida del Sol, que observé a medida que emergía hasta quedar deslumbrado y tener que cerrar los ojos. Nunca antes lo había asociado directamente con Olorún. Entré a buscar unas gafas oscuras, me las puse, y volví a salir para mirar mejor, con detenimiento, y tratar de descubrir algo que me sugiriera la cara de un Dios que se pareciera a un ser humano. No hallaba nada. El Sol comenzaba a calentar. Me eché en la *chaise longue* algo apesadumbrado por mi fracaso, aunque sabía que cualquier cosa excepcional que ocurriera no sería este día, sino el siguiente. Una honda tristeza se apoderó de mí y me sentí solo, abatido. Creo que reconocí por primera vez que mis viajes —incluido éste— eran siempre una manera de tratar de hallar algo que me faltaba y que la felicidad absoluta, que nunca había conocido hasta ahora, dependía de mi encuentro con el Ser Supremo. Tal vez me engañaba pensando que tal hazaña era posible, que toparme con Dios, con el *Dios de Bruna*, disiparía las angustias que asediaban con tanta frecuencia mi espíritu. Miraba atrás y veía, más que los logros de mi carrera o mi escritura, un vacío insondable donde sólo había huesos. Cada año transcurrido me alejaba más y más en el tiempo de mis seres queridos que habían muerto: Mamá, Papá, Romelia, Tía Alida, Tía Ofelia, aquellos que un día lejano animaron mi mundo. Mi hermana tuvo tres hijos; todos a su vez se reprodujeron, y fueron creando una gran familia que la acompañaba. Yo, sin embargo, había perdido a mis gemelos, los únicos que podía llamar con seguridad *hijos míos*. Tal vez Mendel lo fuera, pero aunque pudiera llegar yo a confirmarlo, no podría inculcar en él el cariño que crece hacia un padre bueno a través del contacto de toda una vida. Pero sí, para mí sería un gran consuelo confirmar que llevábamos la misma sangre. A esto se referiría mi primera pregunta a Olorún al día siguiente. También le pediría un favor: que me permitiera ver de nuevo en esta vida, como vi otras veces a Bruna, a Tía Alida. No esperé para hacer patente mi deseo. Reclinado en la tumbona del balcón, cerré los ojos y le pedí con fervor a Olorún que me concediera este deseo, porque no quería tener que esperar a pasar al reino eterno, que ella ya habitaba, para *tal vez* encontrarla de nuevo. Esta petición manifestaba mi incertidumbre respecto al *otro mundo mejor*, del cual nada sabía, en el que quizás reinara la armonía en lo que sería una ininterrumpida reunión familiar. Me levanté y me fui a asear para comenzar las actividades que tenía proyectadas para ese primero de febrero en el mar. Faltaban dos días para llegar a Nueva Zelanda. Dicho sábado primero de febrero, ocurrieron dos sucesos a los cuales no les di mayor importancia, aunque los consideré raros. El primero fue que Sandy entró con retraso al comedor para la cena. Se excusó de llegar tarde a causa de que la misa se había prolongado demasiado. Siempre iba a misa los domingos y me extrañó que fuera el sábado a esta hora. *Que yo supiera*, los servicios cristianos a bordo se celebraban los domingos, mientras que otros, judíos, tenían lugar los viernes por la noche y los sábados. No le pregunté nada a Sandy porque se me ocurrió que era algo que yo ignoraba y recordé, además, que mi madre en muchas ocasiones asistía en Varadero a la misa dominical que se ofrecía anticipadamente los sábados en la tarde. Concluí que Sandy habría preferido ir a esta misa vespertina, porque se acostaría de madrugada y no querría levantarse temprano para asistir a la única misa que había a las ocho de la mañana los domingos. Ella y Mendel me habían pedido que los acompañara al cine esa noche. La película daba inicio a las once. Nada les había participado, como se puede suponer, de la importancia que tenía para mí el día siguiente, pero sí les dije que estaría en la sala de cine tan sólo un rato porque me dolía un poco la cabeza y quería descansar, lo cual era una falsa excusa que utilizaba para poder irme a la cama relativamente temprano y estar fresco cuando me levantara antes de la salida del Sol.

El segundo suceso ocurrió en el cine, donde mostraban nada menos que *La vuelta al mundo en 80 días*, que yo había visto sólo una vez, de estreno. En cuanto comenzó la proyección, quedé fascinado por la frescura que aún conservaba la filmación, con sus actuaciones desenfadadas y la simpática interpretación de Mario Moreno en el rol de Jean Passepartout. Era él quien más me atraía. Llegué a ver a Marlene Dietrich en su breve aparición. Poco después, Mario Moreno comenzó a salirse de su personaje y en un momento me miró y me guiñó un ojo, de modo que, a pesar de estar *metido* en la pantalla, podía comunicarse con los espectadores: algo así como un actor de teatro que, distraído, mira al público hasta llegar a inmiscuirse en una realidad *externa* que nada tiene que ver con la ficción del personaje que está representando. De nuevo me miró con intención (o sea, dirigió su vista hacia mí a través de la cámara que lo había filmado) y me guiñó un ojo; algo que todos considerarían, pensé yo, un pequeño truco marcado por el director para dar un toque de humor a la escena. Pero me resultó desconcertante que esto volviera a ocurrir, y luego otra vez, y otra más. Yo no recordaba este pormenor de la película. Convertido finalmente en Cantinflas, el personaje que lo hizo famoso, y hablando en su español *amejicanado* típico, Mario Moreno me guiñó un ojo una vez más y dijo: «Pancho, estás soñando. Vete a tu cuarto y échate a dormir, que tus Santos mañana te esperan; ¡ah, no!, que mañana no es mañana, es pasado; ¡ah no!, que pasado ya no hay maña; ¡ah sí!, que tu Brunita te engaña; ¡ah no!, no te engaña pero juega; a la rueda, rueda, rueda; no surca el mar, sino vuela, el velero bergantín, y mañana, mañanita, tuvo, tuvo ya su fin». Me había quedado dormido. Desperté sobresaltado. Miré mi reloj en la penumbra de la sala y pude distinguir que era exactamente medianoche. Le dije a Mendel, que había quedado sentado en la butaca contigua, en voz baja: «Hijo, me voy. Hasta mañana». Sandy se inclinó hacia delante al darse cuenta que me marchaba y me dijo en un susurro: «*Gd' night*».

Puesto que el barco se desplazaba siempre hacia el oeste, como huyéndole al Sol, y el radiante astro sale por el este, teníamos a menudo días de 25 horas; así, ganábamos a menudo una hora al mover el reloj hacia atrás. Esto permitía que de cuando en cuando me quedara hasta tarde jugando a las cartas con Mendel y Sandy, o que fuéramos juntos a algún espectáculo especial programado para medianoche. Como que las actividades a bordo se habían hecho rutinarias después de más de un mes en el barco, con frecuencia no miraba el boletín que dejaba el camarero sobre mi cama cada noche al prepararármela para dormir, especialmente si sabía que pasaríamos el día siguiente en el mar. Sólo echaba un vistazo al rectángulo que sobresalía en la primera página, donde se anunciaban los espectáculos y conciertos nocturnos. Antes de llegar a un nuevo puerto o país, sí estudiaba con detenimiento el boletín, para adecuar las excursiones que había escogido con las horas de las comidas y decidir a qué eventos de la próxima noche asistiría. Cuando llegué al camarote, me comí el chocolatín que encontraba siempre sobre mi almohada, tomé el boletín del siguiente día, me fijé en la hora de un programa con canciones del *musical South Pacific* y danzas típicas de Tahití y Moorea, que interpretarían varios artistas que subieron al barco en Papeete, y lo tiré al cesto de basura. La incertidumbre de lo que ocurriría en pocas horas me resultaba agobiante. Puse el reloj despertador para las cinco y media, pero no fue necesario utilizarlo porque prácticamente no dormí y antes de esa hora ya estaba en pie. Salí al balcón cuando empezó a aclararse el cielo y apoyé los codos en la baranda para mirar fijamente al punto que mostraba mayor luminosidad. El astro hizo su aparición. Me había olvidado ponerme las gafas oscuras. Me precipité al interior del camarote para buscarlas. Con ellas puestas, observé de nuevo el Sol, que lentamente se iba elevando sobre la línea del horizonte. Lo contemplaba extasiado. Suponía que poco a poco iría cayendo yo en una especie de trance y que Olorún me poseería para llevarme a un ámbito espiritual secreto donde yo, como dormido, podría oírlo, verlo tal vez y hablarle. Pasada casi una hora desde el amanecer, el Sol comenzaba ya a calentarme demasiado y el estado de hiperestesia que esperaba no llegaba. Me iba intranquilizando aquella demora, aunque no tenía certeza alguna de que el modo que yo concebía fuera el que Él había escogido para hacer su contacto conmigo. Pasó otra hora completa, y nada. El hambre ya me molestaba. «Mierda», dije dando un fuerte manotazo contra la baranda, y entré para vestirme e ir a la cafetería a desayunar, puesto que ya a esta hora el restaurante estaba a punto de cerrar. Aquellos domingos cuando iba al refectorio informal pasadas las nueve, por lo general veía congregado en una esquina, ocupando varias mesas, al mismo grupo de fieles que asistían a la misa de las ocho y se habían hecho amigos. A veces se hallaban en el grupo Sandy y Mendel; este último arrastrado por ella, pues no tuvo instrucción católica alguna en Cuba por parte de su madre. Me imagino que la religiosidad de Sandy era parte de una tradición de su rancia familia de Nueva Inglaterra y a mi parecer no encajaba para nada con la vida sexual licenciosa que tuvo antes de comprometerse con Mendel. En fin, entré a la cafetería y el grupo que esperaba ver en su acostumbrado coloquio dominical no estaba allí. Había poca gente, dispersa en mesas aisladas; me senté en una después de tomar de los mostradores un jugo de naranja y un *scone*, y casi enseguida vi entrar a Mendel y Sandy, quienes notaron de inmediato mi presencia y se acercaron para hacerme compañía. Nos saludamos, fueron a buscar qué tomar y comer, se sentaron conmigo a la mesa y comenzamos a hablar. Comentamos algo sobre la película de la noche anterior y luego le pregunté a Sandy dónde se habían metido sus compañeros de misa que no los veía por ninguna parte. «La misa fue ayer tarde. Te lo mencioné anoche, cuando llegué retrasada al comedor para la cena», aclaró. Entonces le pregunté: «¿Pero es que se pusieron de acuerdo *todos* para ir a la misa el sábado en vez de hoy domingo? ¿Hubo algún sermón especial ayer?» Me contestó, sorprendida de mi ignorancia: «Pero es que *hoy no es domingo*; es *lunes*. ¿No sabes

que anoche perdimos un día? Se adelantó la fecha. Del primero pasamos al 3 de febrero. ¿Pero no estabas al tanto? Lo han
estado anunciando en el boletín desde anteayer». Me atragan-
té con un bocado del *scone*; tuve que toser para desalojarlo de
mi garganta y tomar después varios sorbos de jugo, hasta que
pasó el apuro. Sandy me daba golpecitos en la espalda con la
palma de su mano. Ya recuperado, le pude contestar: «No,
hace días que no me fijo en el boletín... He tenido la cabeza
en otra parte...» Ellos continuaron comiendo y a los pocos
minutos me excusé y me fui al camarote. Tras reposar un poco y tomar un relajante, me dirigí al *Board Room*, donde había libros de viajes, mapas sueltos y un estupendo *«Atlas»*. De
inmediato encontré en un mapa del mundo la situación exacta
de la «Línea internacional del cambio de fecha», que cruzamos en el trayecto de Moorea a Nueva Zelanda y que, por su
parte, acababa de cruzar mi vida. Utilizando como eje de referencia el meridiano 180°, esta línea quebrada atravesaba de
norte a sur el planeta. El tiempo, que fuimos añadiendo lentamente a nuestros días de veinticinco horas, de súbito pasó
su cuenta y perdimos un día completo. De sábado primero de
febrero, saltamos al lunes 3; el domingo 2 se esfumó, y con él
mi sueño de averiguar anticipadamente lo que quería saber.
También comprendí por qué habían puesto la película *La
vuelta al mundo en 80 días* la noche anterior, ya que era alu-
siva al fenómeno que *yo*, en particular, experimenté de modo
tan especial. A Phileas Fogg (acompañado de su fiel asistente
Jean Passepartout), quien viajaba de oeste a este, esta *maravi-
llosa* línea del cambio de fecha le permitió ganar su apuesta.
Según su cálculo, había fracasado en su intento de circunvalar
el planeta en ochenta días y contaba ochenta y uno a su llegada al punto de partida, pero la susodicha línea movió su ca-
lendario hacia atrás un día y cumplió su cometido en los
ochenta proyectados. Lo favoreció el destino; a mí, contrariamente, me castigó, robándome una oportunidad única de
vérmelas con Olorún, o de oírlo, o lo que fuera.

Todo me resultaba confuso. Quizás este *malentendido* no fue un *castigo*, sino una salvación, un aplazamiento del conocimiento por mi parte de verdades que tal vez yo no estaba aún preparado para saber. Además, compararme con el protagonista de *La vuelta al mundo en 80 días* era impropio, porque aquél no era más que un ente de ficción, un fantasma que no más existía en una novela, mientras que yo..., bueno yo... *¿Novela?* Vamos, amigos, lo mío quedará, sí, en un libro, pero esto no es una novela, es mi vida que aquí poco a poco va dejando su alma, su sangre, su aliento... aunque será decisión de los que lleguen a leer estas páginas determinar o calificar cuál es la naturaleza de lo que dejo escrito y qué lugar deberá ocupar en los estantes donde acompañe otras obras. Volviendo al momento *de los hechos*, quería, en aquel mismo instante, librarme de todos los lastres que arrastraba mi pensamiento y no lograba despojarme de ellos. Los días en el mar, si no estaba ocupado haciendo algo o reunido con Mendel y Sandy, me dominaban las obsesiones y comprendí que me iba sintiendo mal, que estaba al borde de un precipicio brumoso al cual podía caer si no actuaba para impedirlo. Sí, era un abismo de tinieblas que alteraba mi sentido y mi percepción de ciertas cosas.

Me preocupaba no tener cerca al Dr. Sabir, quien tan bien me entendía y era un gran amigo, aunque hubo en su conducta hacia mí algo de traición, pues utilizó elementos de mi historia para componer una pieza dramática que mi Editor incluyó en la primera parte de esta trilogía. No importa. Lo que en ella se contaba era, a fin de cuentas, parte de *mi verdad*. De cualquier modo, la obrita de teatro que escribió, como tal, ha pasado inadvertida, no ha llegado a ningún escenario, y colijo que muy pocos la habrán leído. La realidad es que ya nadie lee nada. En fin, el Dr. Sabir me dio medicamentos suficientes para usar durante esta ausencia mía de Miami de cuatro meses, en caso de algún contratiempo. Y comencé a medicarme como creí conveniente para aliviar el peso de mis preocupaciones.

El 4 de febrero, a mediodía, atracamos en Auckland, la «Ciudad de las Velas» (*The City of Sails*), llamada así por la enorme cantidad de barcos de vela que navegan las aguas que la circundan. El recorrido que hicimos esa misma tarde, después de subir al Cerro Edén (*Mount Eden*), nos llevó, por cierto, al Club de Yates que servía de sede, en aquel momento, a la *American Cup*, la Copa Americana de las regatas de barcos de vela. Al caer la noche nos fuimos Sandy, Mendel y yo, por nuestra cuenta, a echar un vistazo a las avenidas centrales; a esta hora los flamantes y exquisitos comercios comenzaban a cerrar, mientras que los restaurantes elegantes, casi todos con mesas al aire libre, en las calles laterales que desembocaban en *Queens Street*, se animaban progresivamente. A la mañana siguiente, ellos y yo nos separamos por haber decidido hacer recorridos diferentes.

Me había puesto de acuerdo con tres compañeros de viaje —Susan, Charles y La Diva— con quienes fui trabando amistad durante aquel mes que habíamos pasado juntos a bordo, para emprender un recorrido que nos llevaría, casi al final, a las Cuevas de Waitomo. A La Diva, en particular, las cavernas no le interesaban, pero el resto del paseo programado, sí. Susan y Charles tenían unos amigos, dueños de una estancia, que los habían convidado a un almuerzo en su casa. A su vez, La Diva y yo fuimos invitados por Susan y Charles y aceptamos entusiasmados, porque esto nos daba la oportunidad de visitar a gente *de allí*, y poder conocer de primera mano la vida de estas haciendas. Otras muchas, como las de esta familia oriunda de Nueva Zelanda, se veían a ambos lados de la carretera que nos llevaría a nuestro destino; las praderas onduladas, verdes, desplegaban el cuantioso ganado que sustenta la principal industria de este país, exportador de productos lácteos a todo el mundo. Hicimos una breve parada en un minúsculo jardín zoológico con aviario que se dedica mayormente a criar *kiwis*, y los pudimos observar en un recinto oscuro, iluminado tan sólo por unos bombillos amarillos de poca luz, donde están aquellas aves nocturnas escarbando con sus largos picos tubulares, buscando comida entre la paja y la maleza de la gigantesca jaula. Susan estaba junto a mí en la oscuridad; más allá se encontraba Charles. La Diva no quiso pasar al interior de la pobremente alumbrada habitación porque padecía de claustrofobia. *Nadie* podría ver lo que sucedería enseguida; sólo yo sería capaz de *sentir* lo que entonces ocurrió y me llenó de sobresalto por lo inesperado que me resultaba. Una mano tibia, la de Susan, aterciopelada y suave, se posó discreta, lánguidamente sobre la mía; permanecí impávido por varios segundos hasta que, con semejante lentitud, al fin la retiró. Cuando Charles, ignorante de lo ocurrido, hizo el ademán de marcharse, lo seguimos para salir los tres al exterior.

La casa campestre de los amigos de Susan y Charles era un primor. Saben que nuestra visita será corta porque tenemos programado el resto de la tarde, así que a nuestra llegada está la mesa puesta y todo listo en el comedor principal para el almuerzo. Mis amigos y el matrimonio anfitrión se besan y abrazan; intercambian sus noticias de familia, y en pocos minutos estamos sentados disfrutando de un banquete sensacional con algunos toques campestres. Por aquella mesa desfilaron muchos platos, todos delicados, confeccionados con el mayor esmero: ensalada de legumbres recién cortadas, vegetales rehogados, cordero asado, jamón curado en la propia granja, huevos hervidos con salsa blanca, un pan que parecía haber sido horneado en el Paraíso, helado hecho en casa, galletitas dulces y cerezas en almíbar. Nos pusimos en camino tan pronto tomamos el té, que coronó aquella fiesta del paladar. Susan me hablaba como siempre, con su acostumbrada familiaridad, como si no hubiera ocurrido nada en la oscuridad de la sala de los *kiwis*. Tan cándido era su comportamiento que llegué a pensar que nada sucedió allí y que mi mente lo imaginó. Pero no había tomado ningún relajante; me sentía animoso y despejado. Sí, me había acariciado. Supuse que me correspondería a mí hacer lo mismo en algún momento propicio, si tenía interés en reciprocar su acción para darle a entender *que yo estaba interesado*. ¿Lo estaba? Jamás pensé en Susan hasta ese momento como una posible compañera de *juegos*. Ignorar el asunto, por otra parte, sería poco caballeroso y podría ella tomarlo como un rechazo insultante. En el barco, dos veces por semana, reunía a un pequeño grupo al cual instruía en el arte de la *meditación trascendente*. Yo asistí a sus clases y en ellas se pasaba a menudo de la meditación a las conversaciones de carácter metafísico, esotérico y religioso, en las cuales se refería a un supremo ser que nunca mencionaba por su nombre. Estaba seguro de que Susan, *calmadamente*, fiel a sus propias enseñanzas, esperaría a que yo diera el *segundo paso* hacia un acercamiento físico, puesto que ya ella había dado *el primero*. Mi corazón, por otra parte, desprovisto de amores esenciales, después de haber perdido las esperanzas de continuar mi vida junto a Luz, fijó su meta en aquella otra mujer que me había sacudido sentimentalmente: Arminda, quien tanto me recordaba a su madre. Con Amanda, a pesar de lo devastadora que fue para mí esta relación, alcancé la madurez del amor que Dina no hizo más que despertar, *y apagar* de inmediato, aquella tarde cuando acababa yo de cumplir los quince años. Arminda era el sueño imposible que alienta a todo ser humano a seguir su rumbo hacia el futuro. Era el proyecto que nos mantiene vivos, aún cuando sepamos que es inalcanzable y sólo un milagro lo haría posible. Y en eso estriba, posiblemente, su importancia como motivación existencial, porque el milagro es la solución que llega como un acto de gracia, regalado por el Ser Superior, y nada tiene que ver con lo que hagamos por conseguirlo. En el terror de que Arminda pudiera ser producto de mi vida *conyugal* con Amanda, residía la malsana atracción que me sostenía en mi empeño. Pero confiaba en que mis seres tutelares me alumbraran a tiempo con la verdad si se producía un acercamiento entre Arminda y yo, para no violar las leyes naturales, para no dar pábulo a amores ilícitos con la única que tal vez llevara en sus venas directamente la sangre de las mías. Examinaba todo esto mientras nos trasladábamos, en el taxi que contratamos por el día, hacia las cuevas, donde veríamos los gusanillos que las han hecho tan famosas. Pagamos los cuatro la tarifa correspondiente en un kiosco que se hallaba junto al área de estacionamiento. A causa de su aversión hacia los lugares cerrados, La Diva preguntó si tenían algún café donde pudiera quedarse tomando algo para no tener que entrar a las cuevas. Le dijeron que sí, pero le explicaron que la primera sección era tan inmensa en su interior que no se sentiría encerrada; ella, no obstante, prefirió acomodarse cerca de la barra y pedir un *Cointreau*. El guía que nos asignaron a Susan, Charles y a mí, nos condujo por unas plataformas de madera a la entrada. Al penetrar, aparece una zona cuyo techo remeda el de una fastuosa catedral. El túnel por el cual caminamos hacia el interior se va oscureciendo hasta llegar a un río estrecho y tranquilo que se proyecta hacia una oquedad por la cual suponemos tendremos que entrar a otra zona. Así es. Abordamos un pequeño bote y nos pide el guía que guardemos absoluto silencio, con el propósito de no perturbar el hábitat de los gusanillos de luz que viven en el interior de la gruta. Para no mover el agua con remos ni alterar la total serenidad de aquel lugar, iluminado sólo hasta la entrada de la gruta, se han instalado unas cuerdas que van por el aire, a metro y medio sobre el nivel del agua, que el guía agarra con sus manos desde dentro del bote, para hacerlo moverse en la dirección de la caverna hacia donde nos dirigimos. Dejamos atrás la última bombilla, pasamos por el angosto agujero y penetramos una oscuridad violada únicamente por los miles de puntitos luminosos de los incontables gusanillos que cubren en su totalidad el techo de aquella bóveda. Algunas lucecitas se apagaban; otras nuevas se encendían. El bote quedó detenido en el centro del lago y mirábamos hacia arriba disfrutando de aquel prodigio de la naturaleza. Los puntitos formaban a veces raros diseños, como los que, con un poco de imaginación, podemos tratar de identificar en las nubes. A mi derecha se dibujaba un cisne con un cuello muy largo que al apagarse unos foquitos y encenderse otros se convirtió en una estilizada figura femenina. Ésta se borró y no vi allí más nada. Miré a mi izquierda y me pareció advertir una cara alargada con una abundante barba, la cual casi al instante se transformó en un feto, como esos que captan las imágenes médicas de los sonogramas. Me recosté hacia atrás para ver bien el centro de la esfera, y aparecían rasgos semejantes a líneas de una vacilante caligrafía que empecé a tratar de leer. Los puntos luminosos que se encendían y apagaban me dificultaban la tarea, pero pronto se revelaron unas letras con total nitidez y leí: T H J S R M N D. No me cabía la menor duda que eran el mensaje de Olorún anunciado por Bruna. Me tocaba a mí descifrarlo. Debía memorizar aquellas letras en el orden en que aparecían; para ello comencé a pronunciarlas, muy calladamente, sin hacer ruido, una por una, hasta que pude repetirlas sin mirar. Tan pronto salimos de la gruta mayor, nos acercamos a un minúsculo muelle de desembarque; bajé del bote y corrí al bar donde quedó La Diva, pedí algo con que escribir, y anoté en la parte posterior del boleto de entrada, que guardaba en un bolsillo, lo que acababa de ver dibujado por aquellos gusanillos de luz que poblaban la cueva prodigiosa.

En días sucesivos traté de componer con las consonantes una frase coherente. Era un proceso similar, pero al revés, al que siguieron los judíos con el nombre de Jehová, el cual, al quitarle las vocales (para que, por ser tan sagrado, no pudiera ser pronunciado), quedó en las puras consonantes: JHVH. Ahora tenía yo que recomponer las palabras, añadiendo las vocales, sin saber cuál era la frase original que Olorún había diseñado. Por dar un ejemplo al lector, si me hubiera mostrado las consonantes JPN, habría podido llegar a las palabras: «aJo, PaN»; u «oJo, PeNe»; o «JaPóN». Me dio un enorme trabajo hallar una solución aceptable para THJSRMND. Era muy difícil. Después de mucho cavilar, arribé a una primera solución: «Tu HoJa SeRá MeNuDa», la cual no tenía ni pies ni cabeza. Otras igualmente oscuras se me fueron ocurriendo, hasta que llegué a la que, convencido, decidí era la ideal: «aTa HoJaS, RaMa, NaDa». Desistí continuar, creyendo que ésta era la clave para una adivinación que debía alcanzar utilizando mi intelecto. ¿Qué hojas, qué rama debía atar? ¿Acaso debía no atar *NaDa*? Cedí en mi empeño y olvidé el asunto. Supuse que se me presentaría alguna circunstancia que me ayudara a deducir la secreta sentencia. Fue Él quien, a la postre, sin duda demasiado tarde, me reveló la lectura correcta. Pero reto al lector: más suspicaz y hábil que yo, tal vez encuentres la respuesta exacta. Puedes añadir todas las vocales que desees, poner comas o puntos, crear cuantas palabras se te antojen, pero no debes añadir ninguna consonante ni variar el orden en que aparecen. ¡Te deseo la suerte que a mí con frecuencia me abandona!

5

Una tirada de dados

«Una tirada de dados jamás abolirá el azar». La traducción al español del verso de Mallarmé no le hace justicia a su belleza: «*Un coup de dés jamais n'abolira le hasard*». Pero lo importante no es el espléndido uso de la palabra ni su musicalidad, sino la idea implícita en el postulado. Digamos que tiramos los dados y nos sale un doble de seis. Los tiramos otra vez, y vuelve a salir un doble de seis. Los tiramos una tercera vez y lo mismo. Nada hay que impida que un millón de veces, cien millones de veces, tiremos los dados y continúen saliendo los dobles de seis. «Ah, la ley de la probabilidad», me dirán algunos, «hace que tal cosa sea imposible». Pero sí es posible. Tengo evidencia de que los acontecimientos más inverosímiles e inesperados, se hacen patentes en la vida diaria de todos, a cada instante.

Encontrar a Amanda al cruzar un parque, días después de haberla visto por primera vez en otro lugar muy distante de allí, en la enorme ciudad de La Habana, fue algo tan quimérico como el doble de seis de los dados repetido infinitamente. La tirada de *mis* dados cambió de tal modo el curso de mi vida que en el *momento literario presente* de esta *memoria*, todavía queda pendiente el descubrimiento de la verdad que me permitirá saber si la hija de Amanda, Arminda, es también mi hija. O si, por el contrario, será la amante que me acompañará por el resto de mis días. Pero sigamos el orden (crono)lógico de las cosas.

Recuerdo otro incidente semejante, aunque éste no tuvo en realidad la menor trascendencia. A veces ocurren extraños sucesos —sorprendentes contingencias— que no entendemos y nos resultan del todo inútiles, pero vienen a ser como una

Luis F. González-Cruz

advertencia de que no estamos solos, de que Seres Superiores
nos vigilan desde algún recóndito sitio, y que debemos estar
atentos a los pasos que damos, puesto que por ellos somos y
seremos sancionados o gratificados. El caso en cuestión es
que cuando aún vivía en Pittsburgh y ejercía la docencia, conocí a Jorge Guillén, a quien la Universidad de Pittsburgh
contrató como *Visiting Professor*. De esta amistad surgió la
idea de iniciar una revista literaria que otros dos profesores y
yo nombramos *Consenso*, con la intención de dedicar el primer número a la figura de Jorge Guillén. Para ella nos regaló
este último dos poemas que acababa de escribir titulados
«Todo a la vez» y «Profunda caravana». A finales del semes-
tre de invierno, Guillén se marchó, algo que me apesadumbraba muchísimo, pues comenzaba a acostumbrarme a la presencia de un ser humano tan hermoso quien, además, era un
portentoso pensador. Supuse que pasaría mucho tiempo antes
de que le volviera a ver o que, por sus achaques y edad, nunca
más pudiéramos conversar en persona. Ese verano, durante
mis vacaciones, en las que visité París, caminaba por el *Quar-
tier Latin* distraídamente, cuando, en una esquina, casi trope-
cé con Jorge Guillén, que salía con su cónyuge de un restaurante. Grande fue la alegría que recibimos los dos; no nos
separamos más en lo que quedaba del día, acompañándolo yo,
por petición suya, a los lugares que se le ocurrían, para poder
continuar platicando sobre sus temas favoritos.

En otro viaje en que visité Madrid, conocí a dos amigas
de Martha, la samaritana cubana que me dio su mano cuando
caí en aquella ciudad sin un centavo, a mi salida definitiva de
Cuba, para echarme a andar por los extraños atajos que se
irían abriendo en mi camino. Fui a casa de Lolín y Augusta,
madre e hija, respectivamente, a llevarles un obsequio que
Martha les enviaba desde Miami, creo que con el propósito de
que hiciéramos contacto para que se estableciera entre la hija
y yo algún lazo que nos llevara eventualmente al matrimonio,
puesto que la muchacha se iba quedando ya para vestir santos.

Vivían por San Blas, cerca del Ambulatorio. Me invitaron a comer en su pisito. Se hizo una amistad muy cordial; pero comprendí que allí no había nada que a mí me interesara para incorporar a mis planes futuros. Me despedí de ellas pensando que nunca más nos volveríamos a encontrar. «Ay, qué Madrid tan grande», reza uno de los versos del estribillo de una vieja canción española. A pesar de lo grande que es esta capital, al día siguiente de mi visita a Lolín y Augusta, bajaba yo de un taxi frente al Teatro Monumental, donde se estrenaba *El diluvio que viene*, y allí, en ese mismo momento, a varios metros de mí, en la acera, estaban las dos. Yo no las advertí hasta que me llamaron a vivo grito por mi nombre: «Don Francisco, Don Francisco...», mientras se acercaban apresuradamente a donde yo estaba. No venían al teatro, sino a una tienda a hacer compras. Su interés en establecer más confianza conmigo —que se hizo ahora demasiado obvio— las hizo invitarme a tomar algo en un bar cercano, pues el espectáculo al que yo iba a asistir demoraba todavía más de una hora en comenzar y yo había llegado anticipadamente para conseguir un buen asiento. En fin, me comí unos mejillones frescos con ellas y me tomé una copa de vino. Me insistieron para que fuera a su casa al día siguiente a cenar con ellas. Me excusé diciéndoles que tenía un compromiso y que las llamaría para concertar alguna otra reunión, a sabiendas de que de ahora en adelante las evitaría a toda costa, y tomamos distintos rumbos: ellas hacia su tienda; yo hacia el Monumental. Veinte años después, en Australia... No, lo que tal vez ustedes comiencen a imaginarse *no es* lo que me ocurrió en Australia. No quiso la casualidad que se materializaran, dos décadas más tarde, en aquel lejano país, «la Lolín» y «la Doña Augusta», no. De ellas supe alguna que otra vez por Martha, con quien nunca dejé de comunicarme, pero no las volví a ver. El *fenómeno* de Australia —no hay otro modo de definir lo ocurrido allí— tuvo una gran trascendencia y vino a colmar mi necesidad de saber los detalles de un capítulo familiar que había quedado inconcluso, al menos para mí, aunque la muerte trágica de su protagonista lo había concluido treinta años atrás. Hablo de mi tía Alida, cuya presencia ha ocupado un lugar predominante en mi corazón. A Bruna y a mis dioses les había pedido que me permitieran volver a ver a *Tía* en este mundo —que era el único tangible que yo conocía—, aunque en *el otro*, tal vez demasiado *nebuloso* para mi gusto, sin duda me estaría esperando.

Después de partir de Nueva Zelanda, hicimos dos escalas que nada tienen que ver con los sucesos fundamentales que voy narrando. Baste anotar, por dejar constancia del itinerario que seguimos, que nos detuvimos en Tasmania (donde visitamos Hobart, Richmond, y vimos los ejemplares típicos de su fauna, incluido en temible «diablillo») y en Melbourne (donde no faltó un recorrido en el *Puffing Billy*, un simpático trencito que se desplaza, atravesando antiquísimos puentes de madera, por entre las montañas, llenas de eucaliptos que confieren su aroma al aire limpio de estas áreas solitarias). Y el barco hizo al fin su entrada vistosa en Sydney. Lo esperaba mucha gente en el muelle. La visita anual del QE2 era anticipada por todos aquéllos que deseaban ver la famosa nave de cerca. A algunos de los pasajeros los esperaban amigos o parientes que venían a recibirlos. Hay incluso tarjetas postales con vistas aéreas de esta zona de la ciudad, donde aparece el QE2. Para mí esta gran metrópolis no era más que otro *territorio* que quería descubrir, pero quiso el azar —*le hasard*— que se convirtiera en algo muy distinto.

El barco atracó en el *Circular Quay*: un muelle en forma de herradura. Al extremo de una de sus puntas se encontraba atracado el QE2; al otro, se alzaba la famosa Casa de la Ópera, que veíamos de frente desde nuestros camarotes. Nos dedicamos Sandy, Mendel y yo a deambular por el vastísimo muelle gran parte de la mañana y a observar el movimiento de las múltiples embarcaciones —*ferries* o lanchones de pasajeros— que usaba el gentío para transportarse de un lugar a otro;

era más viable —dada las considerables distancias que separaban una zona urbana que tuviera acceso por agua, de otra— tomar una de aquellas barcazas, que desplazarse en auto. La hormigueante flotilla conectaba por mar o por río numerosas áreas de la gran ciudad y alcanzaba otras localidades lejanas que se hallaban río arriba. Desde aquel punto de incesante movimiento, se hacían también conexiones con trenes que atravesaban la urbe en todas direcciones. Sandy y Mendel subieron al barco para almorzar. Yo decidí caminar hasta la Casa de la Ópera, echar un vistazo al célebre centro de las artes escénicas y tratar de conseguir boleto para asistir a alguno de los espectáculos que se ofrecían allí cada noche. Antes de ir a la taquilla, me uní a un pequeño grupo que en ese momento iba a comenzar un recorrido de los interiores. El guía dio todos los pormenores de la construcción del dinámico, atrevido e intrigante edificio, y paseamos por los teatros principales para el ballet, la ópera y los conciertos, que albergaba. La ópera de esa noche era *Rigoletto*, que había visto muchas veces y no me interesaba en particular, de modo que escogí una representación de *The Way of the World* (*Así es el mundo*), del dramaturgo inglés William Congreve, para asistir dos noches después (cuando único tenían butacas disponibles), lo cual no era problemático, pues estaríamos en Sydney cuatro días completos. Boleto en mano, volví caminando al otro lado del muelle, tomé un almuerzo ligero en uno de los restaurantes que había frente a la rada, y subí a *The Rocks*, el barrio más antiguo de Sydney, a poca distancia del muelle. A media tarde, frente al Hotel Hyatt, me senté en un banco muy cerca del agua, a contemplar al otro lado de la ensenada, la magnífica edificación blanca, semejante a una gigantesca flor de pétalos angulados que parecen salir unos de dentro de otros, visitada esa mañana. Me parecía algo así como un espejismo. Solo, en aquel banco, me vinieron pensamientos de momentos pasados y amargos: cuánto hubiera querido que mi padre estuviera conmigo allí en aquel momento, presenciando un paisaje donde la naturaleza había sido hermosamente armonizada por la mano del hombre, él, a quien tanto placer le daba viajar y cuyo mayor goce había quedado frustrado por el gobierno que no le permitió volver a poner los pies fuera de su país desde el año 1959 hasta su muerte. No sé por qué me sentí culpable de disfrutar de algo que a él le había sido vedado. Pensé en todos los que me habían abandonado para siempre, y al fin llegué al peor de los acontecimientos que me tocó vivir: el suicidio de Tía Alida que, más de treinta años después, todavía atribulaba mi corazón. Pero nada en este trayecto que ha sido dispuesto para cada uno de nosotros es gratuito, aunque así lo parezca a veces. Mi cerebro mantuvo vigente toda esa noche lo que había desfilado por él en aquel breve reposo y al día siguiente hizo mi dios, o la casualidad, o la arbitraria lanzada de los dados divinos, que el pasado reviviera, para bien, o para mal, o por colocar las cosas en su sitio y poner punto final a la *divina tragedia* de mi pobre tía.

Era el segundo día en Sydney. Sandy y Mendel, aventureros, decidieron escalar el *Sydney Harbour Bridge*. Yo tenía planeado tomar una de las embarcaciones locales en el muelle, para hacer un recorrido por el río Parramatta y después subir a las montañas. A las nueve de la mañana me convertí en parte del gentío que animaba el atracadero. Me planté en la línea para adquirir el boleto del lanchón correspondiente al destino que yo llevaba. Delante de mí, a punto de comprar el suyo, la vi, de espaldas primero, de medio lado después, y por último de frente, al darse vuelta para dirigirse a la entrada. Era Tía Alida. O, al menos, eso deduje de inmediato, puesto que no me sorprendían ya las apariciones de seres del otro mundo que supuestamente no tenían en mi presente existencia real; entre ellos: Bruna, que se materializó en Pennsylvania aquel nevado día en que dejó en mi mano una de las rosas que traía, o el propio Olorún, que compareció ante mí y me acompañó, *en carne y hueso*, por un buen rato, en la aldea de Parinacota, cuando estuve a punto de volar con Él hacia su Santo Reino desde las alturas de los Andes. No dudé que en esta tierra lejana, el Gran Santo me concedía uno de sus milagros. Por todo esto, quedé poco desconcertado, aunque sí indeciso sobre la conducta que debía seguir. De cualquier modo, si era *Tía*, ¿por qué buscaba este método complejo de llegar hasta mí? Pero no era atribución mía cuestionar decisiones que venían de lo más alto. Actué según me indicó mi conciencia. Traté de apresurarme, boleto en mano, hacia la entrada, para acercarme a ella y confrontarla. Pasó al interior de la lancha y se sentó en el único asiento que quedaba disponible en una fila delante de la cual había otra en que, de igual modo, se mantenía vacío un espacio, el cual ocupé yo. La situación de las butacas, como ocurre en los compartimientos de algunos trenes antiguos de pasajeros, obligaba a los ocupantes a verse de frente, a menos que bajaran la cabeza para leer un libro, realizar alguna labor con qué distraerse, o echaran un pestañazo. Al volver los ojos hacia ella, la descubrí mirándome intensamente, con perplejidad. Le sonreí y ella reciprocó mi gesto con un ademán que denotaba suprema satisfacción, como si quisiera decirme: «Al fin, al fin se entrelazan de nuevo nuestros caminos, después de tan larga separación». No se me malinterprete; no es que en realidad pensara ella tal cosa, sino que suponía yo que esto era lo que pasaba por su mente. Tenía necesidad de aproximarme a ella, de platicarle. Entonces, observándola detenidamente, sin que ella dejara un instante de contemplarme, noté detalles que sembraron en mí las primeras dudas sobre la identidad de aquella mujer que bien podía no ser la tía que tanto añoré por más de tres décadas. Los años transcurridos llenaban su cara de arrugas, profundos surcos que daban prueba del envejecimiento, pero no lograban desfigurar el rostro que yo conocía. De manos grandes y fuertes, más robusta de lo que yo recordaba, no me daba la impresión de que hubiese engordado, sino que, en general, era mayor que *Tía* en todo. Otra interrogante que pasó de modo fulminante por mi mente fue: ¿por qué se me presentaba vieja, como si nunca hubiese muerto, y el tiempo *real* (no el de la vida eterna que sin duda había ganado) hubiese continuado su inexorable maltrato de la carne? Si era *Tía*, la *Tía* que yo dejé de ver cuando contaba ella con poco más de cuarenta años, que del mundo de los muertos volvía a éste, substanciada, para estar de nuevo conmigo y llenar el vacío que su partida había dejado en mí, debía lucir *exactamente igual* a la *Tía* de entonces, porque los muertos no envejecen. La duda me hizo dirigirme a ella en inglés —al creer por un momento que podía ser una australiana que no más se parecía a mi tía— cuando, levantándome y acercándome a ella, le dije: «*Excuse me, madam. Could I speak to you?*» [«Perdóneme señora. ¿Podría hablar con usted?»] «*Yes, yes, of course. Come!*» [«Sí, sí, por supuesto. ¡Ven!»], me contestó, poniéndose de pie, tomando del suelo un pequeño bulto que traía y asiéndome por un brazo con determinación para halarme hacia el otro extremo de la barcaza donde había asientos aún vacíos y podíamos acomodarnos en butacas contiguas.

El acento con que pronunció el «*Yes, yes*» denotaba que no era ni australiana, ni inglesa, ni americana. Su «*Yes*», que los anglosajones enuncian con la *Y* que suena como *I*, o sea «*Ies*», para ella se transformaba en un «*Lles*» al estilo hispánico. Tan pronto nos sentamos le pregunté: «*Are you from here?*» [«¿Es usted de aquí?»]

ELLA. «*No. I am Spanish. And you? Do you speak Spanish?*» [«No. Soy española. ¿Y usted? ¿Habla español?»]
YO. Sí. Soy cubano. (*Le pregunto entonces con cierta timidez, turbado, sabiendo de antemano la respuesta, consciente de que actúo ingenuamente, como un niño que necesita que le repitan la verdad sobre algo que ya sabe.*) Tú... Usted... no es... no es tía mía... ¿verdad? ¿Su nombre es Alida?

ELLA. (*Levanta la cabeza. Me mira fijamente a los ojos. Ha confirmado algo que desde que me vio ha estado pensando.*) ¿Usted... tú... eres el hijo de Binerfa... el médico Binerfa de Coliseo... el sobrino de Alida... Panchito... como ella te llamaba?

No necesito responder. Asiento con un movimiento de la cabeza. La consternación que experimentamos ambos nos ha dejado mudos. La lancha se estremece cuando echa a andar sus motores y se pone en movimiento. Se separa lentamente del muelle para aumentar poco a poco su velocidad. La mujer solloza y derrama, incontenibles, infinidad de lágrimas. Yo trato de mantenerme ecuánime, comenzando a adivinar quién es esta mujer. Comprendo que algo trascendente ha ocurrido. Me mantengo callado e inmóvil para evitar llamar la atención de los pasajeros que nos rodean. Cuando noto que se calma y está dispuesta a continuar la conversación, la interpelo.

YO. ¿Usted, conoció a mi padre? ¿Y a mi tía?

ELLA. Hijo, desde que te vi tuve la certeza de que eras de esa familia. Tu cara es la misma de tu tía. No he visto nunca tal parecido entre una tía y un sobrino.

YO. Y a mí me ha pasado algo por el estilo. Sus facciones y las de mi tía, que en paz descanse, son idénticas. Quiero decir, que si *Tía* hubiera vivido, tendría hoy día su cara. Un parecido increíble. (*Consciente de que no había tiempo para dilatadas anagnórisis, fui al grano.*) Usted es la Hermana Ambrosia, ¿verdad?

ELLA. (*Se le vuelven a plantar unos inmensos lagrimones en los ojos, que pronto comienzan a rodar por su rostro, seguidos de muchos otros. Asiente con la cabeza.*) Sí. (*Hace una breve pausa*) ¿Alida murió? ¿Cuándo, cómo?

YO. Hace más de treinta años que la perdimos.

H. AMBROSIA. ¡Cuánto, cuánto lo siento! Era más joven que yo. Yo le llevaba cinco años. Y sin embargo, todos los que nos veían juntas pensaban que éramos hermanas gemelas. Nos parecíamos mucho. Por eso creíste que yo podía ser ella, ¿no? Pero hijo, si ella murió, ¿cómo yo iba a ser ella?

YO. Es algo que me resulta difícil de explicar. He visto antes a otros muertos.

H. AMBROSIA. ¿Fantasmas?

YO. No. Seres de carne y hueso que han vuelto del otro mundo para verme. (*Noto incredulidad y asombro en la expresión de la Hermana, por lo cual trato de cambiar el giro de la conversación. Continúo hablando después de una pequeña pausa, mientras vuelven a mi memoria los datos que me habían sido confiados por mi propia tía sobre lo ocurrido tantos años atrás.*) El parecido físico entre usted y mi tía fue lo que le permitió a ella salir de Cuba con su pasaporte, ¿no es así?

H. AMBROSIA. ¿Cómo sabes eso? ¿Ella te lo contó? ¡Cuánto tenemos que hablar! Pero dime, ¿qué haces aquí, adónde vas, te has establecido en Australia?

YO. Lo mismo quisiera preguntarle yo a usted, porque según lo que *Tía* me refirió, usted se quedó en Cuba sin pasaporte y sin modo de salir nunca más de aquel país...

H. AMBROSIA. Te pregunté yo primero, y mi historia es larga. ¿Vives aquí?

YO. No. Estoy en Sydney de paso y hoy voy a hacer un recorrido para subir a las *Blue Mountains* [las *Montañas Azules*]. Me marcho pasado mañana, en un crucero.

H. AMBROSIA. No puedes dejarme sin que nos pongamos al día. Tienes tanto que contarme... Han pasado muchos años... No quisiera que te fueras sin decirme todo lo que recuerdas de tu tía, de tu padre, a quien tanto afecto le tenía... Y a mí también me gustaría hablarte con detenimiento. Desde que dejé el convento en que tu tía Alida y yo coincidimos por última vez en Cuba, han pasado tantas cosas que me he guardado aquí dentro (*Se toca el pecho sobre el corazón.*), que nadie en el mundo más que tú sabría comprender. Pienso. No sé. Tu tía te consideraba un muchacho muy inteligente. ¿Por qué no me acompañas hoy? Si te quedas conmigo el resto del día, mañana puedo servirte de guía en tu paseo por las montañas.

YO. No he hecho planes de nada. Tendría que llamar a los muelles para que pasen un mensaje al barco. Viajo con *mi hijo* (*Mentía para evitar explicaciones innecesarias.*) y su esposa.

H. AMBROSIA. ¿No tienes la dirección del correo electrónico de tu hijo, o del barco? En un instante puedes comunicarte y tener respuesta. En cuanto lleguemos a casa, puedes enviar un mensaje desde mi ordenador.

YO. Pero, además, tengo boleto comprado para un espectáculo mañana en la Casa de la Ópera.

H. AMBROSIA. No te preocupes. Me comprometo a dejarte frente a los muelles mañana por la tarde y tendrás tiempo de todo.

YO. Pues... Si tengo donde quedarme, y logro comunicarme con *mi hijo*, no creo que haya inconveniente.

H. AMBROSIA. Tenemos una habitación para visitantes en mi comunidad. Te sentirás cómodo. Ya verás. ¡Qué gusto me das! Katoomba, el pueblito donde vivo, está en lo alto de las *Blue Mountains*. Allí comparto con cuatro religiosas como yo una casa. Asistimos al párroco del pueblo con el mantenimiento de la iglesia, visitamos a los enfermos, les llevamos la comunión...

YO. ¿Hace mucho tiempo que está aquí?

H. AMBROSIA. Ocho años. Ya te contaré mi peregrinación desde aquellos días cuando vivía bajo el mismo techo con tu tía en el convento de La Habana donde se refugió.

YO. Conozco los pormenores.

H. AMBROSIA. (*Con curiosidad y visible preocupación.*) ¿Los pormenores... de qué?

YO. (*Enfático, pero sin ser descortés.*) ¡De todo!

H. AMBROSIA. ¿De todo?

YO. ¿Puedo hablar con confianza?

H. AMBROSIA. Hijo, con toda la confianza que quieras. Yo contigo haré lo mismo, porque tal vez sea la primera y última vez en mi vida que pueda abrir mi corazón. Si lo sabes TODO, podrás entender por qué desde entonces no he vuelto a confesar mis pecados a ningún sacerdote y me he condenado a mí misma a no volver a comulgar y a no recibir el perdón de mi amado Salvador. Pero no creas que ha sido por falta de arrepentimiento, sino porque no he tenido el valor de desnudar mi alma ante ningún otro ser humano, aunque lleve sotana.

YO. No habrá nada que ocultar entonces. Estoy dispuesto a escuchar y a compartir con usted lo que sé.

H. AMBROSIA. Nos bajamos en la próxima parada, la de Meadobank. Tengo el auto de mi comunidad estacionado junto al embarcadero.

La barcaza aminoró la velocidad hasta detenerse junto al muelle donde desembarcamos la Hermana Ambrosia y yo, más un buen número de los pasajeros. Caminamos unos cuarenta metros hasta un área de aparcamiento y subimos al auto de ella: un Fiat muy antiguo, pero en buen estado.

H. AMBROSIA. El viaje a Katoomba no es largo. Puesto que estás haciendo turismo, ¿te gustaría detenerte en el trayecto en un lugar típico y pintoresco a tomar un *Billy Tea*?

YO. Un ¿qué?

H. AMBROSIA. ¡Ah! Un *Billy Tea*. Le llaman así al té preparado a la usanza de los primeros habitantes de esta tierra, los pioneros que se enfrentaron a la exuberante flora y fauna de esta región australiana.

YO. Sí, como no, siempre que usted me permita invitarla.

H. AMBROSIA. No te lo voy a impedir porque no cuesta casi nada. Sólo hay que pagar la entrada al área de recreación donde tienen animalitos que tal vez no conozcas.

Antes de echarnos a andar, la religiosa llamó por su teléfono móvil a la morada que compartía con sus iguales y le informó en inglés a la que contestó que tendrían un invitado para la cena e hicieran los arreglos acostumbrados. Puso el auto en marcha y en unos quince minutos entrábamos al parque. Después de estacionar y pagar yo la entrada, nos dirigimos a pie por una vereda que llevaba al restaurante campestre, a lo largo de la cual se encontraban jaulas o corrales donde había *koalas, wallabies, wallaroos, wombats* [utilizo los nombres originales, porque sus traducciones al español resultan poco conocidas; ¿a quién se le ocurriría referirse al *wombat* como al *fascolómido*?], un *dingo* (perro salvaje australiano pariente del lobo, que curiosamente no ladra, sino aúlla), pavos reales y murciélagos gigantescos que colgaban de los árboles. Canguros de todos tamaños se nos acercaban y tomaban de nuestras manos los alimentos que nos dieron en unas bolsitas al entrar para ofrecerles. En el comedor al aire libre, nos instalamos en una mesa rústica a donde enseguida nos trajeron unos trozos de pan, unos pozuelos de pura mantequilla fresca y un tarro de sirope.

H. AMBROSIA. Dime, Panchito, ¿de qué murió Alida?

YO. Se quitó la vida, ella misma, en Nueva Orleáns, donde vivía con mi otra tía, Violeta. Yo estaba en Pittsburgh cuando ocurrió la tragedia. Según me contó Tía Violeta, sufrió un desengaño amoroso del cual no se pudo recuperar y se suicidó. Estaba enamorada de un hombre que ella suponía la estaba cortejando y se enteró que era homosexual. Su desilusión fue tal que la llevó a una terrible depresión. Aprovechó que tía Violeta y tío Marcial se fueron a la iglesia un domingo y la dejaron sola, para irse al garaje y ahorcarse con una soga que amarró a una de las vigas del techo.

H. AMBROSIA. ¡Ave María Purísima! (*Hace la señal de la cruz.*) Tu tía era una santa, hijo, pero una santa que padecía una seria enfermedad mental. No sé qué explicaciones te habrá dado tu tía Violeta, pero dudo mucho que ésa haya sido la verdadera causa de su suicidio.

YO. ¿Por qué?

H. AMBROSIA. Porque tu tía no puede haberse enamorado tanto de ningún hombre como para decidir quitarse la vida por él.

YO. ¿De *ningún* hombre?

H. AMBROSIA. De ninguno. Ni de hombre ni de mujer.

Hay una pausa un poco engorrosa, pues presiento que nos vamos a meter en la conversación en temas escabrosos. Ella nota mi vacilación. En realidad no me atrevo a decir nada comprometedor ni para ella ni para mí.

YO. Usted sabrá lo que dice...

H. AMBROSIA. Sí. Tu tía le tenía terror a los hombres. Los rechazaba. Pero de igual modo me rechazó a mí cuando le hice ver que la quería. Tú lo sabes. ¿Para qué darle vueltas al asunto que ha sido la gran desventura de mi vida?

YO. ¿Y no fue una gran desventura para ella también *aquello* que usted le hizo?

H. AMBROSIA. Si le hice daño, no fue más que el mal rato que pasó la noche cuando me metí en su lecho creyendo que ella quería tenerme a su lado. Me equivoqué. Saltó espantada de la cama, se enroscó como un ovillo en una esquina de nuestra celda, y allí terminó todo. Las monjas españolas del convento donde vivíamos, estábamos todas a punto de irnos de Cuba, pero ella no, porque era cubana y no tenía siquiera pasaporte. En una crisis de nervios que tuvo, anterior a esta etapa de su vida, había destruido todos sus documentos, incluso su partida de nacimiento. Por el parecido tan grande que existía entre tu tía y yo, pensé que usando ella mi pasaporte y vistiéndose de monja, podría salir de Cuba con las demás hacia España el día señalado. Y así fue. Yo me fui del convento sin decirle una palabra a nadie y le dejé a tu tía mi pasaporte y mis pertenencias en la celda para que asumiera mi personalidad. A la Madre Superiora sí le expliqué lo que intentaba hacer, pero no entré en detalles de nada; no más le manifesté que quería salvar a aquella pobre muchacha enferma de los nervios, asegurándole que yo me las arreglaría de algún modo para regresar a España un tiempo después. Nada objetó mi Rectora. Ésta ayudó a Alida a poner en práctica su escapatoria de aquel infierno en que se estaba convirtiendo tu patria, hijo.

YO. (*Recapacitando sobre lo que me acaba de decir.*) ¿Por qué dice usted que le tenía terror a los hombres? Estuvo comprometida muchos años con un joven de mi pueblo y se iban a casar. Fue él quien lo echó todo a perder. Estaba acostándose con mujeres malas en Cárdenas pocos días antes de la boda y ella se enteró. No sabiendo cómo terminar la relación sin ofender ni contrariar a las familias de ambos, trató entonces de suicidarse, dándose cuchilladas, y falló en su intento.

H. AMBROSIA. Creo que sé esa historia mejor que tú. Y no es exactamente así. Fue en la Clínica La Caridad de Cárdenas, en la que trabajaba tu padre, donde la conocí. Tú tendrías entonces seis o siete años. La trajeron a la clínica en horas de la madrugada ensangrentada, aunque tu padre le había dado los primeros auxilios en Coliseo cuando la descubrieron desangrándose en el baño de la casa.

YO. Recuerdo aquella noche. Me asomé al baño después que se la llevaron, porque con la conmoción que se produjo, salimos de la cama mi hermana y yo. En el baño había sangre por todas partes.

H. AMBROSIA. Tu propia tía me fue dando detalles del incidente y de lo que la llevó a la decisión que tomó entonces de quitarse la vida. No fue el hecho de que Arturo, ¿recuerdas?, así se llamaba el prometido, estuviera viéndose con mujeres de la calle, ¡no! Alida se aprovechó de esa circunstancia para convencerse a sí misma de que tal comportamiento de su futuro cónyuge era inaceptable y poner fin a una relación que la agobiaba. En una de las muchas conversaciones que tuvimos después del incidente, en las cuales traté de ayudarla, darle consuelo y hacerle ver que la bondad y el perdón de Dios son infinitos, me relató que una vez el tal Arturo trató de tocarle uno de los pechos y ella saltó del sofá donde estaban sentados los dos, asqueada por la idea de una mano posada sobre una de sus partes íntimas. Me dio a entender que mayor repugnancia le producía pensar en tener que desnudarse frente a un hombre, y más aún ceder su cuerpo por entero a alguien que sólo quería poseerla. Desde entonces se me clavó en la cabeza que su rechazo vehemente de aquel hombre, implicaba una aversión hacia todos los hombres, y esto, claro, me llevó a concluir que favorecería la relación amorosa con una mujer. Me equivoqué, te repito, y aún hoy sigo lamentando mi error. (*Hace una pausa al ver llegar a los hombres que van a preparar el té a la vista de todos.*) Sí hijo, tu tía era una santa. Su único verdadero amor era por Dios. Lo que me extraña es que haya ignorado Sus preceptos y buscado en el suicidio la solución a cualquier problema que haya tenido en Nueva Orleáns. Pero el motivo no pudo haber sido un desengaño amoroso. Te lo aseguro. Todo lo que sabes será un invento de tu tía Violeta para excusarse por no haberla vigilado, dejándola sola el día en que hizo la barbaridad que hizo. Tu tía Alida debió haber estado ingresada, con un tratamiento psiquiátrico bien supervisado y no desamparada. ¿No había nadie de la familia como tú en Nueva Orleáns, un poco más despierto que tus tíos, que pudiera orientarla y ayudarla?

YO. No.

H. AMBROSIA. Mira, ya van a darle vueltas.

Había estado observando las maniobras de los dos hombres. Hicieron hervir un gran jarro de té sobre el fuego de la leña. Después lo ensartaron con unas cuerdas y comenzaron a darle vueltas en el aire, a manera de centrífuga, para que las hojas de té se fueran al fondo del recipiente y poder decantar la aromática infusión, que, por cierto, al servírnosla, no quedó completamente transparente —lo cual le daba su singular carácter—. Acompañamos el té con los trozos de pan —acabado de salir de un horno de tierra— con mantequilla y sirope. Terminado el ritual, tomamos de nuevo el Fiat y nos dirigimos a Katoomba.

La zona que fuimos atravesando en el ascenso —me explicaba la Hermana—, era propensa a los incendios, pero poco después de arder todo, la vegetación se recuperaba con rapidez. Le pregunté que por qué daban a aquella sierra el nombre de «Montañas azules». Me aclaró, mientras señalaba con el índice los árboles que veíamos junto al camino: «Esos son eucaliptos y gomeros; las gotitas de aceite que segregan se mezclan con el polvo, la neblina y las moléculas de aire que las elevan, produciendo una coloración azul al ser iluminadas por el sol, y dando también ese olor perfumado tan inconfundible». Al poco rato entramos al pueblo.

Las casitas parecían hechas para juegos con muñecas. Eran pequeñas (o al menos daban esa impresión), con dos o tres pisos, de colores vivos, cada cual rodeada por un diminuto jardín lleno de flores, cuidado a la perfección. Llamaba la atención lo meticuloso de las construcciones que utilizaban el mínimo de superficie, buscándose que cupiera el mayor número de viviendas en cada calle, dada la limitada extensión de terreno llano habilitado en la ladera de la montaña para la habitación humana. Le pedí a la Hermana Ambrosia que se detuviera en alguna farmacia para comprar un cepillo de dientes y me informó que tenían disponible y sin usar todo lo necesario para recibir a cualquier huésped inesperado en su casa. El coche quedó estacionado en la calle, frente a la residencia. Al entrar, me presentó a sus compañeras, me llevó al dormitorio que me destinaban en el segundo piso, mostrándome el baño que me correspondía, y me dijo que si quería refrescarme lo hiciera. Fui al baño y bajé casi enseguida. Me puse a mirar los cuadros al óleo con escenas religiosas que había en las paredes y a examinar algunos libros que se encontraban en una estantería mientras esperaba a que volviera la Hermana Ambrosia, quien, aparentemente, estaba cambiándose de ropa o aseándose. Tan pronto entró en la saleta, me informó que sus compañeras preparaban algunos platillos especiales para la cena, pero que si lo deseaba, podía tomar un refrigerio de inmediato, puesto que no hicimos, ni ella ni yo, un almuerzo formal. Yo, en realidad, no sentía hambre en ese momento, todavía satisfecho por la merienda que tuvimos en el parque, de modo que le dije que no era necesario. Me llevó a un rincón donde estaba el ordenador, me pidió la dirección electrónica de Mendel y buscó por su cuenta la de los muelles de Sydney. Me preguntó si quería escribir yo el mensaje informándole a «mi hijo» los motivos por los que no iría a dormir en el barco esa noche. Le dije que sí y así lo hice; Mendel acusó recibo del correo a los pocos minutos, de modo que todo se resolvió satisfactoriamente.

La Hermana Ambrosia pidió a una de las monjas que rondaba por allí que preparara un café y nos lo trajera a la terraza. Me hizo entonces seguirla y salimos por una puerta lateral a un patiecito lleno de enredaderas que cubrían un techo alambrado, bajo el cual se encontraban tres sillas alrededor de una mesita. Nos acomodamos en dos de ellas y a los pocos minutos nos fue servido el café, acompañado de unos delicados bizcochos recubiertos de chocolate. La conversación giró sobre temas triviales hasta que nos quedamos solos. Me preguntó por mis padres.

YO. Papá murió en 1989 y Mamá doce años después. ¿Usted los recuerda?

H. AMBROSIA. ¡Cómo no voy a recordarlos! A ellos, a tu hermanita, a ti. Tu padre venía a la Clínica La Caridad tres veces por semana. Por las tardes. Allí tenía el salón de radiología y su consultorio. Yo no lo ayudaba porque había un técnico de rayos X que trabajaba con él, pero lo veía constantemente esos días, le traía su cafecito y me ocupaba de ir dando los turnos a los pacientes que iban llegando. A ti te vi nacer. Eras una cosita morada, con el cordón umbilical enroscado alrededor de tu cuellito y no respirabas. La enfermera comadrona, Zoila, te limpió, te arrancó aquella cosa, y con su boca empezó a darle aire a tus pulmoncitos hasta que empezaste a llorar.

YO. (*Estoy sorprendido de que esta mujer hubiera sido testigo de mi propio nacimiento.*) De manera que usted ya conocía a mi familia cuando mi tía llegó a la Clínica con las heridas...

H. AMBROSIA. ¡Pero claro! Yo ya estaba viviendo allí cuando tu padre llegó a montar el primer departamento de radiología que hubo en Cárdenas.

YO. Entonces, ¿fue testigo de lo que ocurrió pocos días después de mi nacimiento, cuando se cayó el techo?

H. AMBROSIA. ¡Aquello fue espantoso! ¡Qué susto pasamos todos! Con el correcorre que se formó, el estruendo, creímos que te habían aplastado los escombros que cayeron al desplomarse el techo y sepultaron la cuna donde estabas. Pero tu madre había salido ya del cuarto persiguiendo a la morena que te sacó de allí en sus brazos unos instantes antes del desplome y se metió contigo en el auto en que iban a irse a Coliseo tu madre, tu padre y tú, porque a tu mamá le habían dado de alta esa mañana.

YO. ¡Bruna!

H. AMBROSIA. ¿Qué?

YO. Bruna. Así se llamaba «la morena» a quien usted vio aquel día; fue ella quien me salvó la vida, porque Olorún le avisó para que el tercer día después de mi nacimiento intercediera, por voluntad Suya, y yo volviera a nacer en su Reino.

H. AMBROSIA. No sé de qué hablas. Eso de Olorún me suena a cosas de negros, de brujería. ¿Tú estás metido en eso?

YO. Es una historia muy lejana que no tiene importancia ahora. Por lo visto usted ha sido testigo de muchas crisis de mi familia.

H. AMBROSIA. Mucho más de lo que te puedas imaginar.

YO. Y a mí, ¿me volvió a ver?

H. AMBROSIA. Pocos días después del *accidente* de tu tía, te trajeron a la Clínica para operarte de apendicitis de urgencia. Tu padre temblaba como una hojita al viento cuando te entró al salón de operaciones y te puso él mismo sobre la mesa. Yo me lo llevé a la habitación de espera, lo senté en un sillón y le hice compañía hasta que llegó tu madre de Coliseo un poco más tarde. Lo dejé con ella y me fui a prepararle un tilo. Después tuve que dejarlos allí solos porque no había nadie más a esa hora de la noche que pudiera asistir al Dr. Oti, quien te operó a las tres de la madrugada. A tu tía la veía semanalmente. Venía a la Escuela de las Escolapias, que estaba frente a la Clínica, a participar en unas clases de catecismo que se les impartían a los niños de la barriada en horas en que las otras monjas que vivían en el colegio estaban dando sus clases. Tu hermanita era alumna allí y venía de Coliseo a Cárdenas todos los días. Con tu tía, por lo que antes te he contado de sus relaciones con Arturo y mucho más, podrás imaginarte la confianza que tenía y lo mucho que habremos hablado. Yo trataba de orientarla siempre a través de las doctrinas cristianas, pero aún no había entendido yo que a ella lo que le hacía falta era un tratamiento psiquiátrico contundente. Ay, hijo, en aquella época no había ninguno de los medicamentos que existen hoy día para esos males. Muy pocas drogas se usaban para los trastornos mentales: el meprobamato y algunos tranquilizantes; cuando la cosa se ponía fea, se daban los electroshocks. Yo creo que tu tía padecía de depresión crónica, con un toque de esquizofrenia, por lo que podía deducir de lo que me decía, de las visiones que tenía, de los sueños que aseguraba se convertían en realidad.

YO. (*Interrumpiéndola.*) Pero a la larga, usted puso a un lado su intención de ayudarla y en realidad la lastimó en un momento cuando estaba medio desquiciada y buscó refugio en Dios, en *su* Dios, metiéndose en el convento de La Habana donde usted residía...

H. AMBROSIA. No me reprendas, hijo. Ya bastante se ha reprochado mi conciencia los errores que cometí. Yo era muy joven. No podía reprimir del todo mis instintos. Cristo no se había adueñado todavía completamente de mi alma y fui débil, mi carne fue débil. Ella entró al convento, precisamente, porque yo ya estaba en él. Cuando la Revolución intervino la Clínica, y también la Escuela de las Escolapias, nos echaron a todas las monjas de allí y yo fui a parar al convento de La Habana. Seguía en contacto con tu tía. Sabía que había tratado de irse del país en un bote y que su intento había fracasado, de modo que le ofrecí el convento para que se refugiara en él y se calmaran sus nervios, después de los malos ratos que pasó en los que casi pierde la vida, cuando las lanchas patrulleras empezaron a disparar contra los que iban en el bote. Ella se salvó gracias a la fortaleza que tenía y a que sabía nadar bajo el agua muy bien. En fin, ésos son detalles que tú conoces. Vino al convento, es verdad, porque yo residía allí. Y sí, hijo, en mi corazón estaba aquel amor, carnal y espiritual; no sé, porque nunca entendí bien lo que me pasaba, qué sentía por ella. No me culpes. Más bien, perdóname, porque no queda nadie de tu familia que pueda absolverme.

YO. Descuide, Hermana. Comprendo. No sé ni sabré hasta qué punto el acto suyo de aquella noche hizo sufrir a *Tía*, pero pienso que sí la afectó, puesto que muchos años después, todavía tenía esto en su cabeza y se vio en la necesidad de contármelo todo. Si hubiera sido una cosa pasajera que no dejaba rastros ni recuerdos, nada de aquello la habría atormentado el resto de su vida, el resto de su *corta* vida...

H. AMBROSIA. Pobre Alida. Cuánto, cuánto la quería, y la admiraba, porque no he conocido mujer más inteligente que ella.

YO. Sí, lo era. Yo también la quería entrañablemente. (*Hay una pausa en que nos miramos a los ojos, profundamente entristecidos. Me repongo y recuerdo el otro asunto, el de Acacia, que quiero abordar, pero no me atrevo a enfocarlo directamente, sin preámbulos, por evitar ofender a esta mujer que obviamente ha sufrido mucho.*) ¿Y qué hizo usted cuando se fue del convento y las demás monjas de su congregación se marcharon de Cuba llevándose a mi tía?

H. AMBROSIA. Me fui a Cárdenas y de allí al pueblo de Limonar, donde conocía a una familia muy caritativa. No me quedó más remedio que mentir para poder quedarme un tiempo con ellos. No entendían por qué me aparecía en su casa sin el hábito y les dije que oficiales del gobierno habían tomado el convento y sacado de allí a todas las religiosas a la fuerza para que se fueran a España; que yo, al llegar los milicianos, estaba fuera del convento haciendo unas compras y al ver el revuelo del barrio cuando regresaba con los víveres, cogí por una de las calles traviesas y me perdí. Me preguntaron que cómo era que venía con un maletín y traía ropa, si no había podido entrar al convento a buscar mis pertenencias. Les expliqué que en una casa donde me conocían me habían regalado todo aquello y entonces decidí irme de La Habana temporalmente para evitar que me prendieran.

YO. ¿Y de allí?

H. AMBROSIA. La sarta de mentiras no tenía otro objetivo que el de dejar pasar un tiempo para poder presentarme en el Consulado de España y volver a mentir, diciendo que yo había ido a Cárdenas en los días en que a mis compañeras de La Habana les anunciaron la salida de Cuba para volver a España, y que yo no pude unirme al grupo a tiempo. Alegué que había perdido mi pasaporte. El Consulado verificó todos mis datos personales y en dos meses tuve un nuevo pasaporte español en mis manos. Conseguir el pasaje, que pagó mi congregación a través del Consulado, y la fecha para volar de regreso a mi país, tomó más tiempo. Muchos meses. Al fin regresé a España y allí estuve varios años. Después me destinaron a este pueblito australiano, donde posiblemente terminaré mis días terrenales.

YO. Pero en La Habana, antes de salir por fin de Cuba para irse a España, todo aquel tiempo, ¿cómo se las arregló para sobrevivir? ¿Dónde se metió?

H. AMBROSIA. Primero me acogió una familia a la que serví de criada. Una señora que vivía cerca me ofreció luego casa y comida a cambio de que le cuidara a su hija para ella poder mantener su trabajo.

YO. ¿A su hija?

H. AMBROSIA. (*Sin percatarse de la importancia de mi pregunta y contestándola ingenuamente.*) Bueno, no era hija suya de verdad. A los tres meses de nacida, se la dejó temporalmente una amiga que se fue a la provincia de Oriente para ocupar una plaza de maestra que le ofrecía la Revolución, y nunca volvió a buscarla.

YO. La señora se llamaba Acacia, y la niña adoptada, Luz, ¿verdad?

H. AMBROSIA. (*Comprende que algo muy serio e importante acaba de ocurrir, que hay cosas que yo sé que nadie podría conocer a menos que los misterios de su vida, por*

arte de magia, me hubieran sido revelados. Está atónita.
Sus ojos parpadean y comienza a temblar. Me habla con
temor, como si viera en mí una encarnación del diablo.)
Tú... ¿Quién eres tú? ¿Qué más sabes? (*Hace un ademán*
de suprema turbación con el rostro.) ¿Qué quieres de
mí? ¿Qué te he hecho yo? (*Rompe a llorar, esta vez a lá-*
grima viva.)

YO. Cálmese, Hermana, por favor, cálmese. Yo no soy más
que un pobre mortal como usted, que también ha pecado
y ha sufrido. Cálmese. Yo soy Francisco, el niño que vio
nacer y que ha recorrido, como usted, sendas muy tortuo-
sas en lo que lleva vivido. Tome, tome. (*Le extiendo mi*
pañuelo, que ella toma de mi mano para enjugarse las lá-
grimas.) Yo no he venido aquí para hostigarla. Olorún ha
hecho que convergieran nuestros caminos en un momento
cuando las aclaraciones que usted y yo buscamos pueden
liberar nuestras almas de muchas culpas y darnos paz.

La Hermana se sosiega. Se pone de pie. Da un paseo por
el jardín que rodea la terraza. Arranca unas uvas de un racimo
que pende del techo, producto de la vid que con las otras enredaderas componen el toldo verde de vegetación que nos da
sombra. Se pone una en la boca y me da a mí varias que comienzo a comer con deleite, pues son dulcísimas. Se sienta de
nuevo.

H. AMBROSIA. ¿Conoces a Acacia y a Lucecita?
YO. Sí. Se han vuelto parte de mi vida. Luz es la madre de
mis dos hijos que... (*Iba a decir «que en paz descansen»,*
pero me contengo, porque no quiero repetir la frase que
pronuncié cuando me referí a mi tía, aparte de que no
considero oportuno dar detalles de algo que todavía no
podría explicar convincentemente en este punto de nues-
tra conversación.) ¿Y usted?... ¿Usted y Acacia fueron
(*Con intención.*) amigas? ¿O más que amigas?

H. AMBROSIA. Jesús, que con su sangre ha lavado las culpas de los que sufren y a Él se acercan, sabe que nunca he vuelto a pecar, que el único amor que vino a interponerse entre Él y yo fue el que sentí por tu tía. Sé que Acacia tenía el mismo defecto del que yo adolecí, adolecía, tal vez aún adolezco, no sé, pero nunca, jamás he tenido el menor contacto impuro con ninguna otra mujer. (*Enfática.*) ¡Jamás! ¿Me escuchas?

YO. Sí, Hermana.

H. AMBROSIA. Si tal cosa hubiera ocurrido, habría sido con Alida. Al comprender el horror de mi comportamiento con ella aquella noche y lo mucho que la lastimé, hice votos de no dejar que mi alma se volviera a ensuciar. Y a ella, creyendo que estaba viva, le he pedido excusas mentalmente cada noche en mis oraciones al acostarme. Espero que desde ese mundo magistral y hermoso que debe estar habitando ahora, me envíe su perdón, si ya no lo ha hecho. (*Hace una pausa.*) Le cuidé la niña a Acacia hasta que ella y Lucecita se fueron a Miami. Como que yo residía en la casa que ellas dejaron, me quedé allí sin problemas, y pocos meses después me fui yo también. Me imagino que la casa se la cogería la Revolución. Y tú ¿cómo conociste a Acacia? ¿Dices que Lucecita es madre de tus dos hijos? ¡Lucecita es una niña! Podría ser tu nieta.

YO. (*Defendiéndome de lo que considero una exageración.*) No tanto. Lucecita sería una niña cuando usted dejó de verla, pero es una mujer hecha y derecha, tuvo una relación conmigo, y de ella eran nuestros dos hijos que, desdichadamente, en un acto de locura asesinó.

H. AMBROSIA. ¿Hablas en serio? ¡Por Dios Santísimo! ¿Es cierto lo que cuentas?

YO. Ojalá estuviera inventándolo todo. De repente me vi *huérfano de hijos.*

H. AMBROSIA: ¿*Huérfano?*

YO. Es una forma de decir. Como que no existe una palabra para definir a un padre que ha perdido a un hijo, *huérfano* describe más o menos el estado de abandono y el vacío en que queda uno cuando ocurre algo así.

H. AMBROSIA. Pero tenías a tu otro hijo, ¿no?, el que te acompaña en tu viaje con su esposa. ¿Tienes más hijos? Con Luz, me dijiste que tuviste *una relación*, o sea que no hubo matrimonio. ¿Estuviste casado con otra?

YO. No, hermana, nunca me he casado. En cuanto a Mendel, el que está conmigo, no sé con seguridad si es mi hijo.

H. AMBROSIA. ¿Cómo es posible?

YO. Así es la vida. Tal vez sea fruto de un encuentro casual que tuve con una de mis profesoras del Instituto de Cárdenas, Dina Azevedo. Según ella misma me declaró, estuvo en una o dos ocasiones a ver a mi padre por cuestiones de salud en la clínica donde usted y él trabajaban. Mi padre parece que la convenció para que me iniciara en las artes del amor, porque la *señora* era bastante *democrática* y *libre* en tales cuestiones. A lo mejor usted la recuerda. Era descendiente de judíos y tenía el pelo rojizo. Una mujer de una belleza mesurada pero singular.

H. AMBROSIA. ¡Qué chiquito es el mundo! Claro que la recuerdo. Apareció en la Clínica varias veces, no dos como tú dices. Y era yo quien le daba el papelito con el turno que le correspondía para ver a tu padre. Y después desapareció. Más nunca la volví a ver.

YO. Regresó a La Habana. Trabajó en la Universidad. Se fue a Rusia. Volvió a Cuba. Yo tampoco la vi más desde que me fui de la Isla a los Estados Unidos. Treinta años después, no sé, ya he perdido la cuenta, en un viaje que hice a Cuba para ver a mis padres, la visité en su casa y me hizo sacar de allí a Mendel para que lo atendieran en un sanatorio para enfermos mentales en Miami, alegando que el joven era hijo de ella y mío. La verdad no sé si la sabrá ella misma, pues por lo que me reveló Mendel, por la época en que tuvo conmigo su *amorío*, tenía también relaciones con otros hombres en La Habana. De modo que a estas alturas de mi vida, no sé si Mendel es hijo mío o no, pero lo quiero como si lo fuera.

H. AMBROSIA. ¡Qué extraña es la vida! ¡Cuántas vueltas raras da el hilo en la madeja! Pero Panchito, todo ocurre con algún propósito, aunque no sepamos cuál es. La mano de Dios está en todo y Cristo, nuestro salvador, no nos olvida. Quizás sea mejor que nunca sepas la verdad sobre ese *hijo*. Pero si es algo tan importante para ti, que el Señor te revele el secreto y la Santísima Trinidad te acompañe siempre.

YO. A mí ya me acompañan la negra Bruna, Olorún y Orúmbila.

H. AMBROSIA. Pero hijo, ¿en serio que estás metido en la santería?

YO. ¿Le resulta chocante?

H. AMBROSIA. No. Cada cual tiene libertad para creer en lo que quiera. Pero me sorprende, porque tu familia era muy católica, tu hermana tomó la primera comunión en la Escuela de las Escolapias, y cuando te operaron de apendicitis, tu padre llevaba en la mano un rosario. Pensaba yo que por su oficio de médico, un científico, era incrédulo. Lo importante es tener fe y no desobedecer las doctrinas de la que profeses. Por eso te decía que nunca más, después del incidente con tu tía, había vuelto a comulgar. La confesión de mis pecados a un sacerdote me ha sido imposible. No he tenido fuerzas para hacerlo. He preferido no revelar mi secreto a un religioso, al párroco de nuestro pueblo, por ejemplo, que me conoce como persona y con quien tengo que trabajar y vérmelas en un plano de camaradería eclesiástica. ¿Me entiendes? Contigo, hablar de todo esto ha sido muy distinto, porque, para empezar, ya sabías lo ocurrido. Por otra parte, debía a alguien en tu familia mi confesión y has venido tú a satisfacer mi necesidad espiritual. Si supieras lo aliviado que se siente mi corazón después de habernos comunicado con tal franqueza. Pero así y todo, nunca volveré a comulgar. Mi alma seguirá sucia, porque no me someteré a la tortura de una confesión; aceptaré resignada las consecuencias que mi decisión pueda acarrear, en este mundo, o en el otro.

YO. Su alma ya está limpia, Hermana Ambrosia.

H. AMBROSIA. Hijo, ¿tú me das el perdón? (*La Hermana Ambrosia se mueve hacia adelante en su asiento y se deja caer de rodillas ante mí, tomándome las manos.*) Perdóname, hijo, perdóname, en nombre de tu tía.

YO. (*Asumiendo el papel de sacerdote o redentor que ella me da y tratándola de* tú *como si fuera una sierva de Dios.*) Yo te absuelvo de toda culpa, hija mía, en nombre de Olorún, el Dios único y verdadero, el mismo que tú veneras y llamas Jehová. Y te perdona también Alida, que el Supremo tenga en su gloria, por los siglos de los siglos, amén. (*La Hermana Ambrosia es un mar de lágrimas. Permanece arrodillada. Comienza a temblar convulsivamente. Me mira con los ojos en blanco, sin verme, y dice, cambiando el tono de su voz, que ahora es idéntico al de Bruna:*) «Panchito, el Gran Santo te admira tanto, que ha delegado en ti una importante misión: te ha puesto en el camino de esta pobre mujer, que también es su servidora, para que la liberes de sus culpas y ella se cobije bajo Su manto». Los ojos de la Hermana vuelven a su lugar y me mira serena, sin comprender lo que acaba de decir. Yo deduzco que Bruna se ha metido por unos instantes dentro de ella para transmitirme este mensaje y hacer patente la ubicuidad suya y la de su Divino Señor. Nos llaman para que pasemos al comedor. Ha caído el sol. Tengo hambre.

YO. Vamos Hermana.

La ayudo a ponerse de pie. Se seca el rostro con mi pañuelo.

H. AMBROSIA. *(Refiriéndose al pañuelo, que mira y dobla mientras nos encaminamos hacia la puerta de entrada lateral de la casita.)* Esta noche te lo lavo y mañana antes de irnos a las *Blue Mountains* te lo plancho.

Al entrar en la saleta, una de las monjas daba los últimos toques a la mesa, puesta como para rendir tributo a un señor obispo. Otra iba trayendo de la cocina las bandejas con los manjares que habían confeccionado. El aire de la montaña que respiré mientras conversaba con la Hermana Ambrosia, más el que entraba ahora con ímpetu de ventarrón por todas las ventanas abiertas, debió abrir mi apetito. De la merienda, el café y los bizcochos no quedaba ya nada en mi estómago. Las monjas hicieron sus acostumbrados rezos, que concluyó la propia Hermana Ambrosia refiriéndose a mi visita, al hecho de que me conocía desde niño, y bendijo la voluntad de Dios que hizo que nos volviéramos a ver. No hubo frugalidad en aquella mesa que, sin duda para agasajarme, había añadido algunas recetas muy superiores a las que las hermanas acostumbraban preparar a diario. A la crema de vegetales, con la cual se inició la cena, siguieron dos platos fuertes: uno de cerdo y otro de cordero. Patatas sobreasadas sirvieron de acompañante. La ensalada constaba de puras lechugas y cebollas dulces, con un aderezo de arándanos, vinagre y yogurt. El vino Chardonay, australiano, por supuesto, estaba a la altura de aquel banquete. El postre fue una gran sorpresa: un Bocado de la Reina que no había vuelto a comer desde la última vez que me lo hizo mi madre en Varadero, en uno de mis viajes a Cuba para verla. Esto fue motivo de que le comentara a la Hermana Ambrosia el hecho y, para mi sorpresa, me informó que la receta del Bocado de la Reina la tenía guardada como una reliquia, pues se la había mandado mi madre, manuscrita por ella. Un día de la Ascensión de la Virgen, que festejaban las monjas de la Clínica La Caridad, mi madre les envió con mi padre una bandeja con un Bocado de la Reina que las religiosas nunca habían probado. Tal fue su entusiasmo con esta golosina, que le pidieron a mi madre la receta para poder ellas hacer el dulce en sus festividades eclesiásticas especiales. Comer aquel manjar, allí, en el pueblito de Katoomba, donde me hallaba por algún motivo que no comprendía, junto a aquella mujer que tuvo tanta importancia en la vida de mi tía, me parecía irreal, pero al mismo tiempo reafirmaba mi fe en Él, fuera quien fuera, y cerraba de cuando en cuando los ojos, dejándome arrastrar por un efluvio inexplicable que, progresivamente, me iba haciendo más y más borrosas las figuras de las monjas. Parece que las hermanas se dieron cuenta de que el volumen de vino que había tomado era mucho mayor que el de alimentos, y sugirieron poner fin a la velada para que yo descansara bastante, puesto que el día siguiente sería arduo con la excursión hasta el tope de las *Blue Mountains*. La ventana de mi dormitorio se mantuvo abierta toda la noche. No recuerdo haber dormido tan bien jamás. Me desperté fresco, con un dinamismo que me impulsó a saltar de la cama, vestirme a la carrera y bajar para encontrarme con mis anfitrionas, desayunar abundantemente, agradecerles todas las atenciones que tuvieron conmigo y salir de inmediato con la Hermana Ambrosia a completar el recorrido que quería hacer.

Más tarde, invité a la Hermana a almorzar en un hotel metido entre los picos de las montañas, antes de volver a Sydney. Hicimos el regreso en el auto plácidamente, conversando sobre Australia, la amabilidad innata de sus habitantes, de su respeto por el orden y las leyes, y fui observando, a medida que nos acercábamos a la metrópolis, las muestras de la influencia americana: *Boston Market*, *TacoBell*, *Burger King*, *McDonald's*. El trayecto fue de unos cien kilómetros. La Hermana Ambrosia se desvió de la vía principal por donde íbamos para darme un paseo por la zona que sirvió de sede a los juegos olímpicos hacía pocos años. El tráfico congestionado nos demoró un poco, pero a las cuatro y cuarto de la tarde estábamos ya estacionados en una de las callecitas de *The Rocks*. De allí, caminamos hasta el muelle donde estaba atracado el barco. A medida que nos acercábamos a la nave, íbamos aminorando los dos la longitud de cada uno de nuestros pasos, sabiendo que al final de ellos, frente a la pasarela que me conduciría al interior de la nave, tendríamos que despedirnos para siempre. Un banco vacío que estaba a un lado del muelle me dio la oportunidad de pedirle a mi compañera que nos sentáramos unos minutos, pues todavía tenía mucho tiempo para lo que me faltaba hacer antes de irme a la Casa de la Ópera. También nos sirvió la parada para recobrar fuerzas, pues habíamos caminado mucho durante la mañana, y ahora otro buen tramo. La conversación, en este punto, parecía haber agotado todos los temas. Las despedidas son siempre dolorosas. Se había creado entre ella y yo un nudo de afecto y comprensión que resultaba difícil desatar. Fue ella quien rompió el silencio.

H. AMBROSIA. (*Sacando de su bolsa un sobre que contiene algo.*) Esto es para ti. Tu pañuelo y un recuerdo que te gustará conservar.

YO. Muchísimas gracias. Lo abriré en cuanto llegue a mi camarote. Nos mantendremos en contacto, ¿verdad?

H. AMBROSIA. Sí, hijo. (*Comienza a sacar de su bolsa una libretita y un bolígrafo.*) Dame tu dirección electrónica.

YO. Anote: Olorún, o, ele, o, erre, u, ene, arroba, peoplepc, o sea, pe, e, o, pe, ele, e, pe, ce, punto, com.

H. AMBROSIA. No sé quién será ese Olorún de que me has hablado ni si es el verdadero Dios, como tú dices, pero tal vez le deba a Él haber dormido anoche con una paz que no había experimentado desde que me alejé de tu tía, después de la locura que cometí en el convento de La Habana.... Y ese Olorún que te guía ¿está en tu correo electrónico también?

YO. En todas partes.

H. AMBROSIA. Ya tengo apuntada tu dirección. Te anoto la mía. (*La escribe en una hojita de su libreta, la cual arranca y me entrega.*) Aquí tienes.

YO. Bueno, no me queda más remedio que subir al barco. Desgraciadamente, no puedo entrar a visitantes conmigo sin haber hecho antes los arreglos necesarios.

H. AMBROSIA. No importa, hijo. Nos comunicaremos por correo y, si quieres, podemos conversar por teléfono de cuando en cuando.

YO. Sí, sí, Hermana, nos mantendremos en contacto. Sólo quiero preguntarle antes de subir, y le pido que sea completamente sincera, cueste lo que cueste, ¿hay algo más de mi familia o de mí que usted sepa y no me ha dicho... por los motivos que sea...?

H. AMBROSIA. (*Hace una pausa demasiado larga que me obliga a pensar que o bien está tratando de recordar algo o no se atreve a decir lo que piensa.*) Bueno, yo... yo...

YO. (*Algo ansioso ya por su demora en contestar.*) ¡Por favor! No habrá otra oportunidad de hacerlo en persona.

H. AMBROSIA. Hijo, yo... yo no vi nada... Conjeturas, malas lenguas, no sé... Creo en el Dios Supremo sin haberlo visto, pero en el reino de este mundo he aprendido a ver y callar. Y lo que viene a mi cabeza no lo vi, no lo vi, te juro que... (*Un grito que viene de la entrada al muelle la interrumpe.*)

«Francisco», vocifera Mendel, quien se acerca a nosotros en compañía de Sandy; se dirigen, como yo, al barco, después de algún paseo que han hecho. Se nos acercan, les presento a la Hermana Ambrosia. Ella los saluda muy cortésmente, y al fin nos separamos, después de darnos ella y yo un fuerte abrazo. A la Hermana le corren de nuevo las lágrimas por el rostro. Yo siento una tristeza inmensa cuando me encamino a la pasarela. Sé que ella no se ha movido de su lugar. Me dan deseos de volverme para verla una vez más, pero me contengo. Sigo caminando. Sandy y Mendel entran delante de mí. Estoy a punto de insertar mi tarjeta de identificación en la máquina de recibo de pasajeros que da acceso al interior del barco, cuando me detengo, me doy vuelta, bajo la pasarela a la carrera para llegar a donde está la Hermana Ambrosia y la abrazo fuerte, efusivamente. Ella reciproca mi demostración de cariño con igual ímpetu. Los dos estamos hondamente conmovidos. «Hijo mío, eres un santo, un santo, como tu tía. Que Dios te bendiga y te proteja siempre», me dice. Yo, sintiendo la presencia *física* de mi tía Alida en el cuerpo de aquella mujer que estoy abrazando, me despido de ella diciéndole: «*Tía*, jamás te olvidaré». Le doy un beso, corro de nuevo hacia el barco, paso mi tarjeta de identificación por la máquina, y voy directamente a mi camarote.

Ahora sí tenía que andar con cierta prisa, bañarme, vestirme elegantemente para poder cenar en el comedor principal, y luego hacer la caminata hasta la Casa de la Ópera para estar allí a más tardar a las ocho y media. Dejé el sobre que me entregó la Hermana encima de la cama y ni lo abrí, no por falta de curiosidad, sino por falta de tiempo. Ya podría hacerlo con calma cuando regresara. El espectáculo terminaba a las diez y media; así constaba en el programa que me dieron anticipadamente cuando compré el boleto. El barco zarparía hacia Brisbane a medianoche. La puesta en escena de *The Way of the World* fue extraordinaria. El escenario se convirtió en un carrusel cuyo círculo central estaba forrado de puertas de espejos contiguas, por donde hacían su entrada y salida los intérpretes. En la plataforma circular que rodeaba la otra interior, ambas giratorias, se desarrollaba la acción. Los cambios de decorado se hacían con una rapidez vertiginosa en la parte trasera —que no quedaba visible— de la plataforma. El regreso al barco lo hice con calma, meditando sobre todo lo conversado con la Hermana Ambrosia, disfrutando de la brisa que corría por el puerto, admirando los restaurantes llenos de gente que todavía comía a esa hora, satisfecho de mi estancia en esta gloriosa ciudad a donde algún día volveré. A las once y cuarto estaba en la cubierta superior trasera del barco para acomodarme en alguna silla y ver la partida. A medianoche comenzamos a alejarnos de Sydney. Me mantuve en cubierta hasta que empezaron a desdibujarse las luces del puerto. Ya en el camarote, me senté en el sofá y abrí el sobre, que el camarero había quitado de la cama, para hacerla, y puesto encima de la cómoda. Contenía, tal como había anunciado la Hermana, mi pañuelo, lavado, planchado y perfumado con una colonia que olía como los bosques de eucaliptos. Lo otro era un papel doblado amarillento, envejecido, pero intacto, que a continuación desdoblé. Al instante reconocí la letra Palmer hermosísima de mi madre, la misma que enseñaba a sus alumnos del tercer grado en Coliseo, en las clases de caligrafía. Era la receta del Bocado de la Reina que hizo llegar a las monjas de la Clínica La Caridad hacía más de medio siglo y cuyo original la Hermana Ambrosia había guardado como una codiciada prenda. Rememoré la cena de la noche anterior y saboreé calladamente una vez más aquella delicia al leer:

Bocado de la Reina

1 litro de leche
1¼ taza de azúcar blanca
5 huevos
Canela en rama abundante
Canela en polvo
Chocolate rallado, derretido o en trocitos muy pequeños

En una olla grande se pone a hervir la leche con el azúcar y la canela en rama. Mientras tanto, se baten las claras hasta hacer un merengue consistente y se le unen entonces las yemas. Al romper el hervor, se baja la candela y se vierte en la leche el batido de los huevos.

Se deja sin tocar hasta que crece, y cuando parezca que se va a botar, se rompe por el medio con un cucharón y se va echando poco a poco, sobre todo el merengue, la leche que se toma, con el mismo cucharón, del hueco que se ha formado. Así se continúa por espacio de aproximadamente una hora hasta que se consuma buena parte de la leche y se almibare. No dejarlo secar demasiado, pues el líquido que queda es el almíbar del dulce. Se pasa con cuidado, para que se rompa lo menos posible, a una dulcera, se le espolvorea la canela y se añade el chocolate al gusto para adornar y añadir un toque de sabor.

* * *

NOTA DEL EDITOR

No voy a hacer análisis críticos sobre lo que hasta ahora han leído, pero sí me referiré a algunos asuntos sobre los cuales, tarde o temprano, disertarán los *letrados* que juzguen esta obra. Incluir una receta de cocina en sus memorias, me pareció un recurso literario fallido de Francisco, porque es algo que han hecho con propiedad muchos otros autores. Se lo mencioné y le aconsejé que modificara esta sección para que no lo tildaran de imitador. Para dar peso a mi punto de vista, le mencioné los casos de novelas con recetas de comidas, bebidas, remedios caseros, y mucho más; entre ellas *Agua para chocolate*, de Laura Esquivel; *Afrodita*, y otros escritos de Isabel Allende; la singular *Comeré gozoso hasta la muerte*, del peruano Aldo Peña, donde detalla la confección de anticuchos, papas a la huancaína, mazamorra morada, y otros platos típicos de su país; más, en inglés, las conocidísimas: *Eat Cake*, de Jeanne Ray, *Cooking for Love*, de Sharon Boorstin, *Everything on a Waffle*, de Polly Horvath; y *Flavor of the Week*, de Tucker Shaw. Me explicó con circunspección que la incluía porque era una receta poco conocida que tal vez se perdiera si no la dejaba impresa aquí, ya que él no escribiría nunca un libro de cocina. En cuanto a los críticos, añadió que sólo conocía a un «critiquillo de mala sangre» [así lo llamó] que se entretenía en rebajar lo que él escribía, tratando de buscar antecedentes a todas las innovaciones que él, Francisco, introducía en sus narraciones, pero que no podía hacerle a eso el menor caso, pues los comentarios del susodicho «critiquillo» no iban más allá de las páginas de una oscura publicación de barrio. De modo que la receta quedó tal como él quiso.

En cuanto al capítulo que tiene como escenario la ciudad de Sydney, sus alrededores y las Montañas Azules, a mí me resulta algo difícil de asimilar. Si no fuera porque todo lo allí narrado es parte fidedigna del diario de viaje que Francisco iba escribiendo después de pasar por cada puerto, resultaría poco creíble. Pero todo ocurrió así. En varias ocasiones le hice sorpresivamente preguntas de diferente índole sobre detalles de lo que cuenta, para ver si por olvido de las mentiras que yo temía hubiera urdido, me daba una versión distinta de los sucesos, y las respuestas siempre resultaron orgánicas, coherentes, y coincidían con la versión original de los hechos. O todo era cierto, o se había aprendido de memoria una sarta de embustes con que confundir al más perspicaz de sus lectores. Tal vez hubiera en todo ello, como de costumbre, un poco de su juego imaginativo para redondear o embellecer sus historias, pero creo que no hay falsedad en su recuento del hallazgo de la Hermana Ambrosia y que esta mujer, hoy día, si no ha muerto, vive pendiente de una llamada o un correo electrónico del hombre que fue a salvarla, a liberar su alma de penas que durante gran parte de su vida la atribularon con tenacidad.

El diario de viaje de Francisco contiene muchas cuartillas sobre el resto de su visita a Australia que no he querido incluir por considerar insubstanciales, y de interés tan sólo a viajeros que busquen una guía turística sobre los puntos de mayor interés de cada puerto, zona o ciudad visitados por él.

Desde Sydney, el QE2 se detuvo un día o más, en Brisbane, Cairns (Yorkeys Knob) y Darwin. El barco navegó entonces hacia el noroeste, por el Mar de Arafura primero, y después por el Mar de Flores; atravesó el Estrecho de Macasar, entre Borneo y Célebes; y se acercó a muchísimas islas de Indonesia, tanto, que a cada rato Francisco divisaba las costas de esas tierras, sintiéndose a menudo perdido en el misterio de aquellos, para él, remotos lugares. Sintió cierto desasosiego, pensando que en sitios tan apartados se habría desarrollado muy poco la civilización y que cualquier problema mayor que pudiera tener él, Mendel o Sandy, sería difícil de resolver si era necesario trasladar a alguno de ellos a uno de estos territorios que los adelantos del mundo moderno habían dejado a un lado: imaginaba una súbita enfermedad que requiriera inmediata cirugía —imposible de realizar a bordo— o una crisis emocional suya que demandara atenciones o medicamentos especiales. Aunque vagas, las palabras con que expresa estas particularidades en su diario, me permiten deducir lo que acabo de apuntar. También menciona su intranquilidad a medida que se aproximaba el momento en que Arminda abordaría el QE2, en Kobe, Japón, el día 3 de marzo. Cambiaremos ahora de panorama a medida que Francisco nos introduce en el mundo misterioso del Oriente.

6

El vaticinio del monje

La influencia hispánica se hizo sentir desde el primer momento en que pisé Manila. El centro colonial, con sus construcciones masivas de piedra, su catedral, la iglesia de San Juan y el barrio en general me recordaban, en particular, la Habana Vieja, ciertas zonas de Ciudad México y Mérida. Pero la Manila *de mantones* que esperaba no apareció. Un *no sé qué* carroñoso lo dominaba todo fuera del casco viejo. Tras una visita al Bastión de San Diego, nos acercamos al río Pasig por el parque que rodea el Fuerte Santiago: reinaba un olor nauseabundo provocado por los desechos de toda índole que se arrojan a las aguas desde sus márgenes, como si el pobre río pudiera hacerlos desaparecer. Allí llegó la civilización, los medios de transporte motorizados (centenares de autos, camiones, motocicletas y los típicos *jeepneys*), pero no las regulaciones que controlen la contaminación ambiental. A pesar de la hermosura de los parques, la ancha y larga avenida costera, y las luces que visualizo a medida que el barco se aleja, cerca de la medianoche, me siento aliviado al marcharme de Manila y de los aires viciados que me han hecho difícil la respiración y tenido al borde de una crisis asmática el día entero.

Nagasaki, el día primero de marzo, nos revela un mundo muy diferente, donde se funden, armoniosamente, antiquísimas tradiciones y todo *lo moderno*. Llegar a Japón, aparte del interés que tengo en conocer este gran país y adentrarme en el mundo *oriental*, significa para mí hacer nuevo contacto con Arminda, quien abordará en Kobe: próximo puerto en nuestro itinerario. No hacía más que pensar en ese encuentro y trataba de realizar los preparativos que consideraba pertinentes para causar en ella una buena impresión cuando nos viéramos.

Imaginaba las múltiples situaciones posibles que nos pondrían de nuevo frente a frente, lo que yo diría o lo que respondería ella. Remedaba al personaje de Borges en «El milagro secreto», el reo que intentaba elaborar mentalmente todas las potenciales formas de muerte para así anularlas y que no resultara ninguna de ellas una sorpresa cuando llegara el momento de su ejecución. En mi caso, por el contrario, mis lucubraciones no terminarían con los balazos mortales que me aniquilarían, sino con el triunfo de la renovada vida que soñaba alcanzar con Arminda.

¿Amaba a Arminda locamente o quería creerme que la amaba locamente? Me resultaba imposible contestarme a mí mismo, porque no la había tenido jamás entre mis brazos; no hubo entre nosotros una sola palabra que me indujera a pensar que ella sintiera hacia mí la menor atracción. Iba haciendo castillos en el aire. Recordaba la invitación —nunca materializada— que me extendió para almorzar en su casa la noche cuando después de reconocerme, en la mansión de Olfa Cannon, su madre Amanda muriera súbitamente. La cita que propuso Arminda, bien podía responder a su interés en tener conmigo alguna cortesía a cambio de que le diera los recortes de periódico que yo guardaba, aparecidos en diarios de Buenos Aires, donde se daban detalles de los sucesos en que ella era la principal protagonista: todo lo ocurrido el día cuando se iba a presentar en el Teatro General San Martín y se escapó de los agentes de la Seguridad del Estado Cubano que los vigilaban a ella y a su grupo de ballet durante la gira que realizaban fuera de la Isla. Después de la trágica escena en casa de Olfa, nunca más volví a hablar con Arminda. No hubo oportunidad de decirle ni «Adiós» cuando subió precipitadamente a la ambulancia en la que se llevaron a su madre. El almuerzo en su casa quedó olvidado, aplazado indefinidamente, y temí desde entonces buscar el medio de dirigirle de nuevo la palabra, porque lo primero que habría tenido yo que hacer hubiera sido darle explicaciones: las razones por las cuales su madre se había erguido airada en su silla de ruedas para increparme con el «Túúúúúú...» acusador, mientras apuntaba con un dedo hacia mí, instantes antes de morir.

Mi amor adolescente por Amanda quería renacer ahora a través de Arminda. La diferencia de edades entre ella y yo no era algo tan notable, pues éramos los dos adultos maduros. No se repetía el caso de Luz, que podía sobradamente haber sido mi hija y parecía una chiquilla a mi lado. De cualquier modo, para tratar de suavizar el impacto de los años, a media tarde, después de las visitas al Castillo de Shimabara, las casas de los *samurai*, el Parque de la Paz y el epicentro del lugar donde hizo su mayor impacto la explosión de la bomba atómica que marcó de dolor esta ciudad para siempre, me fui a la peluquería del barco y me teñí el pelo, algo que dejó boquiabiertos a Mendel y Sandy cuando me vieron aparecer en el comedor esa noche. Mendel me dijo: «Tú que siempre has querido ser mi padre, ahora pareces mi hermano». Su comentario me halagó y animó. Me sentía más joven y yo mismo advertía la notable diferencia de aspecto que tenía mi pelo, que volvía a lucir el color uniforme que ostentaba a los veinte años.

Un inolvidable 3 de marzo, el buque atracó en Kobe. Arminda había llegado a esta ciudad el día anterior para descansar después del largo viaje desde Nueva York y estar en forma para bailar en el QE2 su primera noche a bordo. Pernoctaríamos en Kobe. Danzaría para el público sólo cuando la nave estuviera atracada e inmóvil —no en el vaivén de los mares—, condición que había impuesto por evitar un fallo en sus precisos y delicados movimientos. Por no saber a qué hora subiría a bordo, no pude hacer planes para tratar de verla entonces y dediqué mi día a descubrir tesoros sobre los cuales no tenía más que referencias de segunda mano. Desde Kobe, tomé el tren bala en dirección a Osaka. Tanto una ciudad como la otra puede competir con las más modernas del mundo. Barrios de Kobe podrían confundirse con otros de Nueva York o Chicago; en cuanto a Osaka, es más impresionante que Kobe. Sus rascacielos, de arquitectura original, llaman la atención tanto por su altura como por sus diseños.

Lo más curioso para mí resultó ser la evidente densidad de la población, ya que se va pasando de una ciudad a la otra en el tren y no se ve ni un trozo de terreno desocupado o inutilizado. En un tramo de poco más de cien kilómetros desde el principio hasta el final de mi trayecto, las construcciones abarcan todo lo que alcanza la vista a ambos lados de la ferrovía. Únicamente la montaña pone fin, a un lado, a esa continua urbe de concreto, y aun en lo más escarpado de los cerros, se las ha ingeniado el hombre para edificar. El tren me condujo hasta Kyoto, otra importante metrópolis que, con treinta y nueve universidades, se distingue por su cultura.

Kyoto me tenía reservado un enigma en forma de acertijo que me llegó en un lugar de suma espiritualidad. Esto ocurrió durante la tarde, cuando penetré en el misterioso mundo religioso de la gente de este país, que es, en verdad, una mezcla, en apariencia incoherente, de *shintoísmo* y *budismo*; la primera de estas dos religiones rinde culto a la vida, a los elementos naturales, al nacimiento, las fiestas, las uniones matrimoniales, etc.; la segunda, se reserva mayormente para el culto a los muertos y ceremonias como las de los entierros, aunque ambas están presentes a cada paso, puesto que los «orientales», en general, son medularmente supersticiosos. Los rituales son en extremo complicados, pudiendo compararse con los de nuestra santería; lo cual apunta al origen común de todas las creencias. Invertí la mañana en visitar el Palacio Nijo, cuya construcción inició el primer *shogún*, Ieyasu, en 1606, y terminó el tercero, Iemitsu, en 1626, para ocuparlo como residencia oficial. El guía del palacio se refirió a los curiosos pisos de tabloncillos que, al caminar sobre ellos, crujen y producen sonidos semejantes al cantar de cientos de golondrinas: ruido que servía de alarma para despertar al *shogún* si algún intruso trataba de entrar a sus recámaras para intentar asesinarlo mientras dormía: precaución casi innecesaria, porque se colocaban, además, guardias escondidos en armarios empotrados a todo lo largo de las habitaciones y galerías del palacio, el cual estaba rodeado por un foso con altas paredes de piedra, difíciles —si no imposibles— de escalar. Bajo la lluvia interminable, almorcé en el Hotel Ana y de inmediato me dirigí al templo *Sanju-Sangen-do*.

En el mostrador de las excursiones en el barco, comúnmente nos daban consejos a los pasajeros sobre aquello que encontraríamos en nuestros paseos, fuéramos o no con un grupo organizado por la Compañía Cunard. Sabía, pues, lo que allí vería y cómo debía comportarme, pero la monumentalidad de todo lo que aguardaba por mí en aquel lugar me dejó deslumbrado. En el inmenso templo de madera y sólidas columnas, bajo el mismo techo, hay mil y una estatuas de la deidad budista *Juichimen-Senju-Sengen Kanzeon*, o, simplemente, *Kannon*. Mil de estas imponentes figuras hechas de ciprés japonés, algo mayores que el tamaño natural de un ser humano corpulento, idénticas, ricamente ataviadas, en color dorado brillante, están alineadas en plataformas escalonadas a lo largo de esta estructura de ciento veinte metros de largo; ciento veinticuatro de aquellas estatuas se elaboraron en el siglo doce, cuando se fundó el templo. Las demás se construyeron después y se han realizado algunas renovaciones, pero nada se ha cambiado allí en los últimos setecientos años. Se podía oler el paso del tiempo. La larga nave tiene treinta y tres espacios entre sus columnas y su nombre quiere decir, precisamente, «el templo con treinta y tres espacios entre sus columnas». En el mismo centro se halla la estatua principal, sentada, y de mayor tamaño que las demás. Es en esta zona donde se celebran las ceremonias. Hay siempre, excepto cuando se realiza algún ritual o cuando se cierra el templo, dos monjes budistas que reciben a los peregrinos que acuden. Yo, a sabiendas de lo que tenía que hacer, me había quitado los zapatos a la entrada y había comprado un libro sagrado, como hacían los devotos que había a mi alrededor, para que uno de los monjes lo *consagrara* e hiciera una inscripción en él: costumbre de los creyentes cuando visitan por primera vez un lugar religioso como éste.

Esperé mi turno invadido por un raro fervor que comenzaba a fraguarse dentro de mí. Sentía una seguridad absoluta de mi materialidad, una acrecentada cenestesia, una fortaleza espiritual o psíquica que me hubiera permitido acometer el acto más peligroso sin el menor temor. Me creí inmortal, como si nada pudiera tocarme, ni la muerte siquiera, a quien me consideraba capaz de dominar. Cuando me acerqué por fin a uno de los religiosos, le entregué el libro y yo, sin querer hacerlo, me hinqué de rodillas y bajé la cabeza. Me agarró la barbilla y me hizo levantar el rostro para mirarme fijamente, tratando de adivinar en mis ojos qué me preocupaba, qué asunto de importancia podía haber en mi vida, leyendo en ellos mi pasado, mi presente y mi futuro. Eso es, al menos, lo que yo supuse hacía él al fijar su vista en mí con tal tenacidad; por lo que escribió en mi libro, comprobé que no me equivocaba. Cambiando su mano algo temblorosa de posición, la posó sobre mi hombro, diciendo algo en una lengua que no comprendí, y en ese momento, vi que caía de uno de sus ojos una lágrima grande y blanquecina. Se movió hacia delante y con la misma mano tocó mi cabeza. Sentí que con un dedo hacía algún tipo de garabato sobre mi pelo, raspando mi cráneo. No hubo, después de éste, ningún otro contacto físico entre él y yo. Era muy viejo, sin duda centenario, con una larga barba blanca. Tomó un creyoncillo que tenía junto a él en una alta mesa de viejísima madera, abrió el librito y comenzó a escribir en la primera página en blanco. Yo no veía lo que escribía, pues permanecía de rodillas. Cuando terminó, me hizo un ademán para que me levantara. Obedecí y me señaló con un leve movimiento de su mano la dirección que debía seguir, como hizo con todos los visitantes que recibió antes que yo.

Ya fuera del santuario, a plena luz del día, pues había dejado de llover y comenzaba a asomarse el Sol, busqué la inscripción que hizo en mi libro ahora consagrado y, como era de esperarse, lo que escribió estaba en lengua ininteligible para mí, con caracteres que ni siquiera podía determinar qué origen tenían. Pero esta dificultad había sido prevista por los guardianes del santo lugar: uno de ellos, que se encontraba en el kiosco donde tuve que dejar mis zapatos, me preguntó en inglés: «*Mister like translation?*» [«¿El señor desea una traducción?»]. Le dije que sí y esperó a que me pusiera las medias y los zapatos para acompañarme a un sitio dentro de un edificio adyacente y más moderno, aunque también de madera y del mismo estilo que el templo mayor, donde había una mujer de rasgos orientales algo diluidos que se puso de inmediato de pie para auxiliarme. Me preguntó, también en inglés, si quería que ella leyera lo que el monje me había escrito. Le dije que sí; me indicó que requería una donación adicional —ya había hecho una al entrar, más la propina que dejé al guardador de mis zapatos y mis calcetines—, le puse un billete de cinco dólares en la mano —lo cual consideró generoso, pues comenzó a darme las gracias mientras sonreía exageradamente—, y se dispuso a leerme en inglés el mensaje. Por un momento pensé en las conocidas «galletitas chinas» que se rompen para encontrar, en los papelillos que contienen, una máxima, recomendación, o vaticinio. Pero al notar su repentina seriedad al traducir, mi frívolo pensamiento se desvaneció de súbito. Dijo en un inglés bastante defectuoso: «*The past come back to present and future dissolve in darking water, very deep*». Me preguntó: «*You want to write?*» [«¿Lo quiere escribir?»]. «*Yes, please*», respondí. Me dio un papel y un lápiz, repitió lo dicho con anterioridad, y yo lo anoté tal como lo oía para luego tratar de traducirlo a mi lengua de un modo claro y descifrarlo; a eso me dediqué durante el regreso en el tren bala a Kobe.

Llegamos en un abrir y cerrar de ojos. Vuela el tiempo cuando estamos abstraídos en alguna labor que nos entusiasma, como fue la mía de traducir al español el *jeroglífico* escrito por el monje. «El pasado vuelve al presente y el futuro se interrumpe en lo muy profundo del agua oscura». La palabra *dissolve* de la sentencia original era equivalente a *disolver*, de modo que también podía leerse: «el futuro se disuelve en lo muy profundo del agua oscura». Había deducido con certeza el significado de la mirada del monje que buscaba en mis ojos las claves de lo que escondían mi pasado, mi presente y mi futuro. Le di muchas vueltas en la cabeza a lo que entonces consideré incoherente. Pero si esto era una predicción, más que una advertencia, no importaba lo que yo hiciera, pues aunque llegara a comprender el enigma, lo vaticinado ocurriría de todos modos. La primera parte del augurio pude asociarla de inmediato con lo que ocurriría en los días venideros por mi proximidad a Arminda. A través de ella, en mi *presente*, recobraría parte de un *pasado amoroso* lejano que se había ido desdibujando en mi memoria.

* * *

Al pasar por la florería en camino a mi camarote, compré un ramo de rosas. Durante la cena me mantuve silencioso. Sandy me pidió que le contara sobre mi visita a Kyoto, pues ellos tomaron una ruta distinta a la mía y se quedaron en el puerto para inspeccionar la ciudad y probar las delicias culinarias recomendadas en el manual de turismo que llevábamos, que sugería una comida formal en uno de los hoteles principales donde servían varios platos con diferentes cortes de la famosa carne de Kobe. Yo, en realidad, no tenía ganas de conversar, porque estaba intranquilo pensando en Arminda, aparte de que quería terminar de cenar cuanto antes, irme al teatro sin dilación y ocupar un asiento en la primera fila para la presentación de Arminda esa noche.

El QE2 tenía dos teatros. El mayor, al que antes me he referido, rancio y convencional, se usaba mayormente para los conciertos. Tenía muy buena acústica y su escenario estaba construido varios pies sobre el nivel de la platea. El otro, donde danzaría Arminda, era amplio, abierto, y la plataforma de actuación se elevaba nada más que un pie. Las butacas eran móviles y podían disponerse de diferentes modos. Todo quedaba como en un atrio cercado en su parte alta por las galerías del piso superior (donde se encontraban las tiendas del barco) que formaban un balcón semicircular, donde también se ponían butacas tras las barandas. Los que no lograban sentarse, se mantenían de pie un poco más atrás. En la planta baja, la cercanía de los asientos de las primeras filas al escenario creaba tal grado de intimidad que uno se sentía parte del programa. Pasé por mi camarote para tomar el ramo de flores y me dirigí al teatro. Me encontré en el camino con Susan, a quien hacía dos o tres días no veía, y me detuvo para saludarme. Se interesó en el ramo, que miró con lo que supuse era cierta malicia de su parte, especulando ella tal vez que lo recibiría algún secreto y reciente amorcillo mío del que ella no estuviera al tanto. Elogió la belleza de las rosas, esperando que yo le diera alguna información sobre su destino. Me abstuve de darle ningún detalle. Supongo intuyó que estaba en peligro la posible relación *afectiva* que, obviamente, ella quería establecer conmigo, porque ahora podía haber aparecido una contrincante, de modo que tratando de atajarme antes de que me entregara a *la otra*, rival por la cual me perdería, me lanzó a quemarropa, sin preámbulos: «¿Cuándo nos vamos a ver a solas?» Era una tácita invitación al sexo, puesto que *a solas* nos habíamos visto muchas veces. Es más, tuvo muchas oportunidades, antes del momento presente, de proponerme verbalmente —no con un cándido toque de su mano—, lo que le viniera en gana, y no lo hizo. Y era esta precisa noche, en la que mis sueños amorosos más profundos podían hacerse realidad, cuando lanzaba, en el momento menos oportuno, su venenoso dardo.

Más que sentirme halagado, hallé el cuestionamiento agresivo de su parte, y totalmente infundado, pues no le había dado yo muestra alguna de estar interesado en ella. El día que observábamos los *kiwis* en la oscuridad, cuando puso su mano sobre la mía, por no desagraviarla y porque su acción me tomó de sorpresa, no retiré mi mano, lo cual ella posiblemente interpretó como mi aceptación de su caricia. Éste no era el momento de aclaraciones y yo tenía prisa, así que la dejé con la palabra en la boca con un mero: «*Excuse me*!», en inglés, que me resultaba más efectivo, cortante e impersonal que alguna frase en español de falsa cortesía.

En el Gran Salón estaban ya ocupadas algunas sillas: había dos parejas en la primera fila, pero dejaban un espacio vacío entre ellas que ocupé rápidamente. Puse el ramo debajo de mi asiento y respiré aliviado sabiendo que había logrado mi propósito. El local se repletó, como de costumbre. Una empleada repartió hojitas impresas con el programa, que contaba con una nota biográfica sobre Arminda. En la primera parte de la presentación, miembros de la compañía operística Randazzo cantarían dos dúos de *La Traviata*; en la segunda, interpretaría Arminda *La muerte del cisne*. Durante el breve intermedio, me temblaban las piernas; me di cuenta que mis manos estaban heladas; era un frío anormal, causado por mi estado de ansiedad. Se apagaron las luces de la sala. Al iluminarse el escenario, allí estaba, más bella de lo que la recordaba. Era un espejismo, una diosa que bajaba de las alturas para regalar a los mortales con su gracia. Bailó como *nunca antes*, o sea que lo hizo *como siempre*, dando la impresión de que se superaba a sí misma cada vez que danzaba ante una audiencia. No tengo la menor duda que con su arte había logrado sobrepasar con creces a su famosa maestra.

Sus brazos, tal como si estuvieran desarticulados, se movían cual flexibles ramas de una enredadera sacudida por el viento, transformándose en alas que poco a poco iban reflejando con sus contorsiones la agonía de la muerte del ave. Su cuello largo, blanco, *inmaculado*, desnudo —lo vi ahora libre del temido lunar, desde todos los ángulos posibles—, era tan dúctil como sus *alas*. Al fin quedó inerte, terminó la música, y el público presente rompió el silencio con un estruendoso aplauso, silbidos y gritos de «Bravo» —que resultaron estremecedores y resonantes por lo reducido del local—, aun antes de que se oscureciera la sala. Los concurrentes, en pleno, se pusieron de pie.

Al encenderse las luces, todavía estaba Arminda en la posición final. Entonces, a plena luz, se levantó con una pirueta que fue en sí un salto danzante a la vez enérgico y sublime. Por la proximidad del extremo frontal del escenario a la primera fila, no tuvo más que dar cuatro pasos para que se encontrara frente a mí, pero no notó mi presencia. Miraba hacia el fondo del salón y también hacia arriba, donde la gente casi se desprendía de las barandas del balcón para aplaudir con los brazos extendidos hacia fuera, en el aire, y que quedara patente su entusiasmo.

Tomé el ramo de rosas y después de su tercer saludo me adelanté para entregárselo. Al acercarme, me miró por primera vez, y al instante se reflejó en su cara una sorpresa que calificaría de *infinita*, al punto de que quedó paralizada: se eclipsó para ella el público circundante y me pareció que olvidaba donde estaba, totalmente desconcentrada, sin atinar a hacer nada. La audiencia también estaría perpleja, supongo yo, pues se interrumpió el aplauso. Pasados unos segundos —que para mí fueron una eternidad, porque no tenía la menor idea de cuál sería la reacción de Arminda después de mi floral entrega—, volvió a la realidad y, reconociéndome a plenitud, extendió sus *blancas alas* hacia mí, sosteniendo el ramo con una mano; la otra, que tomé levemente en la mía, me la ofrecía a manera de saludo. Me dijo tan sólo: «¿Fernando...?» Retiró la mano, dio unos pasos atrás, alejándose de mí, se inclinó de nuevo para un final gesto de agradecimiento al público, y se produjo otro entusiasta aplauso que se mantuvo hasta que ella desapareció tras el telón del fondo (no había cortinas laterales).

A pesar de haber equivocado mi nombre, era obvio que me recordaba. Decidí dar la vuelta al escenario e ir por fuera a la parte trasera a esperar por Arminda junto a la puerta de salida. Estaba consciente de que alguna gente me miraba, y para aquéllos que me trataban, después de varias semanas de navegación juntos, supongo que adquirí una especial importancia, al comprobar que una prestigiosa artista me reconocía. Al abandonar la platea, Susan me salió al paso. «¿La conoces? ¿Nos la puedes presentar a Charles y a mí? ¡Baila que es un primor!», me dijo. «Sí, pero en otro momento. Quiero saludarla en privado. Hace mucho tiempo que no la veo», le respondí. No tuve que esperar mucho. La mujer que apareció por aquella puerta trasera era el ángel que yo estaba esperando: repetía la cara y el cuerpo de Amanda, pero como si la rodeara un halo luminoso que la elevaba a las esferas superiores de existencia. Seguramente sospechaba que me encontraría allí y fue ella quien primero habló: «De todos los lugares donde he bailado, es éste el único donde jamás hubiera pensado encontrarte de nuevo», dijo. Y yo, recuperado de mi primer nerviosismo, le dije: «Mi nombre es Francisco. No sabía si me recordarías». Y ella: «¡Cómo podría olvidarte! Fuiste testigo de la muerte de Mamá en la casa de Olfa Cannon, ¿recuerdas?, donde nos conocimos. Nunca entendí aquella ira desatada en mi madre cuando te vio...» Noté que se descomponía el rostro de Arminda a medida que comenzaba a atar cabos y llegaban a su memoria eventos que me enlazaban a la muerte de su madre. La interrumpí: «Perdóname, debemos hablar de muchas cosas, si tú no tienes inconveniente. Conocí a tu madre mucho antes de que tú nacieras y te puedo contar lo que ocurrió. Si no estás muy cansada, ¿quisieras tomar algo en uno de los saloncitos del Atrio, o prefieres venir a mi camarote? Tengo una botella de un vino australiano estupendo que descorcharé para celebrar este encuentro... Pero quiero que sepas, ante todo, que lo que me decidió a tomar este viaje fue saber que estarías a bordo durante dos segmentos de la travesía».

Mi último comentario debe haberle causado curiosidad, aparte de que le mostraba la importancia que daba yo a su presencia y lo relevante que resultaba para mí entablar con ella un diálogo o establecer algún tipo de relación. Titubeó por un momento, pero asintió a mi ofrecimiento con un movimiento de su cabeza. «En un salón del Atrio», puntualizó.

Al volverme para encaminarnos al Atrio, venían Susan y Charles, aparentemente distraídos, en dirección contraria a la nuestra por el pasillo que por fuerza debíamos tomar para alejarnos del trasfondo del teatro. Seguramente se mantuvieron ocultos en algún lugar cercano desde donde nos pudieran observar y se echaron a andar cuando notaron que nosotros emprendíamos la marcha. Se detuvieron y Charles me espetó: «*Hey, Francisco, won't you introduce us to your talented young friend?*» [«Oye, Francisco, ¿no nos vas a presentar a tu talentosa joven amiga?»] Su tono era confianzudo, condescendiente y autoritario; trataba con arrogancia o aire de superioridad a todos aquéllos que considerara inferiores a él económicamente. Yo, ciertamente, lo era. En cuanto a Arminda, no sabía cuál sería su capital en este momento de su carrera, pero como quiera que fuera, se veía obligada a bailar e impartir clases como modo de aumentar sus ingresos, o de sobrevivir. No por mucho que se gane se vive con holgura si no se administran inteligentemente los ingresos.

Los presenté en español. Los modales y la delicadeza de Arminda eran excepcionales. Susan, también amable, celebró su trabajo y le informó que se había inscrito en el Seminario de Danza que Arminda ofrecería y comenzaba al día siguiente. ¿Habría tomado Susan esa decisión con anterioridad a los sucesos de esta noche (la entrega del ramo de rosas, mi contacto personal con Arminda) o la acababa de fraguar para acercarse a ella y entrometerse en mis asuntos, buscando venganza al sentirse desdeñada por mí? (¡Cuán volubles son ciertas mujeres cuando se ven desairadas! La Susan que surgió a partir de estos momentos, según luego comprobé, se condujo más como fiera herida que como mujer.) Les pedí que nos disculparan, pero que queríamos conversar. Susan se acercó a Arminda y le plantó un beso en la mejilla con toda confianza, diciéndole: «Hasta mañana, querida».

Ya en el Atrio, buscamos una mesa pequeña algo alejada de los músicos que interpretaban en ese momento *Eine Kleine Nachtmusik*, nos sentamos, pedí una copa de vino, y Arminda una *Perrier*. Nuestra conversación se produjo naturalmente, como si ahora la retomáramos después de interrumpirla un instante. No había en aquel ser la menor malicia o ironía. Era un libro que se abría para que yo descubriera sin misterio la historia de su vida. Ojalá yo hubiera podido actuar del mismo modo, pero la presente situación me obligaba a proceder con extrema prudencia, a medir mis palabras o tergiversar la verdad, a fin de conseguir la materialización de un sueño. No tendría otra oportunidad semejante.

YO. Has bailado magistralmente. Es la mejor interpretación que te he visto.

ARMINDA. ¿Me has visto antes?

YO. ¡Claro! Estuve en tu primera presentación en Miami, antes de conocernos en casa de Olfa Cannon. ¿No recuerdas que te felicité y te conté, además, que estaba en Buenos Aires cuando se suspendió la función en que ibas a bailar, el día que te escapaste de la vigilancia de los cubanos para irte a los Estados Unidos? Cada vez que has bailado en Miami te he visto. Sé que te has presentado también en Nueva York.

ARMINDA. Sí. Ahora vivo allí, y doy clases.

YO. Tienes tu propia academia, ¿no es así?

ARMINDA. Sí, pero no soy la única profesora. Fundamos la escuela tres bailarines del Ballet de La Habana que se exiliaron y yo. Aunque yo esté de gira o con algún compromiso como éste del QE2, no se suspenden las actividades de la institución.

YO. ¡No puedes pensar cuánto he deseado este encuentro!

ARMINDA. Por lo que me explicaste, fue en parte planeado, ¿no? Para mí ha sido fortuito, pero algo que he deseado muchísimo. Lo deseé, en particular, a raíz de la muerte de Mamá. Nunca supe el porqué de su reacción hacia ti y quería que tú me aclararas aquel misterio. Las veces que le pregunté a Olfa sobre ti, me dijo que te había comenzado a tratar después de tu llegada a Miami. Pero Mamá sí te conocía de antes, es obvio, y sintió horror cuando te vio, Francisco. ¿Por qué?

YO. La reacción de tu madre al verme fue exagerada, bastante absurda...

ARMINDA. ¿Qué ocurrió?

YO. Nada que justificara su odio, porque creo que eso fue lo que sentí de parte de ella cuando dio aquel grito histérico y dramático al verme...

ARMINDA. Mamá era una mujer muy plácida. Su grito respondía a una verdadera ira. Si fue dramática o no, no lo sé, porque aunque fue actriz en su juventud, nunca más volvió a subirse en un escenario. Es más, a duras penas tenía que arrastrarla al teatro durante mi adolescencia y los años que estuvo en La Habana junto a mí, antes de que se fuera a Miami para tratar de sacarme a mí luego del país.

YO. A tu madre la conocí tan sólo profesionalmente. Según recuerdo, nos hablamos una sola vez. Creo que se peleó conmigo por algo que escribí en el periódico sobre una actuación suya.

ARMINDA. ¿De veras? ¿Eso fue todo? Debes haberle causado un gran pesar cuando te recordaba con tanto rencor.

YO. (*Contándole una historia que había ideado y ensayado mil veces en mi cabeza, añadiendo detalles insignificantes que le dieran la autenticidad requerida.*) El caso fue que coincidimos un día en «El Polinesio» durante el almuerzo. La había visto actuar en *Falsa alarma*, haciendo de «la viuda», y en *La soprano calva*, en el papel de «la criada». Me gustó mucho su trabajo. «El Polinesio» estaba repleto. Yo me encontraba sentado con una amiga en una mesa de cuatro y el camarero vino a preguntarnos si no nos molestaría tener a otros dos comensales en nuestra mesa. Señaló hacia la entrada, donde se encontraban esas personas: eran tu madre y una cantante muy conocida, amiga suya, que se había puesto por nombre de teatro Alba Marina. De inmediato le dije al camarero que sí, porque me entusiasmó la idea de entablar conversación con la cantante, a quien yo admiraba y distinguía muchísimo.

ARMINDA. ¿Y no te interesaba también hablar con Mamá?

YO. Sí, pero en presencia de Alba Marina, ella pasaba a un segundo plano.

ARMINDA. Se sentaron juntos, en fin, ¿y qué más?

YO. Amanda me hizo el almuerzo insoportable. No hacía más que hablar con Alba Marina de cosas de mujeres y yo no podía meter la cuchareta. A la Marina no me atreví a interpelarla, pero para interrumpirlas y cambiar el tema de su conversación, le pregunté a Amanda sobre la obra en que comenzaba a actuar esa noche y la cual yo iba a presenciar en calidad de crítico, pues hacía dos meses que escribía reseñas de teatro para el periódico. Me dio una breve explicación y se volvió hacia Alba Marina, ignorándome casi durante el resto de la comida. Esa noche fui a la obra y quedé desencantado con su actuación. Se suponía que interpretara a una mujer madura, elegante, de la realeza, y no hizo otra cosa que repetir el personaje de «la criada» en *La soprano calva*. Tal vez a mi decepción teatral se sumó la actitud de Amanda durante el susodicho almuerzo, pero mi comentario sobre ella, y la obra en general, que apareció al día siguiente en el diario, fue devastador. Yo era muy joven, todavía demasiado impetuoso y apasionado; escribía guiado por mis pasiones más que por mis juicios artísticos. Tu madre, obviamente, nunca me lo perdonó. La vi una vez más, cuando estuve a punto de cruzarme con ella al atravesar el Parque Central. A cierta distancia de mí me reconoció, se detuvo como poseída por el demonio, se dio vuelta, y caminó hacia un costado del parque para evitarme. Pasé pocos meses en Cuba después de este incidente. Yo ya estaba tramitando mi salida cuando ocurrió lo que te cuento. Perdí el trabajo en el periódico tan pronto presenté mis documentos para irme del país. Tú no habías nacido en aquel entonces. ¿Qué fue de tu madre el tiempo que permaneció en La Habana?

ARMINDA. ¡Sé tan poco de esa parte de la historia de Mamá! Como si ella le hubiera echado un velo. Siempre hubo un vacío que nunca quiso llenar. Nada me contaba de esas experiencias suyas como actriz. Quizás porque no logró el éxito que quería en ese campo. Luego, cuando perdió la pierna, quedó limitada para siempre.

YO. ¿Perdió una pierna?

ARMINDA. Sí. ¡El ataque de un tiburón!

YO. ¡Qué horror! ¿Dónde ocurrió eso?

ARMINDA. El accidente le cambió la vida para siempre. Según ella me contó, tenía unos amigos en San Cristóbal, adonde fue a pasar unos días de vacación. Esta gente tenía a su vez relaciones con unos pescadores que vivían frente al mar en la Punta La Capitana y organizaron todos una excursión a Cayo Hambre, para visitar a unos familiares de estos últimos, distraerse y disfrutar del mar. Mamá se estaba bañando en una playita de Cayo Hambre que estaba frente a la cabaña de los parientes de los pescadores y el tiburón la atacó a la vista de todos. No había ni médicos, ni hospital, ni nada, y ellos mismos tuvieron que curarla como pudieron, pero la pierna le quedó desmembrada por encima de la rodilla. Fue mi padre, Pedro Velasco, que era del Cayo, quien la sacó del agua y la salvó. Mamá tuvo que quedarse en el islote durante largo tiempo, porque se le produjo una infección, y su estado de salud no permitía transportarla en un bote de motor sin techo ni la menor comodidad hasta la Punta La Capitana. Era un viaje de más de tres horas. Al fin se curó de las heridas y pasó en el cayo muchos años. Yo, claro, no fui testigo de nada de esto.

YO. Pero tú... ¿Entonces...?

ARMINDA. Nacida y criada en Cayo Hambre. Yo tenía pocos años cuando Papá desapareció con su bote durante una tempestad; él y Julián, otro pescador que salía siempre con él.

YO. ¡Quedaste huérfana de padre muy pequeñita!

ARMINDA. Sí, pero lo recuerdo muy bien. Le gustaba la música, tocaba una guitarra y yo bailaba, haciendo piruetas. Mamá y él se divertían y me animaban a que lo hiciera. Un día se apareció con una grabadora casetera que compró en San Cristóbal y trajo en el bote con los abastecimientos que iba a buscar a la *Isla Grande* —así le llamábamos a Cuba— todos los meses. Venía dentro un *cassette* con música de Tchaïkovsky, y Mamá me empezó a dar instrucciones de cómo pararme en actitud danzante, moverme y hasta me enseñó algunos pasos de ballet, a pesar de que ella no podía caminar sin sus muletas. Yo creo que esa imposibilidad de desplazarse, por haber quedado impedida para el resto de su vida, hizo que pusiera sus esperanzas en mí como bailarina: para que yo lograra lo que ella jamás podría hacer. Sin tener a Papá que nos ayudara, nos fuimos a La Habana, donde Mamá tenía familia y amistades.

YO. ¿Qué año sería entonces?

ARMINDA. No sé con exactitud. Yo era chiquita todavía. Enseguida me puso en la escuela de Alicia.

YO. ¿Y qué hizo Amanda? ¿Cómo se las arreglaron para vivir?

ARMINDA. Nos acogió mi tía un tiempo. Mis abuelos se habían ido a Miami. Quiero decir, los padres de Mamá. A mis abuelos por parte de padre nunca los conocí. Creo que vivían en Cayo Culebra y nunca fuimos a visitarlos. Papá no hablaba de ellos; estaba distanciado de su familia. Sólo mencionaba a una hermana mayor que él, a quien decía querer mucho, y contaba que ella era quien lo había criado. También vivía en Cayo Culebra.

YO. Entonces, ¿tu madre nunca volvió al teatro?

ARMINDA. ¡Jamás! Sus amistades prepararon una recepción para celebrar su regreso a La Habana y ella no se presentó. Vinieron unos viejos compañeros de la escena a buscarla a la casa de mi tía, y Mamá se encerró en su cuarto porque no quería ver a nadie. No creas, que hubo bastante revuelo con su vuelta a la capital. Aparecieron notas en el periódico y alguien hizo un breve documental sobre ella, con fotos viejas suyas, pero Mamá no se prestó a nada.

YO. Se sentiría incómoda de que la vieran lisiada.

ARMINDA. Era más que eso. Con la muerte de Papá, Mamá perdió el poco entusiasmo que le quedaba para vivir. Se vistió de negro y pocas veces salió de la casa. Mi adolescencia transcurrió tranquila: nada me distrajo de mis clases; por las mañanas, todas las asignaturas de la escuela pública; por las tardes, el ballet.

YO. ¿Tu tía pagaba por todo?

ARMINDA. Tía y mis abuelos. Nos mandaban lo que necesitábamos desde Miami. Las clases no costaban nada.

YO. Y, aparte de tu trabajo después, con el Ballet de La Habana, ¿qué hacías? ¿Te interesaba también el teatro? ¿Te casaste...?

Arminda me miró fijamente a los ojos como tratando de descifrar la intención de mi pregunta, o tal vez adivinando su propósito velado.

ARMINDA. No... A mis... cuarenta años... aún soltera y sin compromiso.

YO. ¿Una mujer tan bella y famosa como tú, sin pretendiente?

ARMINDA. *(Con intención.)* ¡Hasta el día de hoy!

YO. ¿Y mañana?

ARMINDA. ¿Mañana, *mañana*, o el día de mañana?

YO. Quiero decir que... ¿no tienes pretendiente porque no te han *pretendido* o porque no has aceptado tú a ninguno?

ARMINDA. No he tenido tiempo. Mi carrera se ha antepuesto a todo y... y las enseñanzas de Mamá, con sus afanes de moralidad, de castidad, han sido siempre mi guía, aunque en el ambiente en que me desenvuelvo, podrás imaginarte, lo que reina es lo contrario.

YO. El libertinaje de los artistas es notorio... y las aberraciones sexuales... y el uso de drogas...

ARMINDA. Mi cuerpo es un templo. A él le he dedicado todas mis horas. Desde que comencé a recibir clases de ballet lo he sometido a todos los rigores que mi profesión exigía. Disciplina física, orden, horarios inflexibles para dormir, comer, practicar... A eso debo poder bailar como lo hago a mi edad. Vaya, no es que en la cuarentena no se pueda bailar, pero los críticos aseguran que en nada he perdido mis habilidades y que aún me desenvuelvo como si tuviera veinte.

YO. Lo que vi hoy fue puro virtuosismo. Tienes mucho camino todavía por andar si sigues cuidándote como lo haces. Yo vi a la Fonteyn bailar en Pittsburgh cuando andaba por los sesenta y todavía lucía bien en escena, aunque más que danzar, se dejaba mover, y nunca se paró en punta.

ARMINDA. Yo nunca haría el ridículo. Sé que estuvo bailando hasta muy vieja e incluso he visto algunos cortos que se filmaron sobre ella por esa época en que realizó su última gira. Lo que hizo Margot Fonteyn para mí sería inadmisible, una burla. Una tiene que darse su lugar. Cuando no pueda bailar como lo hago, me dedicaré exclusivamente a mis alumnos.

YO. Volviendo a tu mamá, me decías que te inculcó ideas de moralidad que han sido siempre tu guía. Por lo menos habrás tenido algún novio, o relación...

ARMINDA. Enamorados, sí. Novio, no.

YO. ¿Ni uno?

ARMINDA. Ninguno. Mi cuerpo, te repito, es un templo. Si algún día me caso, será entonces cuando reciba por primera vez al ser amado. La letanía de Mamá era que el amor auténtico se daba con dos condiciones primordiales: la verdad y la pureza. Lo único que me preocupa, hasta el día de hoy, es mi edad, porque por más que entrene mi cuerpo y conserve su aparente juventud, el tiempo pasa y pronto peligrará la posibilidad de que pueda ser madre. La naturaleza es rigurosa en sus decretos y no estoy muy lejos de traspasar las fronteras de la fertilidad.

YO. (*Después de una pausa. Pensativo.*) A mí me ocurre igual.

ARMINDA. (*Sorprendida.*) ¿A ti?

YO. Sí, también se me va haciendo tarde...

ARMINDA. Nada me has contado de ti. Casi nada. ¿No has tenido hijos? ¿Viajas solo? ¿Estás casado?

YO. La historia es larga y no voy a aburrirte esta noche con ella. Viajo con Mendel, un muchacho a quien quiero como a un hijo, y tal vez lo sea, y con su esposa. Casarme, no. Pero tuve dos hijos gemelos que murieron casi recién nacidos en un trágico accidente. No quisiera entrar en detalles. Espero que tengamos tiempo para hablar de muchas cosas y llegar a conocernos muy bien. Desgraciadamente, no cuento con la pureza que tienes tú. Hombre, al fin y al cabo... Mi cuerpo no ha sido rigurosamente un templo, como el tuyo, pero lo único que me ha movido en las relaciones que he tenido ha sido el amor, el amor absoluto, que todavía en esta vida no ha logrado nadie reciprocar. En medio minuto te he hecho la historia de mi vida. (*Dándome cuenta de que me he ido por la tangente y que lo que me interesa es que Arminda me cuente todo lo que sabe de su madre para asegurarme que no haya fallos en la historia que he elaborado. Me ha sorprendido genuinamente la actitud puritana de Amanda que su hija ahora me refiere. Tras una breve pausa.*) Tu madre quizás fue demasiado estricta contigo.

ARMINDA. ¡Para nada! Me educó con la cabeza y con el corazón. Nunca me explicó cómo surgió aquel prurito que la obligó a criarme con tal severidad, pero tengo la sospecha que ella también se entregó a un hombre una sola vez en la vida y fue a mi padre. Su muerte acabó con ella, como te he dicho, y le guardó siempre la fidelidad que él se merecía.

YO. (*Después de una pausa. He comenzado a dar sorbos a una tercera copa de vino y me siento suficientemente relajado como para iniciar mi declaración.*) Tengo algo que confesarte.

ARMINDA. Tenía la corazonada de que algo así iba a ocurrir... No sé por qué... Hay tantas cosas que ignoro de Mamá... Te escucho. Se trata de ella, ¿no?

YO. ¡Se trata de ti! No sé cómo lo tomarás. (*Arriesgándome a lo que sea.*) Desde que te vi por primera vez no he hecho más que pensar en ti. Te llevo muchos años, no lo paso por alto, pero estoy perdidamente enamorado de ti. Tal vez mi edad sea un obstáculo. Si consideras esta declaración un asalto a tu integridad, a tu persona, perdóname, no te enojes conmigo, pero necesito saber si puedo abrigar alguna esperanza. (*Pausa. Silencio sepulcral.*) ¿No me contestas nada? (*Silencio.*)

En la mirada fija de Arminda no había ni impurezas, ni amores antiguos que empañaran el brillo de sus ojos. Nada tenía que ocultar. Los de su madre, igualmente hermosos, siempre se me antojaron turbios al contarme, por exigencia mía, particularidades de sus múltiples y enloquecidas aventuras sexuales. Amanda parpadeaba intranquila cuando prefería mentir, ocultándome la verdad para evitar hacerme sufrir. Los ojos de Arminda, por el contrario, se mantenían abiertos, sin pestañear por largo rato, irradiando la dulzura y la candidez que brotaban de su alma pura. Me recordó a Tía Alida, que miraba de un modo semejante, porque no había conocido el pecado de la carne. Y sentí que en esta mujer había algo de *Tía*, un aura celestial, una gracia con la cual fue dotada, que la protegía de todo mal y que podía salvar también a todo aquél que lograra ser parte de su vida. Arminda, absorta, sopesaba mis palabras para poder contestar mi pregunta. Insistí:

YO. ¡Por favor, dime algo!
ARMINDA. ¡Yo también!

Pausa. Nuevo largo silencio.

YO. Tú también, ¿qué?
ARMINDA. Desde que te vi por primera vez no he hecho más que pensar en ti.
YO. (*Con una alegría que jamás había experimentado.*) ¿De veras?
ARMINDA. Sí, aunque apenas nos hemos tratado. Hay algo en ti que me hace pensar que podrías amarme por el resto de tu vida, hasta que la muerte nos separe, como quería Mamá que ocurriera cuando encontrara al hombre que me acompañara como esposo. Por él, *por ti*, me pedía ella que mantuviera intacta mi... *doncellez.*
YO. Entonces... ¿no hay impedimento para que nos amemos?
ARMINDA. No, si es que has pensado seriamente lo que dices y estás dispuesto a ofrecerme matrimonio.
YO. ¡Mañana!

ARMINDA. ¿Mañana, *mañana*, o el día de mañana?
YO. ¡Mañana mismo! No esperaremos ni un día. El Capitán nos puede casar a bordo. Celebraremos nuestras nupcias en el mar.
ARMINDA. ¿Y después?
YO. ¿Qué quieres decir?
ARMINDA. Que qué haremos después. Yo vivo en Nueva York y tú en Miami; yo viajo todavía mucho con mis compromisos; no podríamos estar juntos todo el tiempo; no he pensado en abandonar mi carrera hasta ahora... (*Con malicia.*) a menos que mi vientre se deforme y me vea obligada a hacer un receso obligado...
YO. ¡Un hijo nuestro, *nuestro*! Nada debe preocuparte. Si tenemos la mejor voluntad de resolver los problemas que se vayan presentando, todo saldrá bien. En cuanto a tu carrera, es decisión tuya interrumpirla temporal o permanentemente. No voy a interferir en tus decisiones. Económicamente, tampoco habrá dificultades. Yo puedo pasar temporadas en Nueva York y tú en Miami, si así lo deseas. Estoy dispuesto a adaptarme a tus necesidades y deseos. Recursos no me faltan. Mis libros han sido productivos y tuve la suerte de ganar en Pennsylvania hace muchos años la lotería del Estado, algo que me permitió retirarme del mundo académico, al cual pertenecía, con quince años de anticipación. Esto no lo sabe nadie más que tú. (*Consciente de lo mucho que he mentido, sintiéndome culpable, no porque tema que Olorún me castigue, ya que Él no castiga, hagas lo que hagas, si es para lograr tu personal felicidad, sino por amor propio, porque nunca miento y considero que mentir es uno de los defectos humanos más detestables. De cualquier modo, cruzo los dedos debajo de la mesa antes de concluir:*) Contigo no puedo tener secretos.
ARMINDA. (*Pensativa.*) *Afortunado en el juego...* ¿Eres supersticioso?

YO. No. Todo lo dejo en las manos del Gran Dios y de una Santa que siempre me acompaña. La sabiduría de ellos es infinitamente mayor que la mía... Ese refrán que mencionas no va conmigo. He sido *afortunado en el juego* y ahora soy *dichoso en amores*, contrariamente a lo que apunta esa máxima. ¿Qué mayor dicha podría haber tenido en mi vida que encontrarte y que me hayas recibido con una gentileza y un amor inesperados, hasta ahora inmerecidos, porque nada he hecho todavía por ti para ganarlos?

ARMINDA. Pero mi corazón me dice que te los ganarás. Nunca me engaña.

YO. (*Tras una breve pausa.*) ¿Puedo besarte?

Asintió y acercamos nuestros rostros. Se produjo un raro beso tímido, algo precipitado, porque Arminda jamás había besado a un hombre en la boca; con él se sellaba el pacto.

YO. Ha sido una noche larga y debes descansar. Hablaré con el Capitán en cuanto me levante, si me puede atender. Estoy muy seguro de lo que hago. Me parece que esto es un cuento de hadas.

ARMINDA. Un cuento perfecto, sin conflictos.

YO. Tienes razón. No hay conflictos. Con nuestra historia no se podría escribir un drama.

ARMINDA. ¿Comedia? Tragedia no podría ser si hay un final feliz...

YO. Ni una cosa ni la otra. Para que un argumento interese debe haber tensiones. Un personaje que quiere lo que otro tiene y no lo puede alcanzar, o los protagonistas antagonistas deben luchar por metas que se contraponen. Si no hay tensión, no hay drama.

ARMINDA. Poco sé de teatro, pero sí de baile. En este ballet, la bailarina encuentra los brazos fuertes que la sostienen.

YO. Pero los brazos son algo viejos...

ARMINDA. La edad es un número insignificante, un número, nada más, que poco dice de lo que uno es o de lo que es capaz de hacer... ¡Hasta mañana!

Arminda se levanta antes que yo, se inclina hacia delante, me toma la cara con ambas manos y me besa de nuevo, ahora sosegadamente, con manifiesta dulzura, en la superficie de los labios.

* * *

Dormí muy mal, sin paz ni sosiego, porque cada vez que pegaba un ojo se me aparecía Bruna, silenciosa, con cara de muy malos amigos. El regocijo que experimenté con la conquista que tanto ansiaba e imaginé de mil modos diferentes, se desvaneció casi al instante, mucho antes de llegar al camarote. Recordé un incidente que me ocurrió de muchacho, a los trece años, antes de conocer a Dina, cuando por influencia y presión de mis compañeros de clase enamoré a una estudiante que era célebre por haber rechazado a cuanto muchacho de la escuela la había pretendido. Los interesados en conquistarla, más apuestos, desenvueltos y maduros que yo, fracasaron en sus intentos. Tanto me hostigaron mis colegas, hiriendo mi amor propio y hasta cuestionando mi hombría, que no me quedó otra alternativa que atacar. Sabía que todo era un juego para a la larga reírse de mí y pasar un buen rato, pues Myrna, la muchacha, me llevaba cuatro años, o sea que tendría diecisiete y, a esa edad, entre trece y diecisiete, la distancia temporal entre el chiquillo y la mujer resultaba descomunal. En lo único que llevaba yo ventaja era en mi estatura, pues era ya muy alto, aunque demasiado delgado. Todo ocurrió al final de las clases de la tarde, cuando nos reuníamos en la escalinata del Instituto de Cárdenas a conversar antes de que cada cual tomara su rumbo a casa o esperara a que alguien lo viniera a buscar. Pasaría por aquel trago amargo, pensé yo, y «mañana será otro día». El rechazo de Myrna estaba asegurado y sería el final de aquella *fiesta*.

Me acerqué al corro de jovencitas con quienes conversaba y le dije en el tono de camaradería con que trataba a todos mis compañeros: «Myrna, quiero decirte algo. ¿Puedes venir conmigo un momento?» Enseguida se desprendió del grupo y me acompañó. En varias ocasiones le había dado mis notas de clase cuando estaba enferma y se ausentaba de la escuela. Supongo que pensó que se trataba de algún asunto académico que podía interesarle. Nos fuimos a un rincón de la fachada del edificio donde florecían unas adelfas junto a un banco que estaba desocupado y allí nos sentamos. Di inicio a mi declaración amorosa sin saber muy bien qué decir; nunca había enamorado antes a una joven. Me parecía que balbuceaba tonterías y esperaba que en cualquier momento Myrna se levantara, me diera un par de bofetadas y se marchara descompuesta. Pero ocurrió todo lo contrario. A medida que me escuchaba se dulcificaba más y más su sonrisa, y a mi invitación de que fuéramos «novios», me dijo simplemente «Sí», me tomo la cara (como acababa de hacer Arminda) y me dio un beso en la boca. Cruzó su brazo con el mío y se puso de pie, con lo cual me obligó a hacer lo mismo, y nos encaminamos, así enlazados, hacia el resto de la camarilla que quedó en la zona de la escalinata. Nos miraban boquiabiertos. Tal parecía que era ella quien lograra una gran conquista y quería exhibir el botín ganado en la batalla. Yo me hundía en el terror porque, de repente, el chiquillo tenía por novia a una mujer con la cual no sabía qué hacer. Esta circunstancia lo cambiaba todo. ¿Cómo cortejarla, invitarla a fiestas y paseos, mantener un noviazgo que interrumpiría la normalidad de mis estudios? Y lo peor de todo era que no sentía la menor atracción por ella. Su perfume me repugnaba y era demasiado rolliza (por todas partes) para mi gusto; en aquel momento veía como modelo absoluto de perfección y belleza femenina a Marilyn Monroe. Cierto es que, dos años después, a los quince, caí en las garras de la Dra. Dina Azevedo, que en nada se parecía a la Monroe, pero *eso* es la vida: cambio perpetuo y caótico —según ya propuse al principio de este escrito—. ¿Cómo romper aquel compromiso sin quedar mal? Era imposible. Hiciera lo que hiciera, se ensuciaría mi reputación. Mis compañeros recibieron una lección inolvidable, porque en vez de conseguir burlarse de mí, se marcharon alicaídos aquella tarde. Cualquiera que fuera mi resolución para salirme de aquel enredo, me desacreditaría tan sólo a los ojos de Myrna y las compañeras a las cuales ella contara lo sucedido. Esa misma noche, le escribí una carta explicándole con honestidad lo ocurrido y que obré impulsado, casi obligado, por mis falsos amigos. Le pedía que me perdonara y me ofrecía para ayudarla con todas las materias en las cuales tuviera dificultades. Al día siguiente, la vi en cuanto entré al Instituto. Me le acerqué. Le puse el papel en la mano sin decirle una palabra y me alejé para no darle tiempo a cuestionarme. A primera hora teníamos clases diferentes, así que no nos vimos hasta media mañana. Su reacción fue tan inesperada como la del día anterior. Me dijo: «Ay, hijo, ¿pero tú pensaste de verdad que íbamos a ser novios? ¡No lo puedo creer! ¿No sabes que estoy comprometida y me caso el año que viene? Te estaba siguiendo la corriente porque me resultó graciosísima tu declaración. Pero, además, ¡eres un niño!» Me abrazó con actitud maternal y me besó en la cara.

Ahora no era un niño. Cuarenta años separaban a aquel adolescente del hombre que ahora se enfrentaba a un conflicto colosal. El pánico se apoderó de mí cuando pensé que por algún azar del destino Arminda podría ser hija mía. ¿Bastaba la ausencia del lunar que llevábamos en la nuca mi hermana y yo, más los otros miembros de la familia de mi madre que yo había conocido, para descartar con absoluta certeza la posibilidad de que yo fuera el padre de mi prometida? Precisar la fecha exacta de su nacimiento me habría bastado para descifrar el enigma. El caso no era semejante al de Mendel, porque con él sólo dependía yo de la confesión de su madre, quien, sin lugar a dudas, había sido la autora de un plan muy bien maquinado, aunque existía la posibilidad de que dijera la verdad. El ataque de fobia por el aguacate que sufrió Mendel en la mesa del restaurante del QE2 que yo presencié, era, por otra parte, evidencia contundente a favor de que fuera hijo mío. Pero, dando vueltas mi pensamiento como una noria desquiciada, llegaba al punto de partida, y la ausencia del lunar en la nuca de Mendel me desalentaba de nuevo en la idea de mi paternidad con respecto a él. Traté de convencerme de que no era posible que Arminda y yo lleváramos la misma sangre. A mi entender, Amanda no estaba encinta cuando dejamos de vernos. Según la historia narrada por Arminda, su amantísimo padre no era otro que el pescador con quien Amanda se casó y desapareció en el mar. Y el lunar, el lunar, no estaba en su cuello. Sabía que esta preocupación me avasallaría siempre, pero debía echarla a un lado para encarar lo que tenía de inmediato ante mí. No hallaba argumento creíble que me permitiera romper el compromiso, aparte de que, egoístamente, ponía mis ambiciones ante todo. No quería perder a Arminda, a quien veía como el *último* amor, felicidad de la cual me consideraba merecedor, especialmente después de mi catastrófica relación con Luz. Recordé la famosa frase, sin duda fatalista, de Lady Macbeth: «*What is done cannot be undone*» [«Lo que se ha hecho, hecho está»], y decidí no tratar de cambiar el curso de los acontecimientos.

La actitud de Bruna, cada vez que se hizo presente aquella noche durante mi duermevela, me desconcertaba. Me miraba acusadora, o al menos yo la sentía así. Tal vez era mi propio remordimiento de conciencia —mis dudas— lo que me hacía visualizarla o imaginarla con aire rudo en vez de enfrentarme con la Bruna que me visitaba, como en otras ocasiones, siempre dispuesta a hacer algún comentario adecuado, darme un consejo, o proferir sabias advertencias encaminadas a beneficiarme. Poco antes de despertar, tuve un breve sueño agridulce: en él, yo era el compañero de baile de Arminda y la sostenía con firmeza, sintiendo el calor de su cuerpo como un efluvio embriagador; entonces, gradualmente, se fue transformando en un cisne blanco que comenzaba a morir, languideciendo, hasta exhalar entre mis brazos su último suspiro.

* * *

El lector de estas *memorias* se preguntará cuál es su propósito cabal; tal vez parezca a algunos que mis declaraciones pretenden establecer mi inocencia, como si me sintiera culpable de algunos de mis actos. Por lo mucho que esto podría semejarse a una novela, habrá quien piense que lo que voy escribiendo apunta a un desastre inevitable. Y puedo aseverar que no hay intención *dramática* de mi parte; no trato de guardar *sorpresas* para el final; simplemente me atengo al orden cronológico en que fueron ocurriendo los hechos. Ahora bien —y perdona este breve paréntesis—, ten presente que la confusión que rige nuestras vidas hace que lo que a ratos parece una catástrofe, sea tal vez la solución que los Seres Superiores que vigilan cada uno de nuestros pasos nos tienen reservada y no logramos discernir su función benefactora. Todo mal, por deplorable que nos parezca, podría siempre ser mayor. Y la paz que más temprano o más tarde nos llega al fin del Poderoso, logra que cualquier *mal* gradualmente se convierta en *bien*, a medida que se aclara nuestro entendimiento. En cuanto a lo que lees aquí, te ratifico que *no es una novela*, aunque así te lo parezca. No he tenido que inventar una trama, puesto que me he limitado a referir la verdad. Te ruego también que disculpes la simpleza con que te voy relatando los acontecimientos. No es mi intención crear una obra profunda que alaben críticos o letrados, y mucho menos filosófica, porque creo con firmeza que la profundidad y los misterios de la vida del hombre se resumen en su diario acaecer, en las mínimas labores y eventos insignificantes que, concatenándose, lo encumbran, sin que él tenga que hacer el menor esfuerzo, hacia las esferas celestiales. A lo largo de su camino, los múltiples incidentes que componen su devenir, reunidos, especialmente cuando se sufre mucho, depuran su alma y lo igualan a sus Dioses.

* * *

Todo ocurrió a una velocidad vertiginosa. Se hicieron los arreglos con el Capitán. Nos pidió lo mínimo de documentación. Lo mío estaba todo en orden: nunca estuve casado y tenía conmigo prueba de mi ciudadanía por naturalización, fecha y lugar de nacimiento, todo certificado en el pasaporte estadounidense que portaba. Arminda, que aún tenía *status* de «residente», llevaba la tarjeta correspondiente expedida por el Departamento de Inmigración de los Estados Unidos, pero viajaba con pasaporte cubano y tenía consigo una partida de nacimiento. Me entregó estos papeles para pasárselos al Capitán; tuve oportunidad de revisarlos y le hice algunas preguntas sobre detalles que me llamaron la atención e interesaban en particular. Me aclaró que la fecha de su nacimiento en la partida era la del día en que la llevaron a Nueva Gerona en la embarcación de Don Gonzalo Chacón (jefe de la otra familia, dedicada a hacer carbón, que habitaba Cayo Hambre), y no la real, que ella ignoraba. Suponía que tendría unos tres o cuatro años el día cuando la inscribieron, el mismo de las nupcias oficiales de sus padres, Pedro Velasco y Amanda Bustamante, quienes hasta entonces no habían legalizado su unión.

Arminda dio su primera clase de danza esa misma mañana, de diez a doce, a la cual, por supuesto, acudió Susan y trató de sacarle cuanta información pudo sobre su amistad conmigo. Arminda me comentó cuando nos reunimos para almorzar, ya pasada la una de la tarde, sobre las preguntas de carácter personal que Susan le había hecho, y me contó que cuando ella, Arminda, le dijo que era mi prometida y que nos casábamos en el barco esa misma tarde, retorció el rostro, le dijo de muy mala forma: «¡Pues felicitaciones, y que te aproveche!», y se marchó destemplada. Le dije a Arminda que esta mujer había estado asediándome, y que no tenía yo el menor interés en ella, aparte de que era casada. Todo quedó como una broma y no le dimos al asunto más importancia de la que tenía. Arminda y yo fuimos al camarote de ella para mudar parte de sus pertenencias al mío, donde me quedé, mientras ella volvía al suyo para arreglarse sin perder tiempo, pues el Capitán nos dio cita a las cinco de la tarde en uno de sus salones privados, y allí acudimos Mendel y yo —quienes salimos juntos de nuestros compartimientos—, y Arminda acompañada de Sandy; esta última se ofreció para ayudar a vestir a mi prometida y escoltarla hasta el lugar de la ceremonia donde yo estaría esperándolas. Después de la boda, nos quedamos en el salón, adonde llevaron aperitivos y bebidas para hacer tiempo, pues el Capitán nos invitó a los cuatro a cenar con él y otros oficiales en su recámara, que era una *suite* lujosa y ambientada a la inglesa, con sólidos muebles de madera tallada, gruesas cortinas, óleos originales, todo presidido por un gigantesco retrato de la Reina Elizabeth que daba nombre al barco.

Fue una velada espléndida. Mendel y Sandy no salían todavía de su asombro por la rapidez con que habían ocurrido las cosas. Todo se fue desarrollando con normalidad hasta finalizados los postres. En ese preciso momento, Sandy comenzó a sentirse mal y concluimos los presentes que había llegado el momento del parto. Comió muy poco pues, aparentemente, según dijo, ya desde mediodía sentía malestares. La trasladamos al centro médico y quedamos pendientes de los acontecimientos. La nave estaba equipada para hacer frente a la situación. El niño venía de cabeza; no se anticipaba intervención quirúrgica de ningún tipo. A las dos y veinticinco minutos de la madrugada nació John Brett, robusto, saludable, hermoso y peludo. Sólo dejaron entrar al consultorio a Mendel, para acompañar a Sandy. Antes de pasar al bebito a otra sección de la clínica donde lo atenderían, nos lo mostraron a Arminda, a mí y al Capitán; este último estaba tan entusiasmado con la idea de que naciera un niño a bordo, que no nos dejó solos ni un instante. Ciertas características físicas de John Brett me resultaban desconcertantes. Era completamente blanco y en su cuerpecito, específicamente en la zona de la nuca y la espalda, no había marcas ni lunares de ningún tipo. Sin embargo, pesó ocho libras y media —lo mismo que había pesado yo al nacer— y, al igual que Mendel y yo —¿cómo decirlo con recato y delicadeza?— había sido dotado de una *generosa naturaleza*. De manera que nada probaba o desmentía de modo terminante los lazos de padre e hijo entre Mendel y yo. La importancia de este asunto quedaba relegada, de momento, a un segundo o tercer plano, porque si no nos demorábamos mucho, yo tenía grandes posibilidades de ser padre a través de Arminda. Considerando los pormenores del nacimiento de John Brett, cuestionaba si habría dado otro salto arbitrario la ley de la herencia, que primero había librado del lunar a Mendel y ahora a su hijo, pero se mantuvo firme en cuanto al terror de Mendel por el aguacate —la misma fobia que yo sufrí de joven—. ¿Acaso su aborrecimiento del maldito vegetal podría ser una pura coincidencia? Hasta aquí, la complicada noche fue entretenida con toda aquella conmoción, y muy feliz, especialmente para Mendel y Sandy. El horror vino poco después.

7

El verdadero nombre de Dios

Mendel, Arminda y yo nos fuimos a nuestros camarotes.
Sandy permanecería en la clínica hasta el día siguiente al menos. Al llegar al vestíbulo de nuestros camarotes, encontramos allí una botella de champán de la *Veuve Clicquot*, obsequio del Capitán, que de inmediato descorchamos. Invitamos
a Mendel a que nos acompañara en el brindis, que fue por nosotros, los recién casados, y también por la salud de Sandy y
John Brett. Un rato después, nos fuimos a nuestras respectivas
recámaras. Al fin quedamos solos Arminda y yo. La tomé de
la mano e hice que nos sentáramos en el borde de la cama
única y amplia que ocupaba el centro de mi habitación. Arminda no hablaba. Yo me limité a mirarla unos minutos e hice
algunos comentarios sobre el bebé recién nacido. La idea de
que entre ella y yo pudiera haber lazos de sangre me asaltaba
a ratos como un admonitorio flechazo. Ella se mantenía inmóvil. Yo me puse de pie. Tratando de mostrar naturalidad en
lo que hacía, comencé a despojarme de mi ropa: la chaqueta,
el lazo del *smoking* que aún llevaba puesto, la camisa, los
pantalones. Ella permanecía inerte. Me le acerqué y, con toda
la dulzura de que es capaz un padre —más que un futuro
amante esposo—, fui desabotonando su blusa larga y suelta
de grueso brocado que caía a manera de capa sobre la saya-
pantalón que escogió para las actividades formales de aquella
noche. Se desprendió la blusa de su cuerpo. Con mis manos
moví su torso hacia la derecha para que quedara casi de espaldas a mí y así desabrochar con facilidad su sostén. Al sol-
tarse aquella prenda de su indumentaria, como un relámpago,
una maldición, una bayoneta que atraviesa las vísceras vitales
de tu cuerpo, un fogonazo a quemarropa, un fuego intenso

que convierte tus efímeras carnes en ceniza, hirió mi vista el lunar, con la forma exacta del mío, sólo que en vez de aparecer en la nuca, por uno de esos caprichos de la naturaleza, se manifestó un poco más abajo del hombro, en la zona misma que cubrían los tirantes del sostén o los trajes de baile con que yo la había visto. No tuve que hacer nada, pues como por milagro, en ese momento mismo, Arminda me dijo, sugiriendo con gran sutileza que pospusiéramos la unión carnal que debía ocurrir aquella noche: «Francisco, estoy muy nerviosa y agotada. ¡Se ha hecho tan tarde!» «No te preocupes», repliqué de inmediato, alejando de ella mis manos, «yo también estoy muy cansado; tenemos por delante toda la eternidad». Esa fue la ridícula frase que salió de mi boca.

Me puse de pie frente a ella y, haciéndole levantar la cabeza con un ligero toque de mis manos, la besé en la frente y añadí: «Has hecho realidad el sueño de mi vida». Me refería, pues, al descubrimiento de que tenía ante mí a la hija verdadera, a la única que sin la menor duda aseguraría la perpetuación de mi propia carne. Pero Arminda no podía entender mi comentario y seguramente interpretó mis palabras como la reafirmación de mis sentimientos amorosos que aseguraban la *futura* materialización del goce erótico que yo le iba a proporcionar y que aquella mujer no había experimentado jamás. Reflexionando, con una sinceridad y una candidez que estremecieron mi alma, Arminda completó mi aseveración diciendo: «Si he hecho realidad el sueño de tu vida, ten la seguridad de que no te defraudaré jamás. Mi amor por ti no más ha comenzado, pero será la luz que de ahora en adelante me alumbre y me dirija. Ya verás. No te arrepentirás de haberte unido a mí. Mi cuerpo de ahora en adelante te pertenece. No hay prisa para nada. Nuestras vidas ya están enlazadas para siempre».

Arminda fue al baño para terminar de desnudarse y ponerse la ropa de dormir. Yo, mientras tanto, me puse mi pijama, asegurándome que el cuello de la camisa quedaba lo suficientemente alto como para que no pudiera ella detectar mi lunar semejante al suyo; cosa que continué haciendo a partir de ese momento con toda la ropa que me ponía. Por suerte, mi estigma quedaba en la zona que normalmente cubría el cuello de cualquier camisa; las camisetas y remeras, por tanto, me estarían vedadas, lo cual no me importaba porque no me quedaban bien y sólo me las ponía para ir al gimnasio. Nos acostamos uno junto al otro. Con timidez ella tomó mi mano. Sin otra demostración de afecto, nos fuimos adormeciendo hasta que la oscuridad de un absoluto vacío me poseyó y mi espíritu quedó sumido en las tinieblas, sin que ninguno de mis guardianes benefactores se atreviera a interrumpir aquel acerbo letargo que tal vez se pareciera a la muerte.

* * *

NOTA DEL EDITOR

No me he atrevido a cambiar ni una palabra de Francisco en lo que acaban de leer. Aparte de componer su historia, se ha ocupado de dar explicaciones un tanto literarias del porqué de su escritura. Como hasta ahora, a pesar de mi amistad hacia él, continuaré siendo imparcial en mis juicios. Algo que se hace evidente en sus páginas es su extremado romanticismo: abundan las efusiones del espíritu que, transferidas al papel, a mí al menos, me resultan ridículas. Las múltiples y exageradas frases con que describe el impacto que produce en él el lunar que encuentra de súbito en la espalda de Arminda, podrían servir de ejemplo a lo que comento. Cuestiono, asimismo, la introducción de un personaje como el de Susan, que nada aporta al interés de la trama. Pero podría disculpársele este detalle si se tiene en cuenta que Susan, como todo lo demás, es parte real de lo que Francisco documenta. *Su vida*, dicho sea de paso, resulta tan *alambicada*, que parece la obra de un dramaturgo abarrocado. Para apoyar anteriores comentarios suyos, te indico que lo más meritorio de esta obra es, precisamente, que en ella no hay ficción. Si ciertos elementos resultan poco creíbles, esto se debe a que Francisco revela sueños y visiones que desvirtúan la realidad según nosotros la concebimos, pero ello no altera la legitimidad de lo que *a él* le ocurre. Sin embargo, encontrarás, asimismo, pasajes de gran serenidad y evidente cordura que, como apropiado *catalítico*, aparecen en esta mezcla de *realidades* e *irrealidades* para contribuir a que el producto final resulte homogéneo, legible, entretenido y, con suerte, artístico. Al menos, para lograr que esto sea así, pongo y pondré yo de mi parte lo que esté a mi alcance. Ojalá podamos, entre él y yo, no decepcionarte.

* * *

Arminda daba sus clases en la mañana los días que estábamos en el mar. Mientras el barco se encontraba en algún puerto, las actividades a bordo durante el día eran mínimas, pues la mayoría de los pasajeros salía de excursión. Arminda y yo también lo hacíamos. Ella estaría conmigo hasta su programado regreso a Nueva York desde Srī Lanka. Mi actitud hacia ella cambió radicalmente, pues por las noches, en la cama que compartíamos, no osaba tocarla. Nos tomábamos las manos un momento antes de dormir, después de cambiarnos de ropa independientemente, cada cual en el baño. No sé hasta qué punto cuestionaría ella mi comportamiento, pero parecía sentirse cómoda con él, como esperando que de algún modo espontáneo, natural, se unieran nuestros cuerpos en la cópula que sellaría al fin nuestro matrimonio. Se me ocurre que no tenía el menor interés en precipitar aquel contacto carnal. Como mi virginal Tía Alida, no había aprendido a disfrutar de los placeres de la carne, y por tanto no los echaba de menos. Si es cierto el refrán que afirma que *nadie sabe lo que tiene hasta que no lo pierde*, no será menos cierto que es imposible añorar el gusto por algo que nunca se ha tenido.

Al pasar los días, se presentó una dificultad ajena a nuestro conflicto en aquel preciso momento, que luego tendría serias repercusiones. Poco después del nacimiento de John Brett, Sandy comenzó a poner reparos en alimentarlo. El 5 de marzo, cuando nos detuvimos en Taiwán, todavía no había surgido este contratiempo. Aunque Sandy y Mendel no bajaron del barco, la situación de ellos dos y su hijito parecía tan normal que Arminda y yo nos fuimos sin la menor preocupación a Taibei —ciudad majestuosa— desde el puerto de Keelung y pasamos un día delicioso haciendo las visitas reglamentarias: el monumento nacional a los mártires de las guerras, el Palacio Museo Nacional y el masivo monumento a Chiang Kai-Shek, que a la manera del *Lincoln Memorial* de Washington, D. C., contiene una estatua gigantesca del reverenciado dignatario. Arminda quiso entrar al Teatro Nacional y al de Conciertos, situados en una inmensa explanada con magníficos jardines a los costados del monumento al mandatario. Ese mismo día, de vuelta en el barco, desde cubierta disfrutamos la vista nocturna del paseo que bordea la bahía de Keelung, que nos recordó mucho el Malecón de La Habana.

El 8 de marzo llegamos a Hong Kong. Mi agenda me obligaba a situar en un segundo plano cualquier excursión que obstaculizara mi visita a Sir Herbert Priestley Dorset, pero haría los ajustes necesarios para poder disfrutar de esta metrópolis única en el mundo con que tanto había soñado. Ya tenía cita con Sir Dorset para las dos de la tarde del 9 de marzo, así que dedicaría el primer día a los paseos de rigor que me permitirían orientarme en la ciudad y descubrir algunos de sus secretos. En horas de la mañana, antes de desayunar, toqué a la puerta del camarote de Mendel y Sandy para saber qué pensaban hacer. Mendel me dijo que Sandy no estaba levantada y que John Brett había dado muy mala noche. No le di importancia al asunto y los dejé tranquilos. Entré a mi camarote un momento para buscar a Arminda, que terminaba de maquillarse, y me senté a esperar por ella. Alguien tocó a la puerta. Era Mendel. Venía a pedirnos que lo ayudáramos a hacer unas compras de alimentos para el niño, porque Sandy se negaba a volver a amamantarlo. Arminda estaba en el baño, con la puerta abierta, por lo que oyó la petición de Mendel, quien en este momento no me dio otras explicaciones. Le dije que sí, que iríamos juntos a buscar lo que necesitara. La terminal de los cruceros no está localizada en la misma isla de Hong Kong, sino en un puerto cercano situado en la península de Kaulún (*Kowloon*); es un magnífico centro comercial al estilo de los *malls* americanos, pero en él abundaban las *boutiques* caras, con ropas de moda y tiendas de renombre. No encontramos de inmediato lo que buscábamos. Por entre aquel laberinto de bazares exclusivos y anchos pasillos llegamos a la Calle Cantón. Tomando una de las traviesas alcanzamos la Calle Nathan, y nos alejamos un poco por ella de esta zona céntrica hasta encontrar unos almacenes bien surtidos con todo lo que necesitábamos. Nos abastecimos de alimento para el bebito, biberones, botellas plásticas, pañales, y todo lo indispensable para la crianza temporal de John Brett a bordo. Arminda se dio gusto escogiendo la ropita que compramos como si fuera para su propio hijo. Mendel se notaba taciturno, preocupado. Aprovechando que Arminda estaba entretenida haciendo su selección de prendas de vestir para el bebé, llevé a Mendel a un rincón del mercadillo y le pregunté si se sentía mal. A manera de respuesta me contestó sin la menor vacilación: «Sandy no quiere al niño». «¿Cómo que no quiere al niño?», le dije. Aclaró: «No, no quiere al niño, no lo quiere a su lado. Lo tengo que cargar yo cuando llora y soy yo quien lo limpia. A mí también me rechaza. No sé qué le pasa». Le expliqué como mejor pude: «No es nada raro. Eso ocurre a menudo con las madres primerizas o cuando una mujer tiene un hijo si el embarazo ocurre por accidente y no porque ella lo ha querido o planeado. Será cosa de unos días». Para animarlo añadí: «Verás que en cuanto empiece a distraerse se le pasará. Pueden dejar al niño con Arminda y conmigo para que sigan haciendo sus excursiones, y nos turnamos para poder salir del barco nosotros también: su cuidado así no será carga para nadie y continuaremos disfrutando de este maravilloso recorrido». En mi mente estaba, desde luego, el caso extremo de Luz, cuyo *rechazo* terminó con el asesinato de nuestros hijos, pero no creía que Sandy estuviera perturbada, por lo que había sido sincero en mis comentarios a Mendel. Terminada la compra, volvimos a los camarotes y encontramos a Sandy dormida en una de las tumbonas del balcón y a John Brett llorando en su cunita. Mendel lo cargó de inmediato y Arminda preparó la leche de iniciación que minutos después le dio al niño, quien dejó de llorar al instante, apurando glotonamente su alimento. Mendel y Arminda actuaban intuitivamente: ninguno de los dos había tenido jamás a un bebito bajo su cuidado. Todo se facilitaba con los pañales desechables que se envolvían en bolsas plásticas para evitar el mal olor y se tiraban al cesto. El niño, por otra parte, lucía saludable. Su piel era hermosamente rosada. Había heredado los lindos ojos de su madre americana. Sería, sin duda, un muchacho hermoso, sin conflictos raciales como los que me agobiaron a mí durante mi juventud.

Después del almuerzo, nos fuimos Arminda y yo al Pico Victoria (*Victoria Peak*), desde donde se tenía una majestuosa perspectiva de la Bahía de Cantón. Divisábamos desde allí el QE2. En las laderas de aquella montaña de vista privilegiada, vivía la gente más opulenta de la ciudad. Por todo el camino que conducía a su cima, el taxi que nos llevaba se cruzaba con los autos más caros que se fabrican en el mundo. Más tarde, al bajar, nos dirigimos a Aberdeen a ver las casas / botes que allí abundan en una zona protegida del estuario. Finalmente pasamos, sin detenernos, por la zona denominada *Céntral*, en el corazón de la isla de Hong Kong, a donde volvería más tarde, acompañado por mi *cónyuge*, y al día siguiente yo solo para realizar la planeada visita. Volvimos al barco, descansamos un rato, nos aseamos y nos vestimos elegantemente, según la ocasión programada requería.

Nuestra agencia de pasajes nos invitaba a Mendel, a Sandy y a mí a una velada excepcional. Puesto que ellos dos no irían (él se quedaría con su hijo y ella no estaba de ánimo para ir a ningún sitio), pude traer a Arminda en su lugar. Atravesamos parte de la bahía que separa Kaulún de *Hong Kong Island* por uno de los profundos y magníficos túneles que conectan las dos áreas más palpitantes de esta inmensa ciudad, para recorrer el barrio de *Céntral* en un tranvía que se nos reservó especialmente. La impresión que daba aquella zona principal de *Hong Kong Island* era la de una urbe del futuro, con autobuses de dos pisos que se movían en todas direcciones, una muchedumbre que iba y venía, anuncios lumínicos por todas partes, pasarelas, rampas elevadas para los peatones, escaleras rodantes al aire libre, todo funcionando como una perfecta maquinaria, limpio y en orden. En estas tempranas horas de la noche, los habitantes de la ciudad prefieren estar en las calles, dadas las reducidas dimensiones de sus viviendas. Por instrucción de nuestro guía, que hablaba inglés a la perfección, bajamos en una estación de parada cercana a *The China Club*, localizado en el edificio del viejo Banco de China. El club, de acuerdo con lo que nos informaron, era el más exclusivo de la ciudad. Por arreglos también de nuestra agencia, se nos ofreció allí una cena extraordinaria. Se sirvieron, uno tras otro, muchos platos exquisitos: langosta con salsa de caviar y chufas, pechuga de pato, sopa de almendras, champiñones con pescado, camarones en salsa *szechuan*, filete miñón a la cerveza con cebollas, arroz frito, pollo con hongos negros, masas de cangrejo rodeadas de tallarines, vinos variados, flan de mango, champán. En total conté diecisiete platos diferentes, aparte de una rueda giratoria colmada de manjares que ocupaba el centro de la gran mesa (también circular) e íbamos moviendo a nuestro gusto para tomar de ella una multitud de exóticos bocadillos. De regreso a los muelles, conversé con el guía, quien nos insistió en que volviéramos, si nos alcanzaba el tiempo, al barrio de *Céntral* para ver de día sus callejuelas más antiguas, comercios y templos. No necesitaba su consejo, pues comenzaría mi visita de aquel barrio desde temprano en la mañana al día siguiente, almorzaría en algún restaurante de la zona donde viera mucho movimiento (por lo general eran los que mejor comida servían) y a las dos en punto de la tarde estaría en la residencia de Sir Dorset.

Llegó al fin el deseado 9 de marzo. Tan pronto desayuné, atravesé el centro comercial del muelle y tomé un taxi en la Calle Cantón. Arminda estaba al tanto de la entrevista que tendría esa tarde, aunque no sabía nada de lo que yo tenía en mente ni de los asuntos que me llevaban a ver a Sir Dorset. No tuve necesidad de excusarme con ella para salir por mi cuenta, pues me dijo que quería quedarse a descansar esa mañana, darle una mano a Mendel para que pudiera él hacer alguna excursión, y dedicar ella una o dos horas a sus acostumbrados ejercicios corporales, que había pasado por alto en los últimos días. Yo necesitaba, por otra parte, estar un buen rato solo, sentirme libre, dar rienda suelta a mis pensamientos sin que me distrajeran asuntos familiares. De repente se complicaba mi vida: tenía a mi lado a un *hijo adoptivo* —Mendel— y, por extensión, a un *nieto adoptivo* que era rechazado por su madre —ahora con síntomas de severa depresión—, además de mi nueva esposa —seguramente mi propia hija—, con quien no sabía cómo conducirme. Otras veces escapé, tratando de huir de mí mismo, de los conflictos que me asediaban; ahora sólo podía hacerlo por unas cuantas horas, en una ciudad extraña en la cual quería encontrar algún indicio de lo que el futuro me reservaba. No hallé solución a los problemas que me torturaban, puesto que ellos no la tenían; pero sí obtuve ciertas respuestas a mis perennes preguntas, e hice aprendizajes que me permitieron comprobar que Bruna, en casi todo, tenía razón, y que muchas de las conclusiones a que yo había llegado, intuitivamente a veces, eran parte de incuestionables verdades eternas conocidas tan sólo por unos pocos elegidos sobre la faz de la tierra.

* * *

Mis comunicaciones con Sir Herbert Priestley Dorset se iniciaron hacía muchísimos años, poco después de aparecer mi libro *Binerfa's Realistic Approach to Psychic Revelations and Meditation*. Mi amiga Elizabeth Buchner, autora también de un libro publicado por la misma casa editorial, titulado *The Labyrinth of Dreams: A Practical Guide* —compendio que, como he referido, me permitió llegar a dominar las técnicas para comunicarme con Bruna durante el sueño cuando yo así lo quisiese—, fue discípula de Sir Dorset en la Universidad de Hong Kong durante dos semestres, y allí le prestó a su profesor el ejemplar de mi libro que yo le había dedicado a ella. Sir Dorset me escribió comentando lo que yo había escrito, lo cual consideré un verdadero honor; a partir de entonces, mantuvimos correspondencia regular hasta que se pusieron de moda los ordenadores y el Internet, que contribuyeron a que se hicieran más frecuentes nuestros contactos. Yo había leído mucho de lo escrito y publicado por Sir Dorset, pero conocerlo en persona era algo que nunca había previsto, hasta que se concretó el crucero que me llevaría a Hong Kong. Él —como yo— prefería no tomar aviones, por lo que se le hizo difícil viajar a los Estados Unidos, aunque recorrió gran parte del mundo (siempre en barco) y estuvo durante dos *años sabáticos*, que le otorgó la Universidad, en países de África, donde realizó importantes investigaciones.

Se hacen forzosos ciertos esclarecimientos. Sin ellos se haría imposible entender el interés que me movía a ver a Sir Dorset y a hablar con él. Me disculpo por lo que esto pueda tener de digresión. Seré sucinto y daré únicamente los datos necesarios para la comprensión de estas *memorias*.

Sir Herbert Priestley Dorset era descendiente del excelso Joseph Priestley. Después de varias generaciones tras las cuales el padre de Herbert, Walter Dorset, había perdido el egregio apellido de los Priestley, se lo añadió al patronímico de su hijo, quedando como parte integral de su nombre: Herbert *Priestley* Dorset. Pero ese acto, que bien podría verse como accidental o arbitrario, marcó secretamente el destino del niño, y luego del hombre, que vino a seguir al pie de la letra las creencias y doctrinas de su antecesor, llegando en su madurez a superarlas y definirlas con exactitud magisterial. Había entre Joseph Priestley y Sir Herbert Priestley Dorset dos siglos de distancia, y esto fue ventajoso para Sir Dorset, porque desarrolló sus teorías en una época *moderna* en que el racionalismo y la tecnología imperantes tratan de explicarlo y puntualizarlo todo. Las convicciones y el comportamiento de su predecesor eran la base de los estudios de Sir Dorset, de modo que una revisión muy somera de aquéllos, dará una idea de lo que *mi amigo* Sir Dorset tenía en mente.

Joseph Priestley (1733-1804) nació en Birstall, cerca de Batley, en la zona oeste de Yorkshire, Inglaterra. No sólo fue un eminente teólogo, sino que también se dedicó a la química y se le atribuye el descubrimiento del oxígeno. Esta mezcla, para algunos irreconciliable, de las ciencias y la *espiritualidad*, lo llevó a tratar de sistematizar sus creencias y buscarles explicaciones experimentales, y no contemplativas o intangibles. En una época dominada por las arraigadas convicciones religiosas del estado y el común de la población, su búsqueda poco ortodoxa de verdades entonces consideradas *intocables* le traería, como habrá de suponerse, el rechazo de las instituciones, de importantes dirigentes de su iglesia y de su propia familia; su extraordinaria inteligencia y el relieve que alcanzó su figura en aquel entonces, lograron mantenerlo *a flote* sólo por un tiempo, puesto que comenzaba a tildársele de hereje.

Había sido calvinista, pero sus *avanzadas* ideas hicieron que su propia iglesia lo vetara de poder entrar en el templo de su población natal, a pesar de que quería dedicarse al ministerio eclesiástico. Atribulado, consideró trasladarse a Lisboa con el propósito de dedicarse, con un pariente que residía en esa ciudad, al comercio con países extranjeros. Para esto aprendió francés, alemán, italiano, caldeo y otras lenguas. Pero aun en esto lo superó su *tataratataranieto* Sir Dorset, quien llegó a dominar diecisiete lenguas. Priestley nunca se fue a Lisboa. Su situación se hizo crítica en Inglaterra a medida que se inclinaba más y más hacia *las izquierdas de la época*, llegando a aborrecer todos los dogmas y el misticismo religioso. Pero con más ahínco que nunca, se dedicó a la búsqueda de Dios, aduciendo que el estudio de la historia lleva al entendimiento de las leyes de la naturaleza que Dios había creado. Creía en el libre intercambio de ideas, en la tolerancia, y en el derecho de aquéllos que no aceptaban la religión, a disentir; y en que la comprensión del *mundo natural* ayudaría al progreso de la humanidad. Impulsado por sus convicciones, fundó el *unitarianismo* en Inglaterra, que tomó como centro de su doctrina la creencia de que un ser divino y superior actúa, permanente, omnipotentemente, de acuerdo con las leyes físicas y metafísicas.

Para él, las únicas verdades religiosas que podían ser aceptadas eran aquéllas que pudieran comprobarse a través de las experiencias personales que cada individuo tuviera con la *naturaleza* circundante; y se atrevió a negar ciertas creencias cristianas, tales como la divinidad misma de Cristo y el milagro de la Inmaculada Concepción de la Virgen y de su Hijo. Exhortaba, por fin, a sus seguidores, a que aplicaran la lógica de las nacientes ciencias para leer la Biblia y profesar el cristianismo. Con esto se enemistó, tanto con los científicos como con los religiosos, puesto que los primeros no consideraban posible aplicar conocimientos racionales para definir la religión, y los segundos dependían de la fe *incuestionable* para poder mantener intactos sus credos, los cuales eran incapaces de sobrevivir al análisis racional.

Su incesante estudio le llevó a corroborar que uno de los primeros nombres de Dios, documentado en manuscritos antiquísimos consultados en sus viajes, era *Elohim*, el que le habían dado los judíos mucho antes de definir con exactitud la naturaleza de su religión. *Elohim* fue para Joseph Priestley el Creador Supremo, y con esta convicción murió. Fue el sabio Sir Dorset, en el siglo veinte y a principios del veintiuno, quien aclaró los enigmas que aún quedaban por resolverse en el ideario de su antecesor. Joseph Priestley escribió incesantemente. La publicación de sus manifiestos, cuyo contenido era de carácter en extremo controversial, más su apoyo absoluto a la Revolución Francesa lo convirtieron en *persona non grata* para el gobierno inglés, y para las turbas que con el propósito de darle un escarmiento, incendiaron su casa y su iglesia. En 1796, se marchó a los Estados Unidos y compró una casa en Northumberland, Pennsylvania, junto al río Susquehanna, a unos cien kilómetros de donde se encuentra, en la actualidad, el recinto principal de la Universidad del Estado, en la cual me dediqué durante largo tiempo a la docencia. En esta casa, situada en lo que es hoy el número 472 de *Priestly Avenue*, vivió este hombre ilustre durante diez años, hasta su muerte. La residencia fue adquirida por la Universidad y se mantiene abierta como museo histórico. La visité varias veces.

Como profesor de dicha Universidad, tuve acceso a muchos de los escritos originales que allí se conservaban. Mi interés en las religiones, en general, había despertado desde mi adolescencia, cuando trataba de poner orden a todo lo que revoloteaba en mi cabeza, incluidas las enseñanzas de Bruna, que vinieron a ocupar un lugar preponderante en la definición de mi personalidad. Pero como educador, dedicado mayormente a la enseñanza de las culturas indígenas de Centro y Sudamérica en un ámbito universitario, todo aprendizaje relacionado con los diferentes cultos profesados por los hombres a través de sus siglos de existencia en nuestro planeta, me resultaba indispensable. Al mismo tiempo, realizaba lecturas de materiales *esoté-*

ricos que simplemente satisfacían mi curiosidad personal y buscaban explicación a algunos incidentes poco comunes que había experimentado. Yo era todavía muy joven. Quizás con esto no sólo trataba de definirme *espiritualmente*, sino de encontrar un puente que me permitiera acercarme a todos mis seres queridos que, en aquel momento aún (entre 1965 y 1979), se mantenían separados de mí en la Cuba que yo había abandonado y a la cual no se me permitía volver.

Gracias a Sir Herbert Priestley Dorset me acerqué como nunca antes a las verdades que gobiernan este insignificante planeta donde hemos evolucionado los seres humanos para ser lo que somos. Los datos de Sir Dorset que aquí doy provienen de tres fuentes fidedignas. En primer lugar, la inolvidable conversación que tuve con él en Hong Kong, o más bien el diálogo en el cual tuve yo muy poco que decir, pues me dediqué a escucharlo interesado. En segundo lugar, las cartas que recibí de él durante varios años. Y, en tercer lugar, su autobiografía, publicada a una edad cuando podía expresar con propiedad sus convicciones, cuando su sapiencia y madurez le permitieron hacer un recuento retrospectivo y substancial de sus andanzas por este mundo: en ella reflexionaba sobre sus descubrimientos en el campo de las religiones y el origen de los cultos, además de contar anécdotas e incidentes personales que animaban la lectura. Tituló este libro, *My Age of Enlightment*, y se imprimieron de él muy pocos ejemplares. Él mismo me comentó que la publicación de su autobiografía —encomendada a una pequeña imprenta de Hong Kong— corrió por su cuenta y que la realizó con el único propósito de dejar a sus parientes y amigos algo así como una *confesión libre*, no sujeta a los rigores académicos o a los de ninguna empresa editorial. Me envió el libro a Miami, donde ya yo vivía, con una amable dedicatoria, en español, una de las lenguas que dominaba a la perfección. El título, que aludía juguetonamente a *The Age of Enlightenment* («*La Edad de la Iluminación*», «La Ilustración», «El Siglo de las Luces», o simplemente el Siglo Dieciocho, durante el cual se distinguió su predecesor Joseph Priestley), se refería en particular a *My Age* (o sea, «*mi edad*») *of Enlightenment*, la edad precisa de treinta y cuatro años que tenía Sir Dorset cuando cuenta haber realizado un hallazgo que le dio la *luz* («*the enlightenment*») necesaria para acometer desde entonces la búsqueda del origen del nombre de aquel Dios que, según los hombres, reinaba en el universo.

Hong Kong había sido cedida por China a Inglaterra en 1842. Herbert Priestley Dorset nació en 1924. Al terminar la ocupación japonesa de Hong Kong —de 1942 a 1945— durante la Segunda Guerra Mundial, Sir Dorset tenía veintiún años y completaba sus estudios superiores en Londres. Estando Hong Kong de nuevo en poder de los ingleses, concibió la idea de trasladarse a aquella ciudad. Pero su trabajo de investigación, más la docencia que ejerció desde muy joven en la capital británica, le hicieron posponer sus planes hasta 1954, cuando, a los treinta años, fue contratado por un *Colegio* en Kaulún. Su reputación como *scholar* (erudito en sus áreas de especialización) iba en ascenso. Dos años después, obtuvo una cátedra en la Escuela de las Humanidades de la Universidad de Hong Kong, donde impartió la enseñanza hasta su jubilación como Profesor Emérito a los setenta años de edad. A partir de este momento, aún vital y lleno de energía, se dedicó con más entusiasmo que nunca a viajar y a escribir, aunque ya su *curriculum vitae* contaba con una lista de dieciocho libros de su autoría. Sus últimos significativos descubrimientos todavía no habían sido publicados cuando lo visité, pero tuvo la gentileza de compartir conmigo en gran detalle mucho de lo que aparecería en el volumen que entonces preparaba.

El apartamento donde vivía, en un tercer piso, estaba situado en el corazón de *Céntral* y era de dimensiones reducidas, a juzgar por la saleta en la que a duras penas cabían un sofá, dos butacas y una mesita de té. Ésta fue la única habitación que vi cuando me abrió la puerta. Me recibió con un abrazo, apretado, sostenido por varios segundos, inesperado para mí, mientras me decía: «Francisco, cubano amigo. Placer que tengo en conocerte al fin». Y yo: «*Oh, Sir Dorset, the pleasure is all mine. It's such an honor!*» Añadió: «Prefiero hablar en español, para practicarlo. Y que me llames *Herbert*». Respondí: «Como usted guste». La diferencia de edad entre él y yo me compelía a usar el *Usted*, aunque lo llamara por su nombre de pila. Tendría ya setenta y nueve años de edad, pero parecía mucho más joven. Delgado y dinámico, su fortaleza quedaba demostrada por el abrazo que me dio, que me resultó casi doloroso por su intensidad. Me dijo: «Nos pondremos al día enseguida. Tengo las respuestas a las preguntas que me enviaste en tus últimos correos electrónicos. ¿Qué tal te va en el viaje? ¿Cómo está la familia?» No esperó mi respuesta. Continuó: «Tengo preparado el té. Siéntate. Lo traigo ahora mismo. Más tarde vamos a ir al templo de Man-Mo, pero ahora tenemos que conversar. Perdóname un momento». Desapareció por un estrecho pasillo hacia el fondo de la vivienda. Casi de inmediato volvió, bandeja en mano, con las tazas de té ya servido. «¿Azúcar?», preguntó. «Sí, por favor. Gracias». Nos acomodamos y hablamos de algunos temas triviales hasta que la conversación tomó el rumbo que ambos queríamos.

SIR DORSET. En tu último mensaje comentabas sobre las más recientes apariciones que había hecho tu amiga espiritual, Bruna, en tus sueños, y lo que te contó sobre el Ser Supremo que ella adoraba y obedecía.

YO. Son cosas que llevo en mi conciencia; en una época de mi vida me confundían, pero he logrado aceptarlas como algo habitual. Mientras más trato de descifrar las incógnitas, más misterios se me presentan. Y la incertidumbre a veces me agobia.

SIR DORSET. Porque no te has tomado las cosas con alma de investigador, de estudioso, y las quieres ver desde el punto de vista personal para hallar solución a tus propios problemas. Ése no es el mejor modo de tratar con estos asuntos. (*Me miró con atención, como tratando de detectar, por mi reacción a la pregunta que me iba a hacer, si yo verdaderamente creía lo que contestaría.*) ¿Se te ha vuelto a aparecer Olorún?

YO. Tal como le conté en una carta, y dejé documentado por escrito en mi último libro, la única vez que se hizo presente para mí fue en las alturas de los Andes, en el poblado de Parinacota, pero no logré ver su rostro. Estuve a su lado, me sostuvo con uno de sus brazos, con él ascendí por los aires hasta la cúpula de la pequeña capilla donde se me apareció, y allí por poco me mato cuando se asustó al ver a otra persona, que quería fotografiarlo, y me soltó para escapar. Si no llega a ser porque yo estaba suficientemente cerca de la cruz que coronaba la iglesita y me agarré de ella en ese mismo momento, me hubiera precipitado sin remedio al suelo desde aquella altura. La otra vez que tuve contacto, digamos *directo*, con Él, sólo escuché su voz, altisonante y clara, mas no lo vi. Su cara sigue siendo para mí un enigma, pero tengo la certeza de que un día lograré verla. ¿Y usted?

SIR DORSET. ¿Qué... que si he visto su cara? Jamás. Si por algún lado anda, sabe que lo busco para comprobar de modo material su existencia. A ti te ciega la fe; la mía es muy débil; mis pocas expansiones espirituales —no sé si por suerte o por desgracia— quedan siempre supeditadas a las demostraciones empíricas que he podido realizar, a los testimonios de otros seres humanos de todos los tiempos, a los datos que he ido coleccionando a través de mi vida, encontrados en viejos manuscritos desenterrados por aquí o por allá, en Israel, en Palestina, en lugares remotos de África, aquí en China. Las historias que me has ido contando de tu Bruna me han sido muy útiles y me han dado a veces la pauta a seguir en mis recorridos. Debo decirte que en nada, en *casi nada*, se ha equivocado.

YO. Pero, a fin de cuentas, ¿usted cree en Olorún, o no?

SIR DORSET. Han pasado más de veinte años desde que me mencionaste por primera vez su nombre en una carta. Yo ya conocía bastante de las religiones africanas y el nombre de Olodumare me era familiar. El de Olorún aparecía con menos frecuencia en los libros que consultaba, pero fue algo así como un fogonazo el descubrimiento que realicé en uno de mis paseos por Stonehenge, en un viaje que hice desde Hong Kong a mi pueblo natal. Casi todos los años pasaba unos días en Salisbury, donde nací y aún tengo parientes, durante las vacaciones de verano de la Universidad. Stonehenge está muy cerca de allí. En mi deambular por aquel sitio, me llamó la atención una de las dos piedras que se mantenía en posición vertical sin que ninguna otra le sirviera de apoyo. Me puse a revisarla con cuidado y encontré que uno de sus lados, el que daba hacia el norte, tenía una inscripción con varias grafías que el tiempo y la erosión habían casi borrado. Fui reconstruyéndolas en el papel de una libreta que llevaba siempre conmigo para anotar datos de interés, y cuando terminé la transcripción, aquellos rasgos enigmáticos pertenecientes a una de las lenguas que hablaban las antiguas tribus nórdicas de las Islas Británicas correspondían al sonido de la O, la L, de nuevo la O, la R, la U y la N: OLORUN. El descubrimiento requería que a partir de entonces me dedicara a buscar ese nombre hasta dar con su origen y significado. Nada te comenté en mi correspondencia porque quería llegar a conclusiones irrefutables antes de divulgar mis hallazgos. Años y años he dedicado a esta pesquisa. Tal vez hoy te pueda dar, sin temor a equivocarme, la explicación que me pides. La respuesta a tu pregunta es que ni creo ni dejo de creer. Sólo puedo basar mi respuesta en la evidencia, la cual se remonta a tiempos muy antiguos, pero no prueban que el Dios exista en forma corporal, a menos que se presente a algunos seres escogidos por Él. Quizás seas tú uno de esos elegidos. No lo sé. Si lo eres, puedes sentirte muy especial y satisfecho, aunque a veces el conocimiento de las verdades que otros ignoran sólo trae desconsuelo. Tal vez dicho conocimiento sirva en ocasiones para mitigar el sufrimiento. Esto lo sabrás únicamente tú, en algún momento de tu vida; quizás cuando llegues a mi edad, cuando puedas mirar atrás sosegadamente, y estén ya cumplidas todas tus misiones.

YO. ¡Qué coincidencia! En el recorrido que estoy haciendo, voy a detenerme en Southampton y, precisamente, tengo pensado pasar por Salisbury y visitar Stonehenge.

SIR DORSET. Pues entonces podrás ver con tus propios ojos el nombre de Dios. Y si buscas con cuidado, lo encontrarás también en muchos otros lugares donde se reúnen los creyentes de una congregación religiosa u otra.

YO. ¿Usted cree que Olorún es uno de los dioses que ha *inventado* el hombre para hacer más llevadera su dura existencia en esta tierra?

SIR DORSET. ¡No! No es *uno* de los dioses; es *El Único*. No me entiendas mal. No quiero decir que sea el *único dios*, sino que es el *único nombre* que lo representa y del cual derivan todos los demás. Incluso algunas culturas muy primitivas, carentes de lengua escrita, que no lograron sobrevivir, probablemente supieron su nombre y lo conservaron por tradición oral hasta que desapareció con ellas. Al respecto nada se puede probar.

YO. No entiendo. Siempre he pensado que Olorún es un producto exclusivo de ciertos cultos africanos.

SIR DORSET. Vamos a remontarnos a los judíos y entenderás. No he podido descifrar por completo el modo en que el llamado *Creador* se las ha arreglado para hacer llegar su nombre a todas las razas que han poblado la tierra, pero ha logrado perpetuarlo hasta nuestros días. Irónicamente, algunas civilizaciones muy antiguas, pero avanzadas, o muy aisladas, han sido las que lo han conservado en su estado más puro. Fíjate cómo el nombre de Olorún se te hizo conocido, a ti, a través de la lengua yoruba que persiste intacta en algunas regiones de África y fue a tu país con los negros esclavos. Las culturas africanas son posiblemente de las más antiguas de la tierra. El nombre que descubrí en Stonehenge, a mis treinta y cuatro años, y surgió de nuevo en tus cartas como referencia directa al Gran Dios, me dio la pista para mi pesquisa. La revelación me vino prodigiosamente. Para mí, el nombre de Dios, que era el que le habían dado los judíos, era bien sabido: *Elohim*. Pero puedo asegurarte que los filólogos han cometido un grave error al afirmar que en lengua semita —ya sea la de los fenicios, los cartaginenses o los judíos— el vocablo era originalmente *El* (que nombraba al Dios Supremo), y que después se añadio *Ohim*, formando el plural *El-ohim*, que significaba *Dioses*. Todo esto queda contradicho en la Biblia y no tiene el menor fundamento, puesto que la Biblia es *uno* de los primeros libros —no *el único*— que proclama el monoteísmo, la existencia de un solo Dios. Tuve que ir atrás en el tiempo, echar a un lado las ideas preconcebidas que nos habían metido en la cabeza los paleógrafos mal documentados, remontarme a civilizaciones anteriores. Consultando libros sagrados, como los *Vedas* de la India, el *Zandavesta* del Irán, escudriñando la información que necesitaba en papiros egipcios, en anotaciones sobre las inscripciones de los ladrillos de las bibliotecas de Nínive, y utilizando referencias que se remontaban a miles de años antes del nacimiento de Jesucristo, encontré repetidamente su nombre. La palabra *Olorún*, con el paso del tiempo, por disimilación de las dos vocales *o*, transformó la primera en *e*. En un pergamino arrugado que tuve en mis manos en Argelia, cuya fecha no pude determinar, documenté el nombre *Elorún*. Los semitas, en particular, transformaron la *r* en *h*, por ese raro fenómeno lingüístico que les hace soplar ciertas consonantes —algunos especialistas anglosajones que se han ocupado de este tema le han llamado al hebreo, por cierto, «*a spitting language*» («una lengua que escupe»)—. Ya tenemos, pues *Elohún*. La *u,* pronunciada casi como una *o*, por disimilación, se hizo *i*, dando *Elohín*. A partir de aquí no faltó más que cambiar la *n* por *m* para que quedara acuñado para siempre el conocido apelativo *Elohim* que aplicaban los judíos al Dios Supremo.

YO. Ya veo. (*Trato de recapitular lo que me acaba de explicar.*) Olorún... Elorún... Elohún... Elohín... Elohim... Por tanto, el *Elohim* de los hebreos es el mismo *Olorún* de Bruna...

SIR DORSET. ¡Exacto!

YO. Y el Cristo que vino después... ¿qué papel juega en todo esto?

SIR DORSET. Lo sabes muy bien. Si no recuerdo mal, en tu segunda novela...

YO. (*Interrumpiendo a Sir Dorset para aclararle.*) No es una novela, es una *autobiografía novelada*.

SIR DORSET. ¿No tiene muchísimo de ficción?

YO. (*Enfático.*) No he inventado nada. Mi Editor y yo hemos dado cariz literario a la narración para hacerla más placentera al lector. Eso es todo.

SIR DORSET. (*Hizo una pausa y continuó, según mi parecer, algo contrariado.*) ¡Como quieras! En la segunda parte de tu (*Con cierta afectación.*) *autobiografía novelada*, te refieres al hecho de que todos los dioses son un mismo dios. ¡Tú mismo lo afirmaste! Yo no he hecho más que probar con hechos lo que tanto tú como yo hemos logrado precisar, o sea, sustanciarlo todo. Tú, claro, bastante intuitivamente; yo, con el trabajo de toda una vida.

YO. También yo he realizado muchos estudios sobre las religiones.

SIR DORSET. Entonces habrás podido comprobar que en todas las religiones, en todas las culturas, desde las más primitivas hasta las más civilizadas, nunca ha sido suficiente la creencia en ese Gran Dios para satisfacer las necesidades humanas. Cada una de ellas ha tenido que crear un sustituto terrenal, a veces de carne y hueso, otras en la forma de algún animal, pero siempre tangible, real y asequible. Entre muchísimas de estas figuras deificadas se encuentran Jesucristo, Siddharta Gautama (Buda), Quetzalcoatl (príncipe que divinizaron los indígenas de Centroamérica), Hesus (dios celta de la guerra), el Mahoma de los musulmanes... En fin, la lista sería interminable. Las doctrinas de estas diferentes razas o culturas se han ido modificando a través de las edades, aunque en la actualidad buscan casi todas —excepto las que permanecen aún en la barbarie— la fraternidad entre todos los hombres.

YO. Y han fracasado en su intento, ¿no es así? Olorún no parece ser un Dios especialmente magnánimo; al menos, no para todos. Volvemos a aquello de que hay algunos elegidos a los cuales protege más que a otros.

SIR DORSET. (*Corrigiéndome, como maestro que regaña al alumno descarriado.*) Yo no he dicho que Él sea un ser magnánimo, sino que *los hombres* han formulado doctrinas para poder convivir en paz. Además, han fracasado sólo parcialmente. También se han anotado muchos triunfos. En cuanto al Gran Creador, no veo la necesidad de verlo como a un ser bondadoso o piadoso. Si quieres que te dé mi sincera opinión, suponiendo que su existencia pudiera afirmarse categóricamente, fue *el Creador* y nada más. Su creación es un desbarajuste. Si tu experiencia personal te ha mostrado otra cosa, dichoso tú. ¿Preparo más té, o nos vamos al templo de Man-Mo, donde quiero mostrarte algo que te resultará de sumo interés?

YO. Gracias, Sir Dor... Herbert. Podemos irnos cuando lo desee. Quisiera invitarlo a cenar más tarde en cualquier sitio que usted guste.

SIR DORSET. ¡Claro que sí! ¡Vamos!

Se puso de pie, tomó un paraguas que descansaba en un jarrón de porcelana junto a la puerta de entrada del apartamento, bajamos en el ascensor y comenzamos a caminar, dejando yo que él me guiara, pues no sabía a dónde íbamos ni a qué distancia estaba el templo en cuestión. Anduvimos en línea recta unas tres manzanas hasta torcer a nuestra derecha al llegar a *Hollywood Road*. A pocos pasos de la esquina se encontraba el lugar de devoción. Mientras nos dirigíamos allí, Sir Dorset iba haciendo comentarios, preparándome para lo que iba a ver. Debo aclarar que me resultaba sorprendente la facilidad con que hablaba el español, con un genuino acento castizo. La única falta que noté fue cierta vacilación en el uso del subjuntivo, pero consciente de que había cometido un error, de inmediato se corregía.

SIR DORSET. Los creyentes que encontrarás son básicamente taoístas, pero el taoísmo ya no se practica según las escrituras que dejó Lao-tsé, quien recomendaba renunciar a todo lo que halague los sentidos. Ha habido un gran contagio en China entre esa religión, el budismo y el confucianismo. Los taoístas de hoy son una gente temerosa de todo; buscan su bienestar y felicidad; hacen todo lo posible por evitar las desgracias y las enfermedades. En fin, se han vuelto egoístas. Sus sacerdotes se dedican a sacar del cuerpo de los fieles los malos espíritus, dan consejos, fabrican amuletos. Fíjate hasta qué punto llegan las supersticiones de estos creyentes, que viven de día en día guiados por las predicciones de los monjes. Hay calendarios preparados por ellos para los feligreses que los solicitan, en los cuales les aconsejan cuándo deben o no deben viajar, pelarse, ir a fiestas, y mucho más.

YO. Eso es muy parecido a lo que hacen los santeros en Cuba. Hay gente que vive pendiente de las recomendaciones de su *babalocha* o su *iyalocha* para realizar todos los actos con que asegurar su felicidad.

SIR DORSET. Sí, las religiones africanas por lo general lo que buscan es la satisfacción personal sin cuestionar los medios que se empleen para lograrla. Pero los taoístas tienen ciertas limitaciones que la civilización ha ido imponiéndoles. Aparte de que los jóvenes ya hoy en día no creen en nada. La influencia de Occidente ha sido demasiado intensa: la religión va perdiendo importancia a medida que avanza la tecnología y la gente se entretiene con todos esos aparatos infernales que se han inventado para la comunicación.

YO. ¿Se refiere a los ordenadores que nos han permitido conversar epistolarmente a usted y a mí con más frecuencia en los últimos años?

SIR DORSET. A eso y a todo lo demás, a los teléfonos móviles, a las pantallas portátiles sin las cuales la generación más joven no puede vivir... En fin, habitamos un mundo en que los valores del espíritu importan cada vez menos. Ya no es necesario comprar un libro. Sí, es cierto que se puede, ¿cómo es que se dice?, *descargar* un libro completo en el ordenador, pero, ¿hay quien tenga la paciencia para encender esos aparatos y ponerse a leer, por ejemplo, *El rojo y el negro*? Es triste llegar a mi edad y ver que el mundo se ha dado vuelta y ya uno no encaja en él...

YO. ¿Pero no cree usted que eso le pasa a todos los que tienen la suerte de vivir una larga vida?

SIR DORSET. Lo que ha ocurrido en el siglo veinte no tiene precedentes. Las trasformaciones han sido demasiado violentas y rápidas. Los abismos que se abren entre una generación y la que le sigue se hacen infranqueables.

Se interrumpió la conversión para poder entrar calladamente al templo, donde había una docena de personas. Lo que tenía ante mí era una mezcla barroca y desordenada de parafernalia religiosa. Había estatuillas de ídolos por todas partes, rodeadas de varillas de incienso encendidas. Por los rincones había frutas y otros comestibles que se les ofrecía a estos *santos* para conseguir su apoyo, misericordia o perdón. Los olores de la comida que yacía en pequeños receptáculos de cerámica o metal, el humo del incienso, el tufo que se desprendía de las paredes antiquísimas de aquel ámbito, me dieron ganas de vomitar, pero logré contenerme por no ofender a Sir Dorset, que había hecho arreglos para llevarme allí. «Ven», me dijo, asiendo mi brazo con tal fuerza que casi me halaba sin que yo tuviera que responder volitivamente a su llamado. Me llevó al fondo de la nave y me señaló con el dedo una inscripción que se encontraba en la pared, cerca del techo. «¿Ves esos signos en letras negras?», me preguntó. «Sí», le respondí. Añadió: «Son caracteres pertenecientes al dialecto de Fukien, no al de Cantón, ni vienen tampoco del mandarín, lenguas que también se hablan en China. Esos trazos, fonéticamente, sonarían como 'O', 'LO', 'RUN'. Pero no es necesario que me tomes la palabra. ¡Sígueme!». Me haló de nuevo por el brazo y me trasladó a otro punto del templo. Hizo que me ladeara para pasar por detrás de un altar donde, aparte de todo lo ya mencionado, me pareció ver algo así como las vísceras de algún animal, en estado de descomposición, sobre un platillo. La iluminación no era suficiente para poder ver claramente lo que Sir Dorset deseaba mostrarme, pero traía una diminuta linterna que sacó de un bolsillo. Alumbrando, no la pared, sino la superficie posterior misma del artefacto gigantesco que servía de altar, vi la palabra dibujada con letras occidentales. Me dijo Sir Dorset: «Ahí lo tienes. Aquí lo escribió alguien, sobre esta superficie blanca, con un dedo embarrado de ceniza oscura, posiblemente de incienso, y mira cómo lo han deletreado; esta vez con la confusión típica del mandarín, que trastoca las *erres* y las *eles*. ¿Lo puedes ver bien?» Alumbró de nuevo la palabra, pasando lentamente de una letra a la siguiente. Leí: OROLUN. «Tengo que salir, Herbert, me siento mal», le dije dándome vuelta y contorsionándome para pasar por el mismo lado por donde habíamos entrado y abandonar el espacio que quedaba detrás del altar. En cuanto me vi en la acera, alejándome de mi amigo, vomité copiosamente en plena calle.

Obviamente, Sir Dorset se sintió desconcertado por lo que me había ocurrido, y comenzó a pedirme disculpas por haberme hecho permanecer tanto tiempo en aquel lugar sin ventilación. Le expliqué que no era nada, que padecía de asma y que la falta de oxígeno provocaba en mis bronquios espasmos que alteraban mi respiración y en ocasiones me hacían vomitar. Tomó dos minutos para que me sintiera mejor y le pregunté si podíamos ir ya a comer algo. Mi indisposición no se debía a ningún trastorno digestivo y en realidad tenía hambre. Eran ya las seis de la tarde. No sabía a qué hora acostumbraba Sir Dorset cenar. Pero, de cualquier modo, sin más preámbulos, me dijo, señalando con el índice un establecimiento de moderna construcción, muy adornado con figuras de dragones pintadas en sus paredes y el techo semejante al de una pagoda: «Ahí podemos comer lo que quieras».

Después de estar acomodados en una mesa en el restaurante, le pedí que ordenara él por mí, si no tenía inconveniente, pues el menú no aparecía en inglés, indicándole que me gustaría tomar alguna sopa de mariscos, si la había, y un plato de tallarines con carne. Los dos comimos lo mismo. De postre, hizo traer unos rollitos acabados de freír, rellenos de una pasta deliciosa confeccionada con frijoles negros, azúcar y especias que no pude identificar. Esto fue lo mejor de la comida, que se prolongó mucho porque Sir Dorset trató de explicarme el motivo de la incorrección gramatical que se hacía manifiesta en la escritura del nombre del Gran Dios en el templo de Man-Mo.

SIR DORSET. Los tres dialectos hablados en China son monosilábicos, y en ellos no está bien definido el sonido de la *ele* o la *erre*. Cuando se ven precisados a pronunciar palabras con esas consonantes, las confunden.

YO. (*Que no ignoraba este fenómeno.*) Sí, estoy al tanto de esto. Enseguida me di cuenta. No parece haber regla fija, porque sufren al mismo tiempo de *landacismo* y *rotacismo*. En mi pueblo, el chino que tenía un comercio cerca de nuestra casa le quitaba la *a* inicial a la palabra *arroz*, y transformaba la *erre* en *ele*; mi padre, cuando en casa hacían arroz con pollo y lo traían a la mesa, imitando a nuestro vecino oriental decía: «Hoy tenemos *loz con pollo*». Recuerdo también que al llegar yo a los Estados Unidos, vi y oí en la televisión a una muchacha de origen oriental que al interpretar una canción decía «*Fry* me to the moon», cuando en realidad debía haber dicho «*Fly* me to the moon». O sea, ocurría en proceso contrario: la *l* de *Fly* («vuélame», o «llévame volando»), la trocaba en *r*, algo que me dio risa, porque lo que estaba diciendo, erróneamente, era: «*Fríeme* hasta llegar a la luna», en vez de: «Llévame volando hasta la luna». El que hizo la inscripción en el templo, en la parte posterior del altar, era obviamente un nativo cuya mano había guiado sabe Dios quién...

SIR DORSET. ¿Sabe Dios quién... o el propio *Dios*...? Tal vez aquella mano fue guiada por *Dios el Único*... Aunque yo no crea lo que no puedo comprobar o ver, la conciencia humana, o si prefieres llamarla de otro modo, la *psiquis* dominada por el *espíritu* o el *subconsciente*, puede actuar de modos muy raros. ¿Quién guió esa mano para escribir un nombre desconocido entre taoístas, confucianitas y budistas? Lo único que sabemos es que el nombre de Olorún está allí. Esto es evidencia de algo. ¿Qué es ese *algo*?; no lo sé.

YO. ¿Sabe una cosa, Herbert?, usted me ha presentado evidencias del reconocimiento de los hombres, a través de las edades, del Dios Supremo, que no es otro que el Santo Olorún, aunque se le haya variado o cambiado el nombre en distintas épocas o ámbitos. Esto queda claro, pero no encuentro una enseñanza particular, que pueda aplicar a mis propios conflictos, en todo lo que me ha expuesto. ¿De qué sirve la investigación, si no nos permite resolver los problemas que nos avasallan día tras día; si no podemos hacer nada más que pedirles favores a esos espejismos o ilusiones que llamamos dioses, o santos, con la esperanza de que intercedan por nosotros y nos den la paz con que soñamos; y, a fin de cuentas, quién nos quita de encima la bofetada postrera que nos aguarda a todos, el día que se cierran los ojos para siempre y morimos sin remedio? ¿Cómo se quita esa angustia? ¿Quién tiene ese poder? No lo posee mi santa protectora, Bruna, porque dice que ella no puede interferir con los *caminos* que Olorún me tiene reservados. Olorún se me ha aparecido cuando menos lo esperaba y ni siquiera me ha mostrado su cara. Me devano tratando de hallar la solución de esta difícil ecuación espiritual. Tengo pruebas de que a través de mi vida esos Poderes Superiores me han favorecido. Incluso me he convencido de que si un día Olorún vuelve a mostrarse y me permite ver su rostro, conocerlo frente a frente, mirarlo a los ojos, habré alcanzado la vida eterna, aunque mi cuerpo muera. Pero tengo miedo, un miedo espantoso al futuro, un miedo que hasta ahora nada ni nadie ha podido mitigar, porque he actuado de modo irresponsable, y mi hija...

Comprendí que no podía continuar, porque la emoción me dominaba y estaba a punto de comenzar una confesión que me llevaría a contarle a Sir Dorset el horror de haberme casado con mi propia hija y el callejón sin salida en el que me hallaba. Él se dio cuenta de lo acongojado que me sentía y se vio obligado a decirme algunas palabras de consuelo. Pero, por no saber qué males me atormentaban, fue muy ge-

neral en su comentario, y puso de nuevo su cerebro de inves-
tigador y su sapiencia al servicio de una causa, la mía, que le
era ajena.

SIR DORSET. Nuestra conversación te ha hecho daño, amigo.
No sé qué dificultades te abruman, ni es necesario que me
las cuentes. Deseas muchas cosas y todas están en tu cabeza. Temes otras tantas y no puedes remediarlo. La solución
es muy simple. Hay muchos modos de conseguir la paz
que necesitas. Basta con anular el temor y el deseo, cesar
de querer vivir. Si Olorún deja de asistirte o tu Bruna no
puede acompañarte e interceder por ti, refúgiate en el sueño profundo sin deseos ni conciencia alguna. Cuando desaparece el pensamiento, desaparece el sufrimiento que
aquel pensamiento causaba y traía aparejado.

YO. ¿El *Nirvana* budista?

SIR DORSET. Más o menos. Pero no es fácil de lograr; hay
que entrenarse, aprender a alcanzarlo. Te entiendo y te
deseo lo mejor. Ya sé que acabo de conocerte personalmente, pero he leído con gran detenimiento todo lo que
has escrito, en especial, los dos últimos tomos de tu *au-*
tobiografía novelada, como la llamas, y tengo el pleno
convencimiento de que eres uno de los elegidos. Si hay
un Dios que te conozca, esté donde esté, llámese como se
llame, vendrá a ofrecerte lo que necesites para que alcan-
ces con Él su Serenidad.

Después de pagar la cuenta, di por terminada la conversación y me dispuse a levantarme, pero Sir Dorset me detuvo
diciendo: «¡Que te esperes un momento!». Llamó al mozo
que nos sirvió y, supongo, le pidió en su lengua papel y algo
con que escribir, pues al instante volvió con uno de los talona-
rios que empleaba para anotar las órdenes de los clientes y un
bolígrafo que entregó a Sir Dorset, quien me aclaró: «Quiero
dibujarte las grafías que descubrí en Stonehenge para que las

busques cuando visites el lugar. Como te informé, están en el
lado norte de una de las columnas que se mantienen en pie sin
sostén alguno en todo el complejo de piedras». Comenzó a
dibujar, muy concentrado en su trabajo. Al terminar, arrancó
la hoja del bloque de papel y añadió: «Cuando me enviaste
por correo electrónico el itinerario de tu viaje, vi que vas a
estar en Srī Lanka. No sé qué planes tendrás, pero si puedes
arreglar una visita a Kandy desde Colombo, no dejes de hacerlo, para que vayas al Templo del Diente. Allí, en un salón
contiguo al principal donde se encuentra la reliquia, en una de
las muchas vitrinas en las que hay innumerables rúbricas de-
letreadas con piedras preciosas y semipreciosas, vas a ver de
nuevo el nombre de tu Dios. Enseguida lo notarás, pues es la
única palabra con rasgos occidentales que se puede leer en
ellas. Para facilitarte la labor, te informo que la que te interesa
está justamente a la izquierda de la única entrada al inmenso
salón. Lo demás, aunque son signos que corresponden a fo-
nemas, puesto que no conoces las lenguas orientales, no signi-
ficarán nada para ti. Antes eran tarimas que no tenían ninguna
protección y las custodiaban los monjes. Ahora son las vitrinas que te menciono, cubiertas por gruesas tapas de cristal
transparente. Los diseños que verás han sido elaborados por los
propios monjes de muchas generaciones, siguiendo las instrucciones y deseos de los devotos que pusieron en sus manos dicha tarea. No hay fechas. No se sabe en qué momento se hizo
cada dibujo. Se van añadiendo vitrinas a medida que se llena la
última construida, y el pago que hacen los creyentes es la donación de las piedras mismas que se utilizan para el trabajo,
más una dádiva cuyo valor determina la prominencia del lugar
donde quedará situada la inscripción. Yo estuve en ese lugar
varias veces cuando escribía un tratado sobre el budismo y la
importancia de todo lo que aportó a la formulación de las doctrinas cristianas». Lo interrumpí: «Lo tengo en mi biblioteca.
Lo hubiera traído conmigo para que me lo autografiara, pero
era tanto el equipaje que necesitaba para el viaje, que a última

hora saqué de las maletas todo lo que añadiera peso y no me resultara indispensable. El libro se quedó». Comentó: «Nunca me mencionaste esa lectura». Le aclaré: «Porque la realicé antes de ponerme en contacto con usted a través de Elizabeth Buchner, durante mis primeros años de docencia en la Universidad del Estado de Pennsylvania donde trabajé».

Nos levantamos al fin y salimos a la calle. Le dije que tomaría un taxi y que lo dejaría frente a su edificio antes de seguir hacia el muelle de Kaulún, pero rechazó mi oferta indicando que prefería caminar. En plena acera nos dimos un abrazo antes de tomar yo un taxi que pasaba y él llamó con una seña. En mis planes originales estaba volver a verlo al día siguiente en horas de la mañana y así se lo hice saber en mis comunicaciones previas a este encuentro, pero no consideré necesaria otra visita puesto que todo lo que podía interesarnos se había discutido y, por tanto, agotamos nuestros temas de intercambio intelectual. Aparte de esto, su frialdad y su empeño en someter todas las creencias o misterios a la lógica absoluta, me desalentaban. Era un acérrimo racionalista. También tuve casi la certeza de que esbozaba una sonrisa irónica cuando aludía a mis encuentros con Olorún. Me molestó, además, cuando le pregunté si creía en Olorún, o sea, si creía en Dios, su réplica: «Ni creo ni dejo de creer. Sólo puedo basar mi respuesta en la evidencia, la cual se remonta a tiempos muy antiguos, pero no prueban que el Dios exista en forma corporal, a menos que se presente a algunos seres escogidos por Él. Quizás seas tú uno de esos elegidos. No lo sé». A pesar de la amabilidad que mostró en todo momento conmigo, al decir estas palabras inferí en ellas algo de sarcasmo. Sir Dorset me demostraba que no estaba de mi parte, que veía en mí a un creyente que dejaba correr demasiado su imaginación o su fe; tal vez me tildaba de desquiciado. A lo mejor le atribuyo pensamientos que nunca se le ocurrieron. De cualquier modo, decidí que aquél sería nuestro único encuentro. ¡Qué diferente fue mi contacto con la Hermana Ambrosia! Si hubiera podido hacerla aparecer ante mí otra vez, como cuando surgió de entre la multitud para brindarme su comprensión y hacer patente el cariño que le tuvo a mi tía Alida, lo habría hecho sin vacilar. Llegué al barco de noche. El taxi tardó una eternidad a causa del tráfico. Arminda me esperaba ansiosa y preocupada, temiendo que algo me hubiera ocurrido. Ella había cenado con Mendel en el comedor; Sandy lo hizo en el camarote. En el nuestro, por petición de Arminda, se colocó la cuna de John Brett y éste estaba dormido al yo entrar. Mi cara de consternación hizo que Arminda me comentara lo ocurrido sin tener yo necesidad de preguntarle: «Sandy se puso muy mal esta tarde, comenzó a gritar enfurecida y le dijo a Mendel que se llevara de allí al niño porque si lo oía llorar una vez más, lo iba a tirar al mar desde el balcón. Mendel se lo llevó al saloncito y al yo regresar de una caminata por el Centro Comercial, después de almuerzo, me contó lo que había pasado. Estaba desconcertado. No sabía qué hacer. La idea de trasladar al bebito a nuestro camarote fue mía; espero que no te moleste; es buenísimo. Sólo llora cuando tiene hambre. Durante el día, si yo estoy ocupada con mis clases, Mendel lo atenderá. Las cosas se han complicado un poco, pero Mendel y Sandy tendrán que buscar una solución permanente a sus conflictos cuando regresen a los Estados Unidos, si ella no se ha tranquilizado».

Arminda me abrazó amorosa y me dijo en un susurro: «Esto nos servirá de ensayo. Me arrebatan los niños...» Me miró ardiente, sugerente. «¿Nos vamos a la cama?», insinuó. Le respondí dando un gran bostezo: «Sí, ahora mismo. Estoy muerto de cansancio. Se me cierran los ojos». Fui al baño, me cambié de ropa, me metí en la cama —donde ella ya estaba acomodada—, le di un beso en la frente, y con un «Hasta mañana», que pronunciamos al unísono, nos dimos vuelta, cada cual hacia su lado, sabiendo que no sería aquélla la noche en que el hijo que ella ambicionaba sería concebido.

Al poco rato me levanté sigilosamente para no despertar a Arminda —si estaba dormida—, fui al baño y tomé un somnífero. Supuse que sin él no podría pegar un ojo. Mi acción fue inútil porque ni con el medicamento pude conciliar el sueño hasta casi entrada la mañana, cuando al fin dormí poco más de una hora, hasta que los ruidos de Arminda, trajinando en el camarote, me despertaron. Consciente de que tenía que aprovechar mis últimas horas en Hong Kong, me levanté.

En mi vigilia, analicé en detalle la conversación con Sir Dorset, buscando palabras que pudiera utilizar para encontrar alguna justificación a los actos de los cuales ahora estaba yo tan arrepentido. Amanda había muerto. Pero Arminda estaba viva, a mi lado, en la cama; oía en mi insomnio su respiración; sentía el calor de su cuerpo yaciente —y deseoso— a pocos centímetros del mío. El fantasma de la primera mujer, y la presencia física de la segunda, me hacían examinar todo mi pasado. Aunque Bruna hubiese podido ayudarme con sus sabios consejos, la falta de sueño impidió que cayera en el trance necesario para que se apareciese. Tampoco realicé los rituales preparatorios que empleaba para conminarla a que se hiciese presente cuando la necesitaba.

Del paso que di casándome con Arminda me acusaba únicamente a mí. No había paliativo que atenuara mi sentimiento de culpa, porque siempre debí tener en cuenta que existía la posibilidad de que fuera mi hija. Me aliviaba por un instante el hecho de que el matrimonio no se había consumado carnalmente, de modo que me hallaba aún libre *del pecado*. Lo ocurrido con Arminda caía en el reino de la anarquía que domina la naturaleza de todo lo creado. ¿Por qué se había cruzado Amanda en mi camino, interrumpiendo un curso que pudo acarrear menos pesar? No era justo, pensaba, que me hubiera visto forzado a hacer decisiones —cuyas repercusiones eran tan hondas— durante mi adolescencia, a una edad cuando no sabe uno nada de la vida, ni puede prever la consecuencia de sus actos. Y volvía en mi desvelo a aquellos días de La Habana, al principio de nuestra relación, cuando descubrí lo que ella había sido, y no puse fin de inmediato —o a los pocos días de conocernos— a aquel empecinado amor, turbio y confuso, que llegó a dominarme por completo. ¿Fui cobarde o simplemente inmaduro? La determinación de marcharme de mi país, de modo semejante, cambió el rumbo de mis pasos. Años después, cuando tuve conciencia de que con aquel éxodo nada había conseguido, sino perder todo lo que me identificaba como el ser que era y debía seguir siendo, ya era demasiado tarde para desandar lo andado. Sin el desánimo que me invadió a raíz de mi separación de Amanda, tal vez no hubiera buscado el exilio como escapatoria a los fracasos que quería dejar atrás. Y ahora volvía Amanda, a través de su hija, a zarandear mi existencia. La solución más simple es por lo general la menos apropiada o exitosa. Bastaba, sin embargo, decirle la verdad, pero sabía que al darle las explicaciones necesarias le asestaría un golpe mortal.

Recordé lo que me aconsejó Sir Dorset: «Basta con anular el temor y el deseo, cesar de querer vivir». «Cesar de querer vivir», me repetía, tratando de convencerme de que ésta era una salida válida que debía considerar, aunque en mi caso, más que anular el simple deseo de vivir, quería dar fin a mi vida misma. Antes de lograr dormirme, poniendo a un lado mis arraigados anhelos de alcanzar de algún modo físico la inmortalidad, le pedí a Olorún con la sinceridad más plena de mi corazón: «Santo Dios, permite que pueda cerrar los ojos para siempre». Hice una pausa, pensé en una superficie blanca, inmensa, inmaculada y vacía, sin principio ni fin: la nada, la ausencia absoluta de pensamientos. Y de nuevo lo exhorté: «Señor Supremo, haz que mis ojos se cierren ahora mismo... y nunca más se vuelvan a abrir». Caí en un letargo, provocado con mucho retraso por el somnífero que había tomado, pero el Dios no escuchó mi ruego.

8

Sexo en Vũng Tàu

En esta foto que contemplo aparecemos, de izquierda a derecha, La Diva, Arminda y yo. Fue tomada en el Hotel Ritz-Carlton Millenia de Singapur, durante la cena de gala que nos ofreció en aquel lugar la Cunard a los pasajeros *distinguidos* —o bien por la categoría de sus camarotes o por hacer completo el recorrido de circunvalación del planeta—, el 14 de marzo, dos días después de terminar nuestra estadía en Viêt Nam. Aunque retirada como artista, por la afinidad que había entre ellas, La Diva hizo enseguida amistad con Arminda, y ésta la mantenía informada de los pormenores de *nuestra familia adoptiva* (me refiero a las dificultades que atravesaban Mendel y Sandy), lo cual resultó, a la larga, beneficioso, pues en muchas ocasiones, a partir de entonces, se ofreció para cuidar a John Brett y poder liberar a Mendel de esta obligación. En la foto, La Diva parece tener ochenta años. No dudo que tenga un poco más. Lleva un vestido negro de noche, el pelo del mismo color del traje, un collar de perlas y un adorno de diamantes que cuelga de su cuello, ensartado en una cadena muy fina de oro. Sostiene en la mano derecha una copa de vino tinto. Como está al extremo izquierdo de la mesa, su brazo levantado para hacer un brindis no molesta a nadie. Las uñas y los labios están pintados de un rojo intenso. Con el creyón ha aumentado el grosor de sus labios casi inexistentes. Los pendientes no se distinguen bien en la fotografía, aunque se advierten dos destellos dorados por entre los rizos de pelo que caen sobre sus hombros. A pesar de que su maquillaje no es excesivo, se hace demasiado obvio el empeño que ella se ha tomado para tratar de parecer más joven de lo que es; no obstante, su sonrisa es tan dulce que uno termina por mirarla complacido. Mi impresión tal vez no sea del todo objetiva, porque ya sentía por ella una afectuosa amistad, y algo de compasión. Este último sentimiento surgió cuando la vi en escena *haciendo* lo que muchos considerarían *el ridículo*. Era un espectáculo en el cual varios pasajeros se presentaron mostrando sus habilidades artísticas, y La Diva se ofreció a cantar el aria de la muerte de *Madame Butterfly*. A pesar de sus años, logró dejarse caer al suelo para ser convincente en su papel. Los que la oíamos, no teníamos más remedio que disculpar la voz gangosa y rajada de esta anciana que cuarenta años atrás, o más, había triunfado en la escena de la ópera americana. Supongo que esta actuación le permitía revivir sus buenos tiempos. Por otra parte, no se le podía criticar, puesto que sólo buscaba agradecimiento y simpatía; siendo una mujer de cierta inteligencia, probablemente estaba consciente de que lo grotesco de su acto nos divertía y entretenía, una de aquellas noches en el barco en las cuales había que matar el tiempo hasta que fuera hora de irse a descansar.

Arminda lleva un vestido de color amarillo intenso. Nunca estuvo más radiante. Emanaban de su rostro y de toda ella aires de satisfacción, de amor infinito hacia el mundo circundante y, en particular, hacia mí. Era un ser privilegiado a quien los dioses concedieron *la gracia*: sus ojos, la delicadeza de sus movimientos, la elegancia con que se desenvolvía a cada instante, llevándose, por ejemplo, un tenedor a la boca con un pequeño trozo de langosta que había cortado con aquellas manos angelicales, pulidas, nacaradas; los labios, de una perfección pictórica, que se entreabrían para aceptar aquel bocado; todo obligaba a quien la tuviera al alcance de su vista a mirarla fascinado. ¡Tal era la singularidad de esta mujer plena que había descubierto *EL AMOR*! El traje oriental que luce combina la seda amarilla lustrosa —realzada en su belleza por intrincados bordados hechos a mano—, con remates en rojo y verde; el cuello cerrado lo compone una gruesa cinta satinada que recuerda los sacos de los militares de alto rango en la época de Mao Se Tung. Todo el ajuar fue adquirido en una tienda *relativamente* exclusiva del puerto vietnamita de Vũng Tàu. Es la única foto profesional que nos tomaron juntos durante el viaje y por eso la atesoro; a nadie se le ocurrió fotografiarnos durante nuestra boda, por lo precipitado del evento. Hay, claro, infinidad de retratos de Arminda que colecciono de periódicos y programas de sus presentaciones, pero en ellos, por supuesto, no aparezco nunca yo.

* * *

Desde Hong Kong, el barco zarparía hacia Viêt Nam a las cuatro de la tarde, al día siguiente de mi encuentro con Sir Herbert Priestley Dorset. Durante la mañana, después del desayuno, cuando Mendel estaba ya en pie y dispuesto a quedarse con John Brett, nos fuimos Arminda y yo de compras. Ella quería llevarles algunos recuerdos de Hong Kong a sus compañeros de trabajo en Nueva York. Al finalizar la mañana, almorzamos en el restaurante Yan Toh Heen, que nos recomendaron a bordo, en la planta baja del Hotel Intercontinental, y quedamos muy complacidos. Regresamos al barco a pie y a cada rato se nos acercaba algún vendedor anunciando que podían confeccionar en sus talleres trajes hechos a la medida en pocas horas, y otros que mostraban su colección de relojes de marca, posiblemente falsos, a unos precios extraordinariamente bajos. A la hora fijada zarpamos. Muy temprano, el 11 de marzo, ancló el QE2 frente a la ciudad costera de Vũng Tàu; las aguas del puerto no tenían el calado necesario para que pudieran atracar en su muelle naves de gran dimensión, como la nuestra.

A las ocho y media de la mañana, se juntó al barco una lancha de alta velocidad para pasajeros, cómoda, con amplios asientos y aire acondicionado, que abordamos Arminda, Mendel y yo. La Diva quedó a cargo de John Brett. Sandy no salía casi de su camarote. Mendel sólo entraba en él para dormir, en su cama, que había sido separada de la de Sandy por exigencia de ella, y para asearse o cambiarse. El lanchón se puso en movimiento y casi de inmediato comenzaron a pasar por el televisor que había en lo alto, al frente de nuestra sección, una graciosa película muda de Charles Chaplin. Llegamos al poco rato a la desembocadura del río Saigón, y por éste nos dirigimos tierra adentro hasta Ciudad Hô Chi Minh. La travesía duró poco más de una hora. Mendel aprovechó el silencio reinante para hablar con Arminda y conmigo.

MENDEL. (*Dirigiéndose a mí.*) Esta mañana Sandy me dijo que va a dejar el crucero y que regresa a los Estados Unidos con Arminda.

ARMINDA. (*Sorprendida.*) ¿Conmigo? ¡Ella no me ha dicho ni una palabra!

MENDEL. Sí. Ya hizo la reservación de los vuelos con Yoyo, la del *Board Room*. Le bastó con decirle que le sacaran un pasaje para viajar a Nueva York desde Colombo el 18 de marzo, (*Dirigiéndose a Arminda.*) el mismo día que tú.

ARMINDA. Pero yo hago dos conexiones. ¿Va a seguir la misma ruta que yo? Cambio de avión dos veces.

MENDEL. No sé nada más, pero se va. No me atreví a discutir el asunto con ella porque casi ni me habla. Lo imprescindible.

YO. ¿Y el niño?

MENDEL. ¡Conmigo! Bueno, *con nosotros* se quedará. Yo le pregunté con cautela, temiendo que se enfureciera, y así mismo fue. Montó en cólera y me dijo que podía hacer con él lo que quisiera, y que yo no regresara a Cape Cod.

YO. Entonces, ¿se quiere separar de ti?

MENDEL. Del niño y de mí. ¿Qué sé yo, Papá? Me parece que se ha vuelto loca. Con lo que se ha gastado en este viaje, ahora lo deja todo de buenas a primeras. No puedo hacer nada; ella maneja la plata y yo no tengo ni voz ni voto en sus decisiones.

ARMINDA. (*Me mira perpleja y se dirige de inmediato a Mendel.*) ¡Yo no estaré aquí para darte una mano. No vuelvo al barco hasta el 18 de abril, en Southampton, dentro de poco más de un mes!

YO. (*En voz muy baja, hablándome a mí mismo y sin que ni él ni ella lo escuchen.*) ¿Papá? (*Sin salir de mi asombro por el término que Mendel ha empleado al hablarme. Después de una pausa en que ninguno de los tres sabe qué más decir. A Mendel.*) ¡Estás tú y estoy yo! No hay ninguna regla que obligue a que una mujer esté siempre presente para criar a un niño. Aparte de que La Diva lo trata y lo cuida con un amor maternal.

MENDEL. Pero, ¿qué va a pasar? ¿En qué va a parar todo esto? ¿Y si Sandy no quiere volver conmigo? ¿Qué me hago yo? (*Mirándome a los ojos, con tono lastimero.*) ¿Puedo volver a vivir contigo...?

YO. (*Pensativo, hablando muy lentamente.*) ¿Conmigo...? ¿Y también el niño...? (*Pausa en que comienzo a darme cuenta de lo complejo de esta nueva situación.*) ¿Con Arminda y conmigo...?

Arminda y yo nos miramos confundidos, pues este conflicto se añade en su mente, según imagino, a la falta de consumación de nuestro matrimonio, y en la mía, a la mentira que estoy viviendo de manera sostenida y que no podré mantener por tiempo indefinido.

YO. En este instante, Mendel, no se me ocurre el modo de calmar tus inquietudes. Tenemos un largo día por delante; tratemos de disfrutarlo y ya veremos cómo cruzamos el puente cuando lleguemos al río, ¿no te parece? Conmigo siempre puedes contar. ¡Con permiso!

Me levanté para ir al baño y de regreso me instalé en una pequeña cubierta para poder admirar la campiña: era un paisaje tropical de vegetación exuberante. Pensé en los muchachos que pelearon con las tropas americanas y perdieron la vida inútilmente en aquellas hirvientes espesuras. Hubiera podido perecer allí yo mismo. A los pocos días de llegar como residente permanente de los Estados Unidos a Pittsburgh, estando la guerra de Viêt Nam en su apogeo, me citaron para el primer examen físico que me llevaría sin duda al enrolamiento obligatorio en las fuerzas militares que peleaban en aquellos lejanos territorios. Quedé descalificado de entrada por lo severo del ataque de asma que tuve aquella mañana. Hoy día, varias décadas después de este incidente, sé a quién debo estar agradecido por prolongar mi vida, pues poco después recibí aquella foto de Bruna, dedicada, que se tomó especialmente para enviármela y que me acompañara siempre a manera de amuleto. A pesar de haber triunfado el régimen de izquierda, el país ahora funcionaba con la normalidad de cualquier nación subdesarrollada que aspira a ser parte de una comunidad internacional, progresiva e industrializada. Predominaba, sin embargo, un enorme sector rural que subsistía en sus diarios quehaceres al margen de cualquier ideología política. A ratos se veían a ambos lados del río los arrozales; en ellos, las mujeres cortaban las espigas del arroz, que iban apilando, y los hombres golpeaban los mazos contra los cajones donde caían los granos. El ramaje sobrante servía luego de alimento a vacas y búfalos de agua. Más allá de los verdes campos se vislumbraba ya Ciudad Hô Chi Minh (Saigón), a donde llegamos al poco rato.

Desde el desembarcadero del río, tomamos el autobús que nos pasearía por toda la ciudad y nos devolvería por carretera a Vũng Tàu al caer la noche. El día fue atareado con las visitas a la catedral, el edificio de correos, el Palacio de la Reunificación (antiguo Palacio Presidencial de Viêt Nam del Sur en Saigón) y el Museo Nacional de Historia, donde disfrutamos del famoso espectáculo de marionetas acuáticas, que se desarrolló en un estanque rectangular en el que hicieron sus piruetas e interpretaron su historia, sobre el agua, dragones, patitos y un *malvado* tigre. Después de un tardío almuerzo típico en el *New World Hotel* —durante el cual Arminda, quien raras veces tomaba bebidas alcohólicas por cuidar su cuerpo, descubrió una cerveza vietnamita, *Bia Huda*, que le gustó muchísimo, al extremo de pedir otra al terminar la primera—, atravesamos la ciudad, nos detuvimos en un templo chino y luego en un merendero, y nos pusimos en marcha para regresar. Yo estuve *rumiando* todo el día aquel «Papá» proferido por Mendel y quería interrogarlo, pero la presencia de Arminda, quien sabía tan poco de mi vida, me lo impidió. Trataba de dilucidar si era algo que dijo de modo espontáneo, o interesadamente, al comprender que con la partida de Sandy era posible que quedara de nuevo dependiendo de mí, al menos temporalmente. Aproveché el trayecto en el ómnibus hacia Vũng Tàu para conversar con Mendel, excusándome con Arminda por abandonarla unos minutos y sentarme junto a él, quien estaba solo en un sitio al fondo del vehículo.

YO. Mendel, necesito conversar contigo.
MENDEL. ¡Y yo contigo!
YO. ¿Ah, sí? ¿Y de qué se trata?
MENDEL. No. Tú primero. A lo mejor los dos queremos hablar de lo mismo.
YO. Tal vez... Me sorprendió que esta mañana me llamaras «Papá». Nunca antes lo habías hecho. ¿Fue algo que te salió sin pensar o lo dijiste a propósito?
MENDEL. Las dos cosas.
YO. No entiendo. ¿Puedes explicarme?
MENDEL. Te has comportado conmigo como un padre desde que me recogiste y me llevaste contigo a Miami.
YO. Sí, he sido un padre para ti. ¡Y más! No creo que un padre verdadero hubiera hecho por ti lo que yo.

MENDEL. Lo sé. Pero, ¿y si fueras mi padre verdadero?

YO. Ya eso quedó atrás, ¿no?

MENDEL. Si haces memoria, la última vez que discutimos este asunto, ¿te acuerdas?, en Chile, cuando estábamos sentados frente al lago Llanquihue, te dije que me gustaba que me vieras como a tu hijo, porque nunca tuve un padre. Ahora que te conozco tan bien, te juro que me gustaría que fueras mi padre.

YO. Pero, Mendel, ¿a qué viene todo esto ahora? ¿Es de eso precisamente de lo que querías hablarme?

MENDEL. (*Enfático.*) ¡Precisamente! Porque yo también quiero salir de dudas. Si es posible que seas mi padre, ahora sí quiero saberlo.

YO. ¿Me puedes decir por qué?

MENDEL. Porque si eres mi padre, ni mi hijo ni yo seríamos una carga injustificada para ti. Aunque no lo creas, me da pena que hayas gastado tanto en todas mis cosas y que ahora vayas a tener que mantener a John Brett... Pero si es tu nieto... ¡Todo cambia...! Me parece.

YO. En primer lugar, eso no lo sabremos. En segundo, lo que hago, o he hecho por ti, no busca recompensas y sale del corazón. Así que da igual.

MENDEL. Pero en este momento es cuando a mí *no me da igual*, y, además, sí podremos saber la verdad.

YO. ¿Con tu madre cuando venga a visitarte? ¿Crees que puedo confiar en lo que ella afirme? ¿Acaso no me engañó con su estratagema para que te sacara de Cuba? Por otra parte, ¿no me dijiste tú mismo que en la época en que fuiste concebido, se estaba acostando con varios hombres, entre ellos un escritor del cual te habló cuando eras ya mayor y de quien posiblemente eres hijo?

MENDEL. Nunca he sabido la verdad. Pero comprende que por eso mismo, porque son tantas las posibilidades, y tú también tuviste que ver con ella, no se puede descartar que seas mi padre.

YO. Pues nunca habrá evidencia de nada, y lo que diga tu madre, sea lo que sea, si es que quiere abordar el tema cuando nos veamos, será tan cuestionable como todo lo que sale de su boca; a menos que tenga alguna prueba contundente, lo cual me parece muy difícil, después de tantos años...

MENDEL. ¡Estoy dispuesto a que nos hagamos el examen del ADN!

YO. (*Sorprendido.*) ¿De veras? Entonces, ¿te has decidido a dar tu consentimiento?

MENDEL. Sí, y cuanto antes, mejor. Estoy aburrido de vivir en el limbo, de no saber quién soy. Con un hijo propio, quisiera pasarle a él su verdadero apellido, el de su abuelo, el de mi padre, sea quien sea, y si eres tú, ¡muchísimo mejor!

YO. Pues resuelto. Mañana le hablo a Yoyo para que me averigüe en qué puerto encontraremos un centro donde puedan hacer la prueba. Arminda no sabe una palabra de nada de lo que estamos tratando tú y yo. Mejor será que todo quede entre nosotros, ¿está bien?

MENDEL. No tengo ninguna confianza con Arminda para hablarle de nada de esto. La acabo de conocer. No tienes que preocuparte.

Volví a mi asiento. Entrábamos en Vũng Tàu ya oscureciendo, bajo un aguacero torrencial. En las afueras de la ciudad, por la carretera, las casas se veían muy pobres; frente a ellas no había aceras, sino tierra apisonada que la lluvia convertía en fango. A medida que nos acercábamos a la zona más céntrica, las viviendas tenían mejor apariencia. De los muelles, tomamos el lanchón que nos trasladó al QE2, mojándonos mucho con la lluvia, que se había intensificado. No hubo tiempo para arreglarnos e ir al comedor, por lo que nos fuimos a cenar los tres, directamente, al restaurante informal con lo que llevábamos puesto.

Al día siguiente, recorreríamos Vũng Tàu por nuestra cuenta. Temprano tomamos el lanchón Arminda y yo hacia la ciudad. La Diva iría a Ciudad Hô Chi Minh, por lo cual Mendel quedó preso en mi camarote cuidando a su hijo. Contratamos un taxi que nos llevara a los sitios de interés y nos dejara a mediodía en el centro comercial de la villa. A pesar del taxi, caminamos muchísimo. El subir y bajar la larga escalinata que lleva, por la ladera de una colina, a la Residencia Real de Bach Dinh, nos dejó extenuados. Desde la carretera que bordeaba la costa, vimos también el gigantesco Cristo —segundo en tamaño después del Cristo del Corcovado—, que corona un alto cerro, pero no quisimos perder tiempo en dar las vueltas necesarias por la parte trasera del montículo, en el auto, para llegar a verlo desde su base. En vez de hacer eso, preferimos seguir camino y subir —de nuevo por escaleras— a un notorio faro blanco, desde donde admiramos el litoral y sus playas. Luego nos detuvimos en Bãi Dúa, la «Playa de las Piñas» —muy mediocre, pequeña, de arena oscura, pero repleta mayormente de bañistas locales y turistas nacionales, vibrante, bulliciosa, con infinidad de sombrillas multicolores—, que me dio deseos de quitarme la ropa y quedarme en aquel lugar el resto de la jornada, descansando, compartiendo con la gente *de allí*, gozando del mar. Pero para esa aventura no íbamos preparados. Éste no era el momento del *desnudo* en la *comedia*. Hicimos una breve merienda en el Hotel My Le, en la ruta Thuy Van, y como última parada, fuimos a la Pagoda Nirvana, donde encontramos muchos devotos rodeando la gran estatua de Buda. Nos asediaron aquí decenas de chiquillos tratando de vendernos ropa, tarjetas, objetos artesanales y estatuillas de ídolos religiosos. Tan abrumados estábamos por esta pandilla de muchachos, que nos refugiamos en el taxi y le pedimos al chofer que nos llevara ya al centro.

Los edificios grandes eran casi todos bajos, de una, dos o tres plantas, nada comparables con los de Ciudad Hô Chi Minh, que tenía muchos de gran altura, y los más viejos impresionaban por su hermosura y elaboración. Sobresalen en Vũng Tàu, no obstante, algunos hoteles de reciente construcción y unos pocos edificios de oficinas. El comercio era también modesto, al menos en la zona por donde deambulábamos. Las tiendas contaban con buena mercancía, pero muy limitada, y estaban abiertas sin aire acondicionado ni despliegues ornamentales de ningún tipo. Al pasar frente a una de ellas, algo elegante, que exhibía varias prendas de vestir en una pequeña vidriera, Arminda quedó fascinada por un traje amarillo de seda de exquisita confección. Entramos, pidió que se lo quitaran al maniquí, puesto que era el único así que tenían, se lo probó, y le quedaba perfecto; no había que hacerle el menor ajuste. Se lo envolvieron cuidadosamente, y de repente nos vimos con varias horas de ocio antes de tener que regresar al barco, que no partiría hasta tarde en la noche.

Entramos en un bar restaurante donde pedimos una *Bia Huda* para cada uno, la cerveza que tanto le había gustado el día anterior a Arminda. Las apuramos en un instante. El calor y la merienda de media mañana nos dieron tal sed que aquellas primeras cervezas no fueron suficientes. Al fondo del establecimiento, unos músicos tocaban varios instrumentos; entre ellos un raro violín que jamás había visto y producía un extraño sonido, estridente y armónico a la vez. Con sorpresa oí que interpretaban «La paloma». El mozo, que podía comunicarse con nosotros en inglés, aunque a trompicones, nos recomendó que probáramos la *Bia Hanoi*. Aceptamos su oferta y bebimos con satisfacción. Después vivieron unas botellas de *Bia Saigon*, más otras de *Saigon Do*, seguidas de inmediato por nuevas botellas de *Bia Thai Binh*. Así se fue una hora, bebiendo y escuchando las melodías, relajándonos progresivamente con las cervezas. Cuando consideré que habíamos llegado al límite y noté que Arminda, quien no estaba acostumbrada a ingerir bebidas alcohólicas, se ponía demasiado alegre y comenzaba a enredársele la lengua al hablar, pedí la cuenta, pagué, y salimos del local. Sostuve a Arminda por un brazo para guiarla. No estaba del todo embriagada, pero me parecía que si no la sostenía se precipitaría al suelo.

Nos detuvimos en una florería que tenía en la acera un banquillo donde senté a Arminda, indicándole a la vendedora, por señas, que mi acompañante necesitaba descansar. La mujer asintió con una amplia sonrisa y una multitud de palabras que, por supuesto, no comprendí; dondequiera que estuviéramos buscábamos siempre a alguien que si no hablaba el inglés —idioma universal—, al menos lo entendiera. Decidí comprar unas rosas para obsequiar a las eficientes empleadas del *Board Room*, que se extremaban día a día en complacernos. Se me hizo prácticamente imposible comunicarme con la dueña del negocio. De súbito, un joven que supuse sería empleado del *Palace Hotel* —que se encontraba al cruzar la calle—, quien obviamente nos observaba (nuestro tipo e indumentaria revelaba que no éramos ni nativos ni residentes de Vũng Tàu), se nos acercó y, en un inglés muy deficiente, se ofreció para ayudarme en la transacción. Una vez terminado el negocio, con las flores en la mano, el muchacho me asió del brazo y me haló en dirección al hotel. Yo, por mi cuenta, tomé a Arminda de la mano para no dejarla abandonada y se puso de pie sin ninguna dificultad. Me dejé llevar sin preocuparme mucho de sus intenciones, pues suponía que quería mostrarnos algo que pudiera ser de interés a los turistas. Poco antes de llegar a la entrada, nos propuso: «*Come, tipic shou dance eloti... Fifty dola fol tu... Come, come! Biutifu dance. Vely eloti! Viêt Nam dancel do what you want. Vely eloti. Come. Fifty dola!*» Arminda y yo nos miramos; ella ha entendido que nos invita a ver un espectáculo de danza vietnamita típica, a un precio de cincuenta dólares por los dos, y me dice enseguida: «¡Págale, vamos a verlo!» Le pregunto: «¿Te sientes bien? ¿No estás mareada?» Me responde: «¡Me siento de maravilla, como en una nube! ¡Quiero ver los bailes típicos! ¡Me interesa muchísimo! No olvides que la danza es mi vida». El muchacho continúa insistiendo. Arminda me conmina: «¡Anda, págale!» Como que estoy acostumbrado a que en todos estos lugares aceptan dólares, pero casi nunca tienen cambio, saco mi billetera y le doy la cantidad exacta: dos billetes de veinte y uno de diez. El joven se deshace en cortesías porque hemos mordido su anzuelo sin regatear. Posiblemente lo que nos ofrecía hubiera costado la mitad de lo que pidió. Yo, ligeramente achispado por las cervezas, me someto a los deseos de Arminda sin cuestionar nada, aunque algunas palabras dichas por el joven, que de momento me confundieron, se iban aclarando. «*Tipic shou dance eloti*» significaba, sin duda, «*Show* típico de danza exótica», aunque «*eloti*» podía querer decir igualmente «erótica», recordando que los orientales cambiaban el sonido de la *r* por el de la *l*. La oración «*Viêt Nam dancel do what you want*», se traducía como: «Los bailarines hacen lo que ustedes quieran». Me di cuenta que la invitación no se trataba de ir a ver un espectáculo normal y corriente de danza típica, sino que había algo más, mucho más, que no estaba en el programa ofrecido. Me dio cierta confianza, no obstante, que nos encaminábamos a un hotel medianamente elegante, aparte de que era ya demasiado tarde para arrepentirme, pues el chico nos arrastraba hacia el hotel. Grande fue mi sorpresa cuando, en vez de entrar en él, siguió de largo por la acera, dejó la entrada principal atrás, y nos condujo al edificio contiguo, de buen aspecto, pero con un vago aire de burdel. Había en el vestíbulo personas bien vestidas de tipo occidental. De allí, el empleado nos introdujo a una antecámara. Me preguntaba cuál sería la relación que él supuso había entre Arminda y yo. ¿Pensaría tal vez que yo era una persona mayor que buscaba un lugar para regodearse con la joven que llevaba a su lado?

Posiblemente el buen humor que en aquel momento aún nos poseía, nos hizo tentadora la aventura, a pesar de que no sabíamos qué pasaría ni que tipo de espectáculo veríamos. En realidad, expreso lo que yo pensaba o intuía, pues no creo que Arminda se encontrara en condiciones de analizar nada coherentemente. De cualquier modo, esperábamos pasar a algún salón con butacas para arrellanarnos, disfrutar de la danza, y descansar un rato antes de regresar al barco. No teníamos prisa. Serían entonces las tres de la tarde. Nos quedaban cinco horas. El último lanchón no partiría del puerto de Vũng Tàu hacia el QE2 hasta las diez de la noche. Al fin se abrió una puerta, y nuestro guía nos condujo al interior de un amplio recinto, donde se encontraban tres compartimientos ordenados en forma circular alrededor de un espacio central iluminado. Uno de ellos tenía las cortinas echadas, por lo cual no se veía qué había dentro ni quiénes lo ocupaban; en el otro, estaban descorridas, y me pareció distinguir a tres hombres. El lugar estaba lleno de humo y olía, aunque se considere contradictorio, a jazmín y a gasolina. Aquella neblina artificial provenía de las varillas de incienso que ardían en varias repisas adosadas a las paredes, aunque podía ser también humo de opio, o marihuana, o algún otro estupefaciente que pudiera fumarse. Respirar ese aire contaminado, en vez de provocarme un ataque de asma, me relajó más que las cervezas que llevaba en mi organismo. Pasamos Arminda y yo a la recámara que quedaba abierta y, de inmediato, apareció una joven con una bandeja y unas pequeñas copas de licor, que por insistencia de ella y del empleado que aún no nos había abandonado, tomamos sin preocuparnos de lo que pudieran ser. En nuestro espacio sólo había un par de cojines gigantescos, sobre los cuales nos acomodó la camarera tan pronto terminamos el primer trago. Enseguida vino otra muchacha con nuevas copas del licor, que ahora disfrutamos, deleitados por su aroma y dulzor. Todo lo que ocurrió después viene a mi recuerdo como si hubiera sido protagonista de una quimera en la cual me dejaba llevar por el instinto, buscando únicamente mi propia satisfacción; era algo así como si gozara de una extremada sensibilidad que me dominaba y me hacía actuar sin que tuviera que intervenir mi voluntad. Me imagino que bajo el efecto del hipnotismo se logre un comportamiento semejante. Las cortinas del compartimiento que estaba cerrado se descorrieron, pero la luz del *escenario*, que se intensificó enseguida, encandilándome, me impidió que pudiera ver con nitidez las figuras humanas que lo ocupaban.

En el centro de la habitación, bajo el cono de luz, aparecieron dos mujeres y dos hombres desnudos que comenzaron a ejecutar movimientos danzantes, pasando sus manos por las partes íntimas de sus cuerpos, haciendo contacto unos con otros hasta que cada pareja, hombre y mujer, quedaron en el suelo realizando el acto sexual. Después de separarse, las dos mujeres y los dos hombres, formando ahora parejas de iguales, continuaron con los juegos eróticos, hasta que hubo por parte de las mujeres un éxtasis final, supongo que fingido, que simulaba el orgasmo de las dos. Después de fundirse también los hombres, al terminar el acto se separaron, se dirigieron al compartimiento donde yo había visto a los otros hombres, entraron, y cerraron las cortinas. Las mujeres se acercaron a nosotros y nos despojaron de la ropa que llevábamos, dejándonos completamente desnudos; puesto que el grado de laxitud de Arminda y mío era casi absoluto, nos ayudaron a movernos hasta obtener una posición adecuada sobre los cojines para que se produjera con comodidad el acto sexual. Arminda me abrazó. Su cuerpo y el mío buscaron ansiosos el contacto, y ambos dejamos que nuestros sentidos obnubilados nos dominaran por completo, sin poner ningún obstáculo a lo que ya ninguno de los dos podía o quería impedir.

Dormimos después. No recuerdo cuándo extraje mi miembro de su interior. Cuando tuve nueva conciencia de mi existencia, ella yacía a mi lado. Alguien que la había socorrido al perder su virginidad, todavía limpiaba con un paño sus muslos en el momento en que comenzaba a moverse y despertar. Una vez recuperada del todo nuestra percepción de la realidad, nos vestimos y nos dimos cuenta de que habíamos estado en aquel lugar más de tres horas. Nos precipitamos a la calle con nuestras pertenencias (la bolsa de Arminda, mi cámara, las flores, el vestido) en busca de un taxi que nos llevara al puerto. Tomamos el penúltimo lanchón, que en pocos minutos nos trasladó al barco. El mar estaba muy movido y tuvimos gran dificultad para subir a la pasarela de acceso a la nave. Arminda y yo no nos mirábamos. Ya en el camarote, ella entró al baño a asearse y yo después, cada cual por su cuenta. No comentamos ni una palabra de lo sucedido. Dimos aquello por lo que en verdad fue, un sueño sobre el cual no tuvimos control, pero una fantasía, no obstante, que se hizo realidad; cosa que, al menos yo, me negaba a aceptar. Dormimos profundamente esa noche. No se repitió ningún otro acto sexual durante los días que a Arminda le quedaban a bordo, pero a partir de aquella tarde en Vũng Tàu, la sonrisa o el aire de satisfacción, de misión cumplida, no abandonó el rostro de mi hija, mientras que yo me consumía en las llamas de mi infierno.

El 12 de marzo, Arminda tuvo que impartir clases en camino a Singapur. Yo estuve dos veces en el *Board Room* para ver a Yoyo. La primera vez, poco después del desayuno, le expliqué que necesitaba conseguir un lugar donde pudieran hacerme una prueba de ADN. Me dijo que se ocuparía del asunto. Cuando volví a media tarde, ya tenía la información. Todo estaba escrito en el papel impreso que salió del ordenador. Su pesquisa me dio direcciones exactas de varias ciudades grandes donde se hallaban centros que podrían ocuparse de mis necesidades. En otros sitios, islas pequeñas en su mayoría, podían también tomar las muestras requeridas, pero tenían que enviarlas a otros lugares para procesarlas. Descarté Singapur —donde estaríamos un día— y Srī Lanka —porque tenía allí una agenda complicada que ocuparía todo mi tiempo—. Después seguían la Isla de Mahé, en las Seychelles, la Isla de La Reunión (*Saint-Denis*, la capital, era una población relativamente pequeña) y la Isla de Mauricio. Los lugares más apropiados serían Durban o Ciudad del Cabo (*Capetown*), en Sudáfrica. En cualquiera de estas dos metrópolis nos haría-

mos Mendel y yo la prueba y pediría que enviaran los resultados a Southampton, el último puerto donde recibiríamos correspondencia antes de cruzar de nuevo el Atlántico hacia
Nueva York. Supuse que, además, la información podía ser
enviada al barco por FAX o correo electrónico.
Arminda irradiaba felicidad cuando bajamos juntos del
barco para recorrer Singapur. El tiempo contribuía a alegrar
su estado de ánimo, y un poco el mío. Bajo un despejado cielo
azul paseamos en bote por el río Singapur. En *trishaws* (unas
simpáticas bicicletas de tres ruedas que llevaban a un pasajero, cómodamente sentado, en la parte trasera) anduvimos por
varios distritos interesantes, desde el barrio indio —con bazares, olor a *curry* y gente vestida con atuendos típicos—, hasta
la zona donde se localizaba el Hotel Raffles, famoso por haber originado el trago conocido como *Singapur Sling*. Allí
almorzamos. Inmediatamente después, nos trasladamos al barrio chino, para visitar una célebre «casa de té» en la que, paso a paso, se nos demostró el ritual típico de la preparación
del té hasta que llegamos a saborearlo. Nos impresionó el hecho de que no hacía mucho tiempo estuvo allí, en la misma
mesa que Arminda y yo ocupábamos, la reina de Inglaterra.
Al barco volvimos a refrescarnos y cambiarnos para la velada
de esa noche, la cena de gala en el Ritz-Carlton Millenia, en
la cual Arminda lució el magnífico vestido amarillo comprado
en Vũng Tàu; éste quedó perpetuado en la fotografía que me
ha ayudado a reconstruir los recuerdos de aquellos días.

9

Las definiciones del amor

De nuevo en el mar, Arminda tuvo que ocuparse de sus seminarios de danza. Lo ocurrido entre nosotros en Vũng Tàu, no cambió para nada mi comportamiento hacia ella. Mantuve la distancia entre ambos, aunque continuamos durmiendo en el mismo lecho. Creo que ella dedujo que el acto que nos enlazó físicamente fue accidental, y mi *abstinencia* se debía a algún problema temporal, tal vez de naturaleza orgánica, que de momento prefería no discutir con ella. No sé a ciencia cierta qué pensaría, pero en los días que nos quedaban juntos, no intentó siquiera tomarme la mano antes de disponernos a dormir, a pesar de la felicidad excepcional que mostraba. Sí nos decíamos «Hasta mañana», y nos dábamos un beso, diría yo *amistoso*, en la mejilla.

Atracamos puntualmente, el 18 de marzo, muy temprano en Colombo. Antes de las ocho de la mañana estábamos todos, excepto John Brett, que quedó con La Diva, en el muelle para tomar un taxi hacia el aeropuerto. Por ser los autos demasiado compactos, tuvimos que contratar dos, pues no cabíamos en uno Arminda, Sandy, Mendel y yo, más todo el equipaje de las dos mujeres. Mendel y yo fuimos en un auto; en el otro, Sandy y Arminda. Con esta última, por tanto, casi no hablé más, lo cual fue preferible dado lo escabroso de los temas que podíamos y debíamos tratar. El aeropuerto se encontraba muy cerca. A las ocho y media estaban las dos viajeras con sus boletos en mano, las maletas facturadas, y listas para partir. Mendel y Sandy ni se hablaban ni se miraban. Por mi parte, yo temía el instante de tener que decir algo sustancial a Arminda antes de que franqueara la puerta por donde se encaminaría al avión, pero el momento inevitable llegó. Se anunció la salida del vuelo. Sandy se dirigió a la puerta como un relámpago, sin decir «Adiós» ni a Mendel ni a mí. Yo me acerqué a Arminda para abrazarla y desearle un buen viaje, pero fallaron todos mis recursos de compostura, se me hizo un nudo en el pecho, miré la cara de mi hija, de mi amada... *hija*, y de mi garganta salió no más una palabra entrecortada, dolida, titubeante, ahogada en el profundo suspiro con que evitaba el estallido del llanto. Sólo dije: «Perdóname». Yo bien sabía el significado de mi disculpa. Ella no. La interpretó a su modo, como mejor pudo. Su respuesta me hizo entender que no sospechaba en lo más mínimo nada de lo que ocurría. Su contestación fue: «No te preocupes, Amor Mío, yo comprendo. Todo será maravilloso cuando estemos tranquilos, en *nuestra casa*, dondequiera que terminemos viviendo, en paz, sin hallarnos rodeados de problemas ajenos, como los que se han presentado con Mendel, el parto de Sandy y el niño. ¡Ya verás! Y quiero que sepas que si me pides que deje el baile y mis compromisos por ti, lo haré para estar a tu lado. ¡No tengo nada que perdonarte! Sé por qué me lo dices, pero ¡ya me hiciste tu esposa *con todas las de la ley* en Vũng Tàu! A mí también me costaba trabajo *entregarme* por primera vez. Lo que nos dieron de beber, que no sé qué sería, nos relajó por completo. Yo no esperaba nada de eso, te lo juro, en ese momento, en aquel lugar... La próxima vez, cuando tú lo quieras, nada de eso hará falta».

Una empleada llamaba a Arminda para que fuera ya hacia el avión. Me besó apresuradamente en la boca, se volvió, y desapareció. Mendel se mantuvo alejado de nosotros durante nuestra breve conversación. En cuanto Arminda se marchó, se me acercó y salimos del aeropuerto. Eran las nueve en punto. Él tomó hacia el barco un taxi que yo pagué por anticipado, no sabiendo si Sandy se había ocupado de dejarle dinero y hacer los arreglos financieros necesarios con Mendel para el resto del viaje, asunto que averiguaría yo a su debido tiempo pero que, a la larga, importaba poco mientras yo estuviera presente y pendiente de él. Yo, por mi cuenta, contraté otro taxi que me acompañara todo el día en el recorrido que tenía planeado, después de hacer arreglos con el chofer, quien hablaba muy bien el inglés: había sido empleado de una agencia de viajes en Colombo. Pude darle las instrucciones exactas de lo que quería hacer y a dónde deseaba ir. Por el camino que nos alejaba de la capital, hicimos un breve desvío para alcanzar un minúsculo caserío donde, según mis indagaciones, residió Pablo Neruda. En la villita, por petición mía, el chofer preguntó a varios vecinos acerca de la antigua morada de Neruda y no hubo nadie que supiera siquiera a quién se refería, así que nos pusimos en marcha sin dilación.

Nos detendríamos en el refugio de elefantes de Pinnawela, y de allí nos encaminaríamos hacia Kandy. Reposé mi cabeza en la parte superior del asiento trasero —donde yo iba— del vehículo, y me sentí tranquilo en aquella repentina soledad en la cual no tenía que fingir. Iba examinando detalles de la situación que atravesaba, a la vez que mis ojos se regodeaban con el paisaje, mirando curiosos los elefantes —símbolo de *status* para sus propietarios ricos que los mantienen— y los pueblitos que aparecían cada pocos kilómetros a ambos lados de la estrecha, deteriorada, peligrosa carretera. Evoqué el recorrido, también en taxi, que hice con Amanda desde La Habana hasta Batabanó, para tomar en este puerto el vapor Australia que nos llevó a Isla de Pinos unos meses después de conocernos, cuando nuestra relación llegaba a su peor crisis. Comparada con su madre, Arminda era la cara opuesta de la moneda. Lo único que tenían en común era el inmenso parecido físico entre ellas. Me pregunté, una vez más, si amaba realmente a Arminda. Y decidí que sí, pero que mi cariño hacia ella era indefinible. Traté de precisar, rememorando sentencias acuñadas sobre el Amor, qué era exactamente lo que existía entre nosotros. La letra de una canción popular que igualaba *ausencia* y *olvido* me resultó una total falacia. ¿Podía esperar que la *ausencia* de Arminda me diera el *olvido* de todo lo ocurrido, y de ella? Desde luego que no: su *ausencia* no conllevaba *olvido*, sino todo lo contrario: reflexión y escrutinio de aquello que podía yo conjeturar sobre nuestra vida futura juntos. Me planteé la posibilidad de callar para siempre. No mentiría más, pero sí podía reservarme los hechos que nadie más que yo conocía. ¿Cuántos casos de incesto sostenido no habría en el mundo, que nunca llegaron a revelarse? Ésta era, sin duda, una opción a considerar. De ponerla en práctica, no obstante, traicionaría el axioma propuesto por la propia Arminda. En la primera conversación que tuvimos en el barco, me había dicho que, según su madre le afirmaba, el amor auténtico requería dos condiciones esenciales: la *verdad* y la *pureza*. Encontraban aquí otro escollo mis especulaciones. La primera condición, forzosamente tuve que ignorarla, *hasta ahora*. En cuanto a la segunda, Arminda estaba dotada de *pureza*, pero yo no. Hubiera sido casi imposible la *pureza* de mi parte, dada mi edad. Por otra parte, tampoco hubo *pureza* en el caso de su madre; el *puro* y *casi casto* entonces era yo. En ambos enlaces afectivos fallaba el requerido postulado. ¿Sería por eso que debía esperar con Arminda un fracaso semejante al que tuve con su madre, a pesar de que las circunstancias eran diferentes? Pero, bien mirado, en todo esto jugaba un papel primordial mi conciencia, mis escrúpulos, mi voluntad y mi amor de padre, que no podía traicionar con ningún otro acto *impuro*. El único ocurrido entre nosotros no había sido culpa mía. Fuimos víctimas de casuales circunstancias. Una última cuestión vino a avasallarme: ¿Y si el lunar de Arminda no era más que otra arbitrariedad de la *caótica* naturaleza y nada tenía que ver ni conmigo ni con la herencia que arrastraba a través de la sangre de mi madre? El estruendo, semejante al ruido ensordecedor de un temblor de tierra, producido por los elefantes que se encaminaban hacia el río, me sobresaltó y sacó de mis preocupaciones. Llegábamos a Pinnawela. El espectáculo que tengo la suerte de presenciar es único. A partir de las diez de la mañana y hasta mediodía, llevan a los elefantes a bañarse. Hay allí más de cincuenta paquidermos inmensos que retozan, sumergen partes de sus cuerpos y hasta hacen el amor. Es bueno estirar las piernas un rato, fuera del auto. El chofer y yo tomamos unos refrescos y usamos los baños antes de continuar el viaje. Poco después, estábamos entrando en Kandy, una villa simpática y limpia, con un enorme lago artificial que se extiende a lo largo de gran parte de la población. En un punto céntrico, junto a las aguas lacustres, se levanta el Templo del Diente. Dada la hora que es —la una de la tarde—, le pido al chofer que vayamos a un lugar agradable y aislado para almorzar los dos. Fuimos más allá del templo, nos desviamos por un camino que sube la montaña adyacente a Kandy, y nos dirigimos al Hotel Earl's Regency. La comida era buena, aunque casi todo estaba recargado de *curry*. Mientras almorzábamos, comenzó a llover copiosamente, pero esto no impediría que hiciera mi peregrinaje al sagrado lugar donde se encontraba la única reliquia perteneciente a Buda: uno de sus dientes que fue rescatado de las cenizas cuando, a su muerte, fue incinerado. Antes de salir del hotel, me puse la capa de agua, porque no había paraguas que pudiera resguardar de los torrentes de lluvia que caían.

Estacionamos a una manzana del templo, el cual, a pesar del mal tiempo, tenía muchos visitantes. Ingresé al patio frontal, en el que había una caseta donde era obligatorio dejar los zapatos para poder entrar al edificio. A un lado de la caseta, se encontraba un elefante, cuya cabalgadura ornamentada y colorida había sido cubierta con un plástico por el muchacho encargado de cuidarlo, para que el agua no la dañara. Si tenía la suerte de que escampara, al terminar mi visita de aquel lugar, me tomaría una foto con el elefante —para eso seguramente estaba allí—, algo que me quedé con los deseos de hacer en Pinnawela con otro semejante, muy ornamentado, que se encontraba junto al restaurante. Antes de pasar al interior, me quité también las medias, porque el piso a mi alrededor era fango. Cuando me vi dentro, bajo techo, me despojé de la capa y me aventuré por los oscuros pasillos. Mis pies desnudos, enlodados, hacen contacto con las piedras antiquísimas, mojadas por los otros muchos pies que ya las han pisado esa tarde. A medida que penetro las cámaras interiores del templo, tal vez por autosugestión, comienzo a emocionarme. Voy evocando todo lo que me explicó Sir Dorset; mi principal objetivo es encontrar *Aquella Palabra Sagrada.* Asciendo por una escalera al piso superior. Sigo a los peregrinos, sabiendo que van al gran salón en el cual veo, en cuanto entro, la «Custodia» de oro dentro de la cual se encuentra el diente; ésta se saca de ese lugar para pasearla alrededor del templo en procesión sólo una vez al año. Hoy no es el día sagrado, por lo que los devotos se conforman con estar junto al monumento unos minutos en silencio, después de haber dejado alguna donación —dinero u objetos valiosos— en manos de un monje. Fuera, hay dos recintos más, a cada lado. Uno de ellos contiene una colosal estatua dorada de Buda y algunas de menor tamaño que representan diferentes deidades. El otro es el que Sir Dorset me describió; en él tengo la intención de permanecer el mayor tiempo posible.

Sigo las instrucciones del investigador y encuentro enseguida, en la vitrina que él indicó, muchas inscripciones elaboradas con piedras de colores, algunas preciosas. La que más resalta es la del Santo Nombre de OLORÚN, deletreado en su integridad. Las demás no significan nada para mí, pues figuran sonidos de lenguas orientales que no conozco. Esta cámara está muy despoblada y algo oscura. Dentro del templo no hay ventanas. La luz artificial es pobre y ayuda a crear un aire de misterio e intimidad. Mirando el nombre de Dios, lo pronuncio lentamente y hablo en voz muy baja: «Olorún, Olorún, Olorún. Señor de todos los tiempos, escúchame... Háblame... Hazte presente... Estoy sin amparo y tan solo... Permite que se repita el milagro y pueda volverte a ver... He añorado tu compañía y buscado sin descanso tu cara... Todo para ti es posible y nunca como hoy he necesitado tanto de ti... Déjame hablar contigo de nuevo frente a frente y no te lo pediré nunca más. Hay tantas cosas que necesito preguntarte... Santo, Santo Olorún... *Orún oke orún salé ebá mi kachocho*... [en lengua yoruba: *Dios del cielo y de la tierra, no me abandones nunca y protégeme.*]»

La frase mágica que Bruna me había enseñado y tantas veces pronuncié en mis momentos más difíciles, fue el sortilegio que movió los cielos para que mis oídos oyeran un susurro, una voz tenue, pero inconfundible, con aquel timbre único con que me habló una vez desde una cruz en las alturas de un peñasco en el Estrecho de Magallanes, y otra en la villa de Parinacota, en las cumbres andinas. Y me dijo: «Francisco Orún, hijo mío, siempre estoy a tu lado, y hoy no te voy a abandonar. Sígueme». Su mano fuerte tomó la mía y me ayudó a levantar, porque yo poco a poco caí de rodillas durante mi rezo. Algo asustado me volví para ver el cuerpo de donde provenía la voz, sabiendo que no podía ser de nadie más que de Él. Añadió: «Sígueme. La última vez que nos vimos, te dije que volveríamos a encontrarnos cuando no hubiera intrusos».

Asiéndome, caminamos uno junto al otro en una dirección que pareciera haber sido convenida por ambos, como si yo supiera adonde iba, siguiendo mis instintos, aunque no tenía duda de que Él me guiaba. Salimos a una zona del patio trasero del templo donde nos guarecían unos anchos aleros. La lluvia seguía cayendo a raudales, pero era serena; corría una suave brisa. La leve cortina gris formada por el agua que nos circundaba, permitía distinguir los arbustos de todos tamaños que adornaban el patio, cortados esculturalmente, pero carentes de flores. El único banco de piedra situado en aquel remanso nos sirvió de asiento. Nos ladeamos un poco para estar *vis a vis*, y poder yo mirar ahora, por primera vez, hacia su rostro, pues aquella figura se había materializado a mis espaldas, en la penumbra de la cámara interior del templo donde me encontraba, aparte de que luego, al caminar a su lado, no distinguía su cara, puesto que era mucho más alto que yo, y no hice el esfuerzo de mirar hacia arriba, lateralmente, para verlo. Como la vez cuando se me apareció en un sueño con su cara tapada por un velo, ahora la Santa Faz quedaba cubierta por una extensión del manto, que daba la impresión de ser de una tela más fina que el resto, ya que el aire húmedo que corría lograba moverla un poco, mientras que el manto que revestía otras partes del cuerpo era tupido: una pieza enteriza que Olorún mantenía en su lugar sujetándola con una u otra mano, o si no, calzándola debajo de un brazo, o fijándola entre sus piernas. Sólo las manos y los brazos quedaban al descubierto. Su piel no era ni negra, ni blanca, sino de un color aceitunado, con una textura que bien podía haber sido la de la corteza de un árbol muy antiguo. Me habló como si retomáramos una conversación que acababa de ser interrumpida.

OLORÚN. ¡Te he hecho esperar demasiado!

YO. Han pasado siete años desde aquel encuentro en Parinacota, donde por poco me mato.

OLORÚN. ¡Qué poco, qué mal me conoces!

YO. ¿Por qué? ¡Cómo podría conocerlo mejor si su presencia en mi vida ha sido tan esporádica y accidental...!

OLORÚN. Lo poco que te he dicho bastaría para que me conocieras. Ya te advertí que vivirás para siempre en mi Reino.

YO. ¿En el Reino de los Muertos...? En Parinacota, Usted tomó mi mano, me llevó por los aires, y de repente me soltó en la altura. Gracias a la cruz que estaba en la cúpula de la iglesia, cerca de mí, de la cual me pude agarrar, no me maté.

OLORÚN. No hubiera permitido que te ocurriera nada.

YO. Entonces, ¿por qué no me hizo volar a mí también, o flotar por mi cuenta? Usted me abandonó y se fue a su cielo sin preocuparse más de mí.

OLORÚN. ¿Cómo se te ocurre semejante cosa? (*Recapacita.*) ¿Has venido aquí para reprocharme? (*Algo molesto.*) ¡Mira que me levanto, me voy, y más nunca me vuelves a ver!

YO. (*Angustiado.*) ¡No, no! ¡Por favor, no se vaya!

OLORÚN. ¿Por qué me tratas ahora de «Usted», si cuando me diriges tus oraciones siempre me tuteas? ¡Puedes hacerlo!

YO. No sé, su presencia me sobrecoge. Le debo respeto. Perdóneme. Me siento algo confundido. ¡No todos los días se le aparece a uno Dios!

OLORÚN. ¡Como quieras! Soy tu padre y mi perdón es infinito. Perdóname tú a mí también. Al fin y al cabo, (*Con intención.*) tú eres un reflejo mío, y por eso a veces tienes mal genio, como yo. Además, es un día muy lluvioso, y eso no nos ayuda. Tú y yo preferimos la luz, la iluminación del cielo claro donde reluce el arco iris con que yo bendigo la lluvia bienhechora que acaba de caer, y la alejo entonces para que resplandezca de nuevo mi creación.

YO. (*Algo ensimismado.*) ¡El arco iris...!

OLORÚN. Sí, una prueba de mi existencia. A ti se te ha presentado varias veces, porque fuiste desde siempre uno de mis elegidos, porque recibiste de mí *la gracia*.

YO. ¿Yo *la gracia*? ¿El favor inmerecido? ¿Podría enumerarme esos favores? ¡La *desgracia* querrá decir! ¡Mi vida ha sido un perpetuo tormento!

OLORÚN. Lo que piensas que es un horror, no lo es. Lo aparentemente catastrófico te ha evitado sufrimientos mayores. Eso lo sé yo. ¡Y no cuestiones mi palabra!

YO. (*Sumiso.*) No, no lo haré... ¿Podría aclararme ese asunto del arco iris? Lo que Usted me explicó una vez me ha quedado un poco oscuro.

OLORÚN. Es algo muy importante que, por una vía u otra, dejo saber a todos mis seguidores. Bajo el cenit del arco iris, se producen milagros. Pero también, aparte de representarme a mí cuando aparece en el cielo, es para mis favorecidos, y tan sólo para ellos, la posibilidad de escoger la prolongación de su vida humana presente o la muerte inmediata con la garantía de una existencia eterna a través de la reencarnación en otros seres. Por ejemplo, digamos que uno de mis hijos espirituales se enferma de gravedad. Si a mí se me antoja, le pongo delante el arco iris. Si va a la punta que está a su derecha y hace allí sus devociones, le prolongo la vida, un día, un año, diez años; depende del modo en que quiera recompensarlo. Pero si escogió este camino, cuando llegue de nuevo el final, su cuerpo *físico* morirá para siempre. Su alma se integrará a uno de los batallones de devotos que pueblan los ámbitos etéreos y luchan por mí con mis huestes. Por el contrario, si escoge la punta de la izquierda, tan pronto llegue a ella morirá como ser humano para renacer al instante en otro cuerpo, como otra entidad, humana o no. Pareces haberte olvidado. En una ocasión te dije: «Si pudieras, como yo, mirar atrás desde el comienzo de los siglos, verías que tú has estado aquí siempre, que fuiste pez, anduviste entre los primeros hombres que cruzaron el Estrecho de Bering cuando era un puente de hielo entre dos continentes, fuiste panadero en Niza hace tres siglos, watusi hace dos, barrendero en Kiev, y muchas cosas más. Tú no lo sabrás, o sea, no tendrás conciencia de los hechos, pero vas a ser cirujano, dictador, astronauta, hormiga, actor, zapatero, padre de un asesino, laboratorista, mosquito, Premio Nóbel... No, perdón, ¿cómo puedo caer en semejante equivocación? Premio Nóbel no, no, no, no, nooooo....»

YO. Sí, ahora recuerdo. Y después me dijo que ya que no me daba el Premio Nóbel, tal vez me daría el Premio Cervantes... Y me lo dio, ya lo creo, nada menos que en un sueño que tuve en la Ermita de la Caridad de Miami. ¡Valiente gracia!

OLORÚN. Todavía tienes tiempo. Nada impide que eso esté en tu futuro.

YO. ¿Lo está? ¿De veras? ¿Cuándo? Mire que me voy poniendo viejo...

OLORÚN. No tergiverses mis palabras. He dicho que nada impide que eso pueda ocurrir, pero no te he dicho *que vaya a ocurrir*... a menos que, por ganar tiempo, lo sueñes de nuevo. ¡Me cambias el tema de la conversación! Hablábamos del arco iris, ¿no? Pues bien, ya sabes cómo funciona. En tu caso particular, vivirás de otros modos. La reencarnación en mi Reino es común entre mis elegidos, con arco iris o sin él. Podrás comprender que al reencarnar tú en un mosquito, a éste, que no tendrá tu cerebro, no se le va a ocurrir ir a una u otra punta del espectro solar para resolver el problema de su inmortalidad. ¿No crees? De eso me encargo yo. Además, siempre tengo la facultad de cambiar las leyes que yo mismo he establecido.

YO. Es muy complicado su sistema. Me parece que Sir Dorset tenía razón cuando me dijo que la creación es un desbarajuste.

OLORÚN. (*Muy molesto, levantando algo la voz.*) ¡No me menciones a ese viejo hereje, incrédulo, racionalista! ¡Yo sé lo que hago y por qué lo hago!

YO. Excúseme. Sus misterios divinos son demasiado profundos y me resulta difícil asimilar todo así, de golpe. Le pido mil disculpas. ¡Por favor, continúe!

OLORÚN. (*Calmándose, en tono progresivamente amable.*) Bueno, mira, volviendo a ti, lo único que sí puedo decirte ahora es que según la cinta de medida que usan ustedes los hombres, te falta todavía un gran golpe que sufrir. No puedo adelantarme a los hechos; bien lo sabes, y te lo ha corroborado la propia Bruna cuando la has presionado para que te revele tu futuro. Esto último no está en las reglas. Tanto ella como yo sólo hemos podido darte algunas claves para prepararte un poco, para evitar que padezcas demasiado, porque sabemos lo frágil que eres anímicamente. Te han llegado varias advertencias. Si pudiste descifrar los mensajes, ¡enhorabuena! Si no, lo que va a acontecer sucederá de cualquier modo, y ni Bruna ni yo te dejaremos abandonado.

YO. ¿Aquel mensaje o criptograma que me dio el monje de Kyoto en *Sanju-Sangen-do*, fue enviado por Usted?

OLORÚN. No. Ésa fue Bruna, a quien le encantan los acertijos y los efectos teatrales. Yo, por lo general, voy al grano. A veces, cuando estoy muy aburrido, o quiero distanciarme de las atrocidades que hacen mis propios hijos, los seres humanos, día tras día, me entretengo usando métodos que ellos han inventado, escribiendo frases impronunciables a las que he quitado las vocales, por ejemplo.

YO. ¡Ah, sí! Me acuerdo de una de ellas que me envió con los gusanillos de luz en la cueva de Waitomo: «THJSRMND». Llegué a la conclusión que añadiéndole las vocales que faltaban se leería: «aTa HoJaS, RaMa, NaDa». Nunca pude descifrar el sentido de esta frase. ¿Qué quería decir? ¿Está permitido que me lo aclare Usted?

OLORÚN. Sí, Francisco Orún. Tus propias *luces* no te permitieron realizar una lectura correcta. Te equivocaste. Ahora, ya es demasiado tarde. No vale de nada la advertencia que traté de hacerte. Lo que decían mis consonantes era: «Tu HiJa eS aRMiNDa».

YO. ¡Claro! ¡Qué tonto he sido! Pero... si hubiera podido entender... ¿Usted cree que habría actuado de otro modo?

OLORÚN. Sí, estoy seguro. Cuando descubriste que Arminda era tu sangre, te encerraste en ti mismo y no volviste a ponerle un dedo encima. Si hubieras estado consciente de la verdad desde el principio, te hubieras abstenido de enamorarla; la habrías acogido como la hija tuya que era. Lo que ocurrió en Vũng Tàu es aparte; tu propia voluntad nada tuvo que ver con aquello.

YO. ¿Y por qué dejó Usted que ocurriera?

OLORÚN. Volvemos a lo mismo. Hay acciones de los hombres que son ajenas a *mi Orden*. El destino lo forja cada cual. Yo sólo observo, e intercedo cuando debo. Mi creación es como una gran película que miro en una pantalla en la que puedo entrar cuando me parece, para intervenir, o salir de ella cuando me aburro. También pasa que a veces *me duermo*, y al despertar ya ha transcurrido el momento en que hubiera podido poner remedio a ciertas situaciones, premiar a los que me veneran, o sancionar a los enemigos de mis hijos, como hago por lo general cuando estoy atento.

YO. Pero hay gente que no sabe que Usted existe o jamás ha oído su nombre. ¿Qué les pasa a aquéllos que no le hacen reverencias? ¿Se mueren como perros?

OLORÚN. Se mueren, o los mato, o son castigados por mí o por cualquiera de los santos que a través de los milenios he ido enrolando en mis milicias. La justicia que impuso Bruna sobre todos aquéllos que te maltrataron te dará fe de lo que afirmo.

YO. Yo creía que el Dios Supremo, quiero decir, *Usted*, se dedicaba a hacer el bien, a proteger a los hombres.

OLORÚN. ¿Y quién te metió eso en la cabeza? No te olvides que yo hice al hombre, según les revelé a algunos visionarios en épocas muy antiguas, a mi imagen y semejanza. El hombre tiene las mismas cualidades que yo; la única diferencia es que en mí y en mis Santos Seguidores impera la Justicia; al impartirla, quizás *parezca* que ni hacemos el bien ni protegemos a los seres humanos. El hombre ha perdido la capacidad de ser justo con que lo doté al principio, tal vez por egoísmo. Y se ha ido concentrando en él la maldad. Fíjate cómo en las luchas entre ellos, casi siempre triunfan los malvados, los mediocres, los envidiosos, los hipócritas, los traumatizados, los resentidos, los acomplejados, los insatisfechos, los que por sus propios medios han sido incapaces de alcanzar las metas que se han propuesto...

YO. ¡Ah! Aquéllos que se alinean con las...

OLORÚN. ¡Sí! (*Severo.*) ¡No me interrumpas, que pierdo el hilo de lo que estoy diciendo! (*Suavizándose, después de una breve pausa.*) ¿Sabes por qué ganan los perversos? Porque los malos carecen de escrúpulos y utilizan cualquier medio para salirse con la suya. Los buenos, por lo general, tienen pudor y prefieren no engañar a los demás. Se rigen por leyes de honor; la bondad, desgraciadamente, no les sirve de nada más que de solaz para su espíritu. Y es entonces cuando a veces, a veces, pongo mi mano y destuerzo lo torcido. No sé qué pasó. Mi creación es tan vasta que *no he querido* estar presente ni interferir en las transformaciones que fueron ocurriendo espontáneamente. Dije *no he querido* porque *si hubiera querido* habría supervisado cada uno de esos cambios, pero, ¿para qué?, aparte de que he preferido dedicar mi tiempo a otras cosas. Soy omnipotente y omnipresente. Nada imaginable es imposible para mí. Y estoy en cada ser vivo, o muerto, en cada cosa, en cada palabra que profiere cada uno de los seres humanos que habitan los planetas, en el maullido de cada gato, en cada gota de agua, en cada una de las letras y las palabras que hay en tus páginas. De memoria me sé las oraciones, una por una, que componen tus libros, al igual que las que vas a escribir; sé cuál es el desenlace de tu novela; en fin, nada se escapa de mi absoluto discernimiento, pero no vale la pena que ponga atención a cosas superficiales que en realidad no son de mi incumbencia. También me entretiene pasarla bien, o dedicarte un rato, como ahora hago, en este templo donde me siento tan a gusto.

YO. Le juro que me deja Usted estupefacto. Le agradezco el privilegio de permitirme escucharlo. Me interesan mucho varias cosas que ha mencionado. Se refirió Usted a *los seres humanos que habitan los planetas*, y luego al *desenlace de tu novela*. Le aclaro, con perdón Suyo, que lo que escribo *no es una novela*, sino una *autobiografía algo novelada*, por no aburrir al posible lector. Me ha pasado a mí lo mismo que a Usted con su creación, que a veces se me ha salido de las manos y ha perdido los atributos originales con que yo quería dotarla. La culpa es un poco mía, y del Editor, que en ocasiones se ha hecho cargo de mis textos. Aunque tal vez no deba quejarme y esto haya sido, a la larga, afortunado. En cuanto a los *seres humanos*, ¿residen también en otros planetas? ¿Hay vida más allá de la tierra?

OLORÚN. Pero hijo, la tierra es un grano de arena en un desierto sin límites ni fronteras, como el tiempo, sin principio ni fin. ¿No te imaginas cuántos planetas como la tierra hay en mi creación? Son infinitos, así como las formas de vida con que los he poblado.

YO. ¿Y cuál es, cuál ha sido el propósito de echar a andar esta compleja maquinaria de universos infinitos?

OLORÚN. ¿Sabes una cosa? Jamás he meditado sobre eso. ¿A ti qué más te da? ¿Acaso podrías cambiar el curso de los acontecimientos de tu vida teniendo acceso a la explicación de mis misterios?

YO. No. Nada puede cambiar lo que he hecho o ha ocurrido.

OLORÚN. ¡Ni lo que harás u ocurrirá!

YO. Al menos, aconséjeme. Me he casado con mi hija sin saber que lo era. Ha sido su propio padre quien la ha hecho mujer. ¿Qué va a pasar?

OLORÚN. ¡No me digas! ¡Te me has puesto gracioso! ¿Quieres que te diga cómo va a terminar tu novela?

YO. (*En voz muy firme, pero sin ser descortés.*) Mi novela no, ¡MI VIDA!

OLORÚN. Pues no te lo voy a decir, y mucho menos aquí o ahora. No voy a defraudar a los lectores que esperan ansiosos el desenlace de este *nudo*...

YO. ¿*Gordiano*...?

OLORÚN. ¡Bromista!

YO. No, eso va en serio. Alejandro Magno, ante la retadora tarea de tener que desamarrar un nudo imposible de desatar, para con ello, según el augurio revelado a Gordias, poder conquistar Frigia —y por ende el Oriente—, en vez de desanudar, cortó, «cortó por lo sano», según reza el dicho, arremetió con su espada contra el nudo, y lo deshizo de un tajazo, anulando la absurda profecía. Mi nudo es igual. Se ha quedado sin cabos por donde asirlo para tratar de desenredar la cuerda que lo constituye. No es posible ya desatarlo. ¡Hay que cortar! Con un golpe efectivo de la espada se le puede poner fin a mi desastre. Ese golpe equivaldría a mi muerte. Con ella todo se resolvería. Basta que yo deje de existir en mi presente forma y estado, que Usted se compadezca, me tome de la mano, me lleve por los aires hacia su reino, y allí pueda quedarme para siempre.

OLORÚN. ¡No! No ha llegado tu momento. Y mucho menos en este santo lugar donde se adora a uno de mis *Hijos Dilectos*, uno de mis representantes terrenales.

YO. ¿Buda fue hijo suyo?

OLORÚN. Él y muchos otros. La lista es larga, así como la de las muchísimas religiones que han sido fundadas en mi nombre.

YO. Entonces, ¿a Usted le complacen tanto los rituales budistas, como los cristianos?

OLORÚN. ...o los africanos, o los judíos, o los de los maya... ¿Por qué no te metes en la cabeza que yo soy el Único de quien parten todos los ritos que han florecido en éste y en todos los planetas con vida humana...? ¡Me tengo que ir!

YO. Por favor, pero si no más hemos comenzado...

OLORÚN. (*Poniéndose de pie.*) ¡Me voy!

YO. (*Acongojado.*) ¡No, por favor! Quiero hacerle otras preguntas. ¡Necesito ver su cara! Es lo único que le pido.

Déjeme mirarlo a los ojos. Permítame sacarle una fotografía.

OLORÚN. (*Algo vanidoso, consciente de que lo que puede
hacer es un acto súper humano.*) ¿Tal vez... una foto...
volando...? ¡Ummm...!

YO. Como Usted la quiera. Pero déjeme primero ver su cara.

OLORÚN. Mira, puesto que ésta es la última vez que me verás en esta novela, voy a acceder a ambas cosas. Ponte
frente a mí y verás lo que deseas.

Me puse de pie ante Él. Su cabeza cubierta por el velo
quedaba a más altura que la mía, por lo que tuve que hacer un
esfuerzo y hasta empinarme un poco para que pudiéramos
llegar a mirarnos directamente. Metió un brazo bajo el manto,
como buscando algo. Con la mano del otro brazo tomó la parte inferior del velo que cubría su faz; comenzó a levantarlo al
mismo tiempo que, encarnando a un diestro prestidigitador,
ponía entre el velo y su cara un objeto plano y redondeado. Al
levantar al fin la tela, lo que quedó a mi vista fue un espejo de
mano vuelto hacia mí, que Olorún sostenía, y en el cual sólo
vi reflejado mi propio rostro.

OLORÚN. ¿Es esto lo que querías ver?

YO. ¿Un espejo?

OLORÚN. No, *tu cara.* Yo soy tú y tú eres yo. Tú eres lo que
yo he creado y yo soy lo que has querido crear tú.

YO. ¡Por favor...! ¿Frasecitas cifradas a esta hora? ¡No!

OLORÚN. Muy bien. Mírame entonces... y no dejes de tomarme la fotografía.

Tiró el espejo al espacio con toda su fuerza como si fuera
un bumerang. El objeto, dando vueltas, se remontó por los
aires y se alejó en línea recta hasta desaparecer en el cielo que
comenzaba a relucir. Olorún se posicionó como para salir volando. Tuve tiempo de verle la faz unos cuatro segundos, diría

yo, en *tiempo real*. Lo que ocultaba el espejo era una redondez amorfa, de superficie arenosa, gris. Donde debían estar los ojos aparecían dos agujeros cavernosos. Nada más. Tal vez en la zona de la boca hubiera algo así como una ondulación transversal —parecida a los surcos que forma el viento en el desierto— que simulaba una sonrisa. Pero con inusitada rapidez, mientras Olorún decía: «No me gusta que me vean así», se recompuso aquella masa informe y se transformó en una cabeza masculina que de inmediato remedó la de Miguel Ángel —a la edad de 60 años, con bastante pelo y la barba algo hirsuta (pero aún oscura) rodeando su cara, tal como lo pintó Jacopino del Conte en 1535—. El dios dijo finalmente, con gran ironía, como si leyera mi pensamiento: «Aquí me tienes en forma humana. Le devuelvo al famoso pintor italiano el *relativo* favor que me hizo de dejarme inmortalizado en el techo de la Capilla Sixtina con las nalgas al aire; aunque yo, más respetuoso que él, te enseño su cara, en vez de mostrarte su trasero que, te aseguro, jamás fue tan abundante o hermoso como el mío».

Yo no desperdicié mi tiempo mientras Él hablaba y se disponía a realizar su *mutis* triunfal: fui preparando la cámara. Se agarró el manto con una mano, dándole vuelta desde su espalda por entre las piernas hasta fijarlo en la zona del pubis, asegurándose, *esta vez*, de que no quedara al descubierto ninguna de sus partes pudendas. Con el brazo libre apuntó hacia el cosmos, y sin el menor esfuerzo subió despacio, levitando suavemente. En ese instante disparé mi cámara. Volví a apretar el botón para que quedara plasmada otra foto cuando alcanzó alguna altura. La tercera foto lo captó ya lejos y lo que yo veía a través del lente era una mancha oscura que bien podía ser un águila o un buitre. De pronto salió el Sol y un majestuoso arco iris se dibujó en la distancia. Olorún se diluyó entre los colores resplandecientes de aquel prodigioso atardecer.

«*Mister, Mister*», llamó el chofer que venía a buscarme, preocupado ya por mi tardanza. Le dije que mi visita había terminado y lo seguí por los oscuros pasillos hasta la entrada principal del templo. Una vez fuera, nos dirigimos a la caseta donde estaban los zapatos. Decidí no ponérmelos allí para no llenarlos de fango. Después de dar la propina requerida, le pedí al chofer que me fotografiara junto al elefante, que seguía en su lugar. Tenía en mis manos los zapatos, la bolsita de viaje, la cámara y la capa de agua. En el instante en que iba a darle al chofer la cámara, el elefante me golpeó con la trompa y me hizo perder el equilibrio. Todo lo que llevaba cayó conmigo al suelo. El inmenso animal dio un paso adelante y con una de sus enormes patas aplastó mi cámara, que quedó destruida y sumergida en el lodo.

* * *

NOTA DEL EDITOR

No me atrevo a calificar lo que tú, lector, acabas de leer y no he tenido otro remedio que incluir en este *documento*. No sé cómo explicar el raro episodio que Francisco convirtió en sustancial diálogo. Que yo sepa, no ingirió ninguna poción que le nublara el entendimiento antes de encontrarse con Olorún, no mascó hojas de coca, no bebió alcohol, ni fue afectado por el intenso frío o el calor. ¿Será ésta una aparición tan creíble como las de la Virgen María que se han documentado a través de los siglos después de instaurado el cristianismo como doctrina? Si ponemos en tela de juicio lo que nos cuenta Francisco, de igual modo habrá que hacerlo con los cientos de testimonios que prueban dichas visitas de la Virgen u otras deidades. Sin ellos, las creencias de varios cultos vigentes hoy día quedarían sin sustento. Eso sí, supongo que la Virgen no haya sido tan parlanchina como Olorún, aparte de que se les ha aparecido con frecuencia a analfabetos o niños incapaces de poder transcribir una perorata tan larga como la que nos dispensa Francisco, gracias a su privilegiada memoria. Una vez más, me limito a presentar los hechos tal como a mí se me han transmitido y dejo a tu claro raciocinio *el juicio final*.

El QE2 continuó su navegación por el Océano Índico, tocando varias islas: las Seychelles, La Reunión, Mauricio. Francisco quedó sumamente impresionado por los paisajes que descubrió en estas aisladas tierras. En la *Île de la Reunión*, lo conmovió, en particular, el Llano de Arena (*Plaine des sables*), en lo alto de las montañas, muy próximo al cráter del volcán *Piton de la Fournaise*. El «llano», tal como lo describe en su cuaderno de viajes, es algo así como un paisaje lunar. La arena negra —lava y ceniza que la lluvia ha ido erosionando— le da a aquella llanura un carácter *siniestro* y *subyugante*, según él la califica. Hizo el ascenso a la caldera del volcán en un auto alquilado, solo. Observando aquel extraordinario paisaje que no parecía de este mundo, tuvo raros pensamientos y visiones que se remontaban a su pasado irrecuperable que siempre ha servido de telón de fondo a las obsesiones de mi amigo. He tratado de analizar esta cuestión, o sea, el porqué de que Francisco se aferrara con tal ahínco a su pasado, al punto de tratar de revivirlo una y otra vez y dejarlo documentado por escrito en estas *memorias* suyas. Concluyo que aunque rememorar el pasado desde la perspectiva de un presente triste, agudiza nuestro dolor (la inolvidable aseveración de Dante), dicho pasado es, al menos, algo firme en lo cual nos podemos apoyar espiritualmente; nos aferramos a él porque es incambiable y conocido. Pero el futuro es incertidumbre, y mientras más se vive, menos tiempo queda de él, acarreando consigo el final inevitable. En el caso de Francisco, el futuro, aunque él se empeñe en buscar atenuantes que mitiguen su sufrimiento venidero, en el momento de la historia que va contando, parece conducirlo a un desfiladero en el cual habrá de caer, haga lo que haga. Quizás traiciono con esta nota la eficacia que podría tener *nuestra obra* como *pieza literaria*, pero no debemos engañarnos. ¿Cómo podríamos pedir a esta historia un final feliz, un reverso de la fortuna, si todos los indicadores apuntan a la catástrofe? ¡Ah! ¡PERO EXISTEN LOS MILAGROS!

La última cuestión que deseo esclarecer es el asunto del lunar, que se ha convertido en una clave esencial para determinar los lazos de familia entre los personajes de esta trama. Cuando Francisco se refirió al lunar como algo que marcaba a los Binerfa, aludía a su persona, a su hermana, a sus sobrinos, o sea a los *descendientes* de la Familia Binerfa *a partir de él*. Pero téngase en cuenta que la herencia viene exclusivamente por parte de su madre (de ahí que su tía materna Alida, también lo tuviera). De modo que el padre de Francisco no llevaba la referida marca en la parte posterior del cuello o, como en el caso de Arminda, en la sección superior de la espalda. No cabe duda, pues, que Arminda era hija de Francisco, y la afirmación de Olorún, «Tu hija es Arminda», es irrefutable.

10

«Lo muy profundo del agua oscura»

Decidimos Mendel y yo dejar el estudio del ADN para Ciudad del Cabo, puesto que nuestra primera estancia en Sudáfrica, en Durban, nos ofrecía, el primer día allí, una visita a la aldea de una auténtica tribu Zulu y un safari en el Territorio Tala. En Durban también nos esperaba un envío de correo, el cual fue puesto sobre nuestras camas y encontramos al atardecer, al regreso del safari. Yo no tenía ninguna correspondencia de importancia. Mendel, por su parte, me comentó durante la cena haber recibido carta de su madre con la fecha en que viajaría de La Habana a Miami. Mendel se veía inseguro mientras me hablaba. Ya lo conocía muy bien y noté que algo lo incomodaba. Le pregunté sin preámbulos qué le pasaba, y me explicó que no sabía qué hacer cuando llegara Dina, pues si él no había hecho las paces con Sandy, no tendría donde alojar a su madre. Al hacer su exposición del caso, me di cuenta que Mendel esperaba de mí un consejo o, preferiblemente, una oferta firme de mi parte para resolver su dificultad. Lo calmé diciéndole que todo se solucionaría, que teníamos que esperar a saber cuáles eran los planes de Dina, porque en una carta anterior indicó su incertidumbre sobre lo que haría estando en los Estados Unidos, y que tal vez regresara a Cuba. Al recordarle a Mendel este hecho, también me di yo a mí mismo cierta paz, porque me atemorizaba la idea de tener que contemporizar con aquella mujer que siempre me había *utilizado* sin escrúpulos. No discutimos nada más, pero creo que le quedó claro que yo lo ayudaría como fuera necesario, aunque no hice ningún ofrecimiento preciso.

Al llegar a Ciudad del Cabo, estábamos dispuestos a resolver sin más dilación el asunto de la prueba del ADN, pero hubo un contratiempo mayor que nos impidió llevar a cabo nuestro cometido. Serían las nueve de la mañana cuando resolvimos abandonar el barco para ir por nuestra cuenta al centro de investigación. Para sorpresa nuestra, no estaba aún instalada la pasarela para alcanzar el muelle donde la nave atracó desde muy temprano. Por los altoparlantes, después de estar esperando de pie un buen rato, cerca de la puerta de salida, escuchamos la información que el *Cruise Director* (director de actividades del crucero) daba a todos los viajeros. Podían salir del barco solamente aquellos pasajeros que lo hicieran acompañados de un guía escogido por la agencia de excusiones de la Cunard, y también los que fueran al centro comercial *Victoria & Alfred Waterfront* en uno de los autobuses que esperaban en el muelle por ellos; estos últimos, debían seguir las instrucciones del supervisor asignado a cada vehículo, quien los escoltaría igualmente dentro del gigantesco complejo comercial, al cual decidimos ir para matar el tiempo. No teníamos ninguna excursión programada para esa mañana, dados nuestros planes, ahora frustrados, de ir al centro de la ciudad. Ya más tarde, averiguamos el motivo de las restricciones impuestas por el QE2.

Dos días antes, en un barco de pasajeros de otra compañía naviera, ocurrió un accidente. Una viajera salió sola a desayunar y hacer compras en *Victoria & Alfred Waterfront*, que estaba a dos manzanas del muelle. Para llegar allí hay que atravesar unos terrenos yermos y desolados. A esa hora de la mañana, había unos ladrones escondidos detrás de unos fardos, a mitad de camino, y asaltaron a la mujer, quien trató aparentemente de defender sus pertenencias y las joyas que llevaba puestas. Los malhechores, de un machetazo, le cercenaron el brazo y huyeron con él. Transcurrió demasiado tiempo antes de que alguien que al fin pasó por el lugar, camino al puerto, la hallara, sangrando copiosamente. Por estar tomando anticoagulantes, no llegó con vida a un hospital donde pudieran atenderla. La Diva, quien conocía Ciudad del Cabo, nos advirtió que tuviéramos muchísimo cuidado. Esto nos desanimó a intentar, al día siguiente, la gestión que teníamos en mente y optamos por subir a *Table Mountain*, lo cual nos ocupó casi por completo la jornada del 2 de abril. El día 3 me fui, también con Mendel, en grupo, a degustar los vinos en los viñedos de *Groot Constantia*, y a *Duiker Island*, un refugio natural de focas.

Mientras Mendel me acompañaba, se atenuaba temporalmente la tenacidad de mis cavilaciones, que se hacían más intensas a medida que se aproximaba el momento cuando Arminda volviera a mi lado. En soledad, me agobiaban las ideas nefastas. No sabía qué conducta seguir, pero era imprescindible que llegara a una determinación, pues no podía continuar en aquella zozobra. No me importaba que lo que resolviera fuera *lo mejor*, o *lo peor*, para mi hija y para mí, lo más acertado o lo más descabellado, pero tenía que poner punto final a la indecisión que me estaba llevando a la demencia. Dormía muy pocas horas, con gran dificultad, y gracias a los somníferos que no me quedaba otro remedio que administrarme cada noche. Agravaba la situación el no tener cerca al Dr. Sabir, con quien todo lo discutía. Tanto tiempo estuvimos en contacto, que bastaba que nos miráramos a los ojos cuando iba a su consultorio para que él adivinara cómo me hallaba. Por ser un médico chapado a la antigua y haber establecido conmigo una estrecha amistad, conversábamos extensamente sobre todo aquello que ocupaba mi pensamiento. No se limitaba a verme unos cuantos minutos para ajustar las dosis de los medicamentos, sino que escuchaba con sumo interés y anotaba en un cuaderno que me tenía dedicado, cuanto detalle yo le confiaba. Me faltaba alguien así con quien desahogarme y que, al mismo tiempo, fuera suficientemente inteligente como para poder oír y luego aconsejar. En última instancia, siempre hice lo que mi conciencia me dictaba; mas lo afortunado de mi trato con el Dr. Sabir era que, por lo general, mis propias resoluciones coincidían cabalmente con las acciones o el comportamiento que él me recomendaba.

Con Mendel no podía discutir nada de lo que estaba ocurriendo. Además, el pobre, ya tenía suficiente carga con su propia calamidad: un hijo que atender y una mujer que lo abandonó sin darle esperanzas de un reencuentro. La Diva, por el contrario, dada su edad y carácter —dulce, amable, comprensiva— se convertía para mí en una figura maternal a quien estaba dispuesto a contar mi historia con miras a recibir de ella unas palabras de orientación, de consuelo, *del consuelo* que tanto necesitaba. El problema era que nunca estábamos ella y yo solos, ya que nuestros contactos eran en presencia de Mendel, cuando le dejábamos a John Brett, o al recogerlo después de nuestras salidas. Para arreglar un encuentro entre los dos, se me ocurrió invitarla a que me acompañara a las salinas próximas a Walvis Bay, en Namibia, pidiéndole a Mendel que se quedara con el niño durante la mañana del 5 de abril. Mendel no puso el menor reparo y me preguntó si yo podría entonces ocuparme del bebito en la tarde para él ir a Swakopmund en un paseo con guía que saldría después del almuerzo. Le dije que sí, con lo cual le daba el visto bueno para que me dejara al niño y, tácitamente, le reafirmaba que no había problema con el costo de la excursión que, por supuesto, corría por mi cuenta.

Todo quedó arreglado. La Diva también se quedaría en el barco después de nuestra salida y no tenía interés en hacer ningún otro recorrido. Me confesó que lo que buscaba en aquellos cruceros que tomaba con frecuencia era la tranquilidad de los barcos y las atenciones que en ellos recibía, pues había viajado siguiendo itinerarios parecidos a éste de ahora muchas veces. Por tal motivo, aunque los puertos que tocaba el QE2 cambiaban parcialmente con cada vuelta al mundo, la compañía no tenía otra alternativa que repetir algunos, y ella los conocía casi todos. Cuando tenía menos años y más energía, tomó las excursiones para realizar las visitas de rigor en cada país. Walvis Bay era, excepcionalmente, un puerto nuevo para ella y tenía interés en ver el desierto.

Cuando atracamos, a las ocho y treinta de la mañana, no se veía nada desde la embarcación. La niebla espesa lo cubría todo; al disiparse, pudimos observar el poblado de casas bajas, rodeado de llanuras y montículos áridos, pues estábamos frente al desierto de Namibia, formado por las arenas costeras que se extienden tierra adentro, atravesado a bastante distancia por un río a lo largo de cuyas márgenes viven tribus indígenas que allí cosechan y crían lo que los sustenta. Los páramos desolados no tienen vegetación alguna. Inesperadamente, en el momento de desembarcar La Diva y yo, la niebla volvió a invadirlo todo; ésta se produce al entrar en contacto el mar frío, con la tierra y los vientos más cálidos. Esa humedad es la única forma de agua que llega a la zona costera. Con la prontitud que vino, desapareció una vez más. El mar y el desierto se confunden. En muchos lugares el agua salobre cubre inmensas planicies con sólo unas cuantas pulgadas de profundidad, hecho que se ha aprovechado para crear salinas con fines comerciales.

En un taxi maltrecho recorrimos estos lugares. Por recomendación del chofer, continuamos por un angosto camino de piedra y arena endurecida, construido unos tres pies sobre el nivel de las bajas, quietas aguas, hasta un pequeño refectorio, tranquilo y aislado, donde nos sentamos a una mesa de su portal. Dos muchachos, en un bote, traían ostiones que el dueño del local nos ofreció, haciendo hincapié en que estaban acabados de sacar del mar. El agua rodeaba casi por completo el establecimiento, aunque, aparte del camino que nos condujo hasta aquel sitio, había dos senderos de arena por los cuales se podía caminar para adentrarse en la explanada líquida. El lugar era paradisíaco. Los jóvenes comenzaron a abrir los ostiones y se los pasaban al dueño para entregárnoslos en unas bandejitas con rodajas de limón que íbamos exprimiendo encima de ellos antes de comerlos directamente de sus conchas. Por sugerencia del anfitrión, y con la entusiasta aprobación de La Diva, tomamos champán para acompañar aquellos bocados marinos. Frente a nosotros, surcaban con frecuencia el aire flamencos blancos y rosados que habitaban, por miles, aquellas llanuras acuosas. Con tal circundante placidez, la conversación se hizo agradable y amena. Las copas de champán ayudaron a que ambos nos despojáramos de toda inhibición para hablar de los asuntos más íntimos y escabrosos. Curiosamente, fue ella quien inició el comentario de temas personales, contándome sobre su exitosa carrera artística y su abandono de los escenarios para seguir a su marido, un rico italiano con quien contrajo nupcias en Nueva York. Éste pasaba mucho tiempo navegando por todo el mundo en su propio barco, que a su muerte —él era mucho mayor que ella— La Diva vendió para quitarse de encima dolores de cabeza. Resultaba ya demasiado tarde para reintegrarse al *bel canto*, por lo cual, sin haber tenido nunca hijos, se dedicó a viajar por mar, gusto adquirido durante su matrimonio. No tuvo reparo en confirmarme algo que yo ya suponía: que era inmensamente rica. También me confesó que estaba muy encariñada con John Brett y que le daría gran pena no volverlo a ver cuando terminara nuestro crucero. La consolé diciéndole que dondequiera que John Brett se encontrara, si yo estaba presente, tenía mi invitación incondicional para visitarnos. Fue concisa en su relato y me pidió que le contara cuáles eran los problemas sobre los cuales quería pedirle su opinión: la razón principal por la cual, según le expliqué con anticipación, quise invitarla a que viniera conmigo esta mañana.

También yo fui breve y preciso. Le di tan sólo los detalles básicos de mi presente conflicto. Nada mencioné de Mendel y la incertidumbre que tenía sobre mi paternidad. Le expliqué con lujo de detalles todo lo concerniente a Arminda. Sus comentarios y sugerencias no me dejaron asombrado, sabiendo que venía del mundo artístico, en el cual se consideran normales y corrientes ciertas conductas que alarmarían a la gente común y, sin duda, a los mojigatos.

En primer lugar, me hizo ver la posibilidad de que el lunar de Arminda fuera una pura coincidencia y cuestionó el hecho de que si siempre aparecía, en miembros cercanos de mi familia, en la nuca, el de ella estuviera mucho más abajo. Luego consideró los casos de padres que convivieron maritalmente con sus hijas e incluso se refirió a tribus antiguas en lo que es hoy India, en las que por ley, la hija mayor de una pareja se convertía en la esposa del padre si éste quedaba viudo. En casi todos estos casos, la hija mayor continuaba procreando y sus hijos eran a la vez sus hermanos.

El hecho de que Arminda y La Diva venían del mundo del espectáculo, de mentalidad muy abierta, repito, en el cual dilemas como el mío resultaban aceptables e insignificantes —en comparación con *atrocidades* mucho mayores—, le permitía ver mi situación con esperanza y me contagiaba a mí su comprensión, ecuanimidad y optimismo. Arminda, sin duda, comprendería. Finalmente, me aconsejó como lo hubiera hecho una madre; o mejor, porque las madres siempre se ven influidas por el amor hacia sus hijos cuando les hacen advertencias o recomendaciones. La Diva, de modo semejante, actuaba con amor, pero a sabiendas de que después de nuestra conversación, podía desentenderse de todo aquello.

Puso énfasis en que la verdad debía imperar siempre aunque doliera, fueran cuales fueran las consecuencias de revelarla, de hacerla prevalecer sobre todas las cosas. Para probar su punto, trajo a colación la cita de Edward Paul Abbey que afirma que es «mejor una cruel verdad que una cómoda ilusión». Debía enfrentarme con Arminda y contarle lo que existió entre su madre y yo, haciéndole saber que había una gran posibilidad de que yo fuera su padre. Me recomendaba La Diva que no hiciera ni dijera nada más, para que quedara al arbitrio de Arminda el próximo paso a dar. Entre La Diva y yo, fuimos barajando las posibles reacciones de mi hija cuando nos reuniéramos; tal vez la propia Arminda sugiriera que nos hiciéramos una investigación de nuestro ADN, o prefiriera anular nuestro matrimonio, o quisiera seguir a mi lado en calidad de esposa, haciendo caso omiso del lunarcito; quedaba la alternativa de engañarnos *ex profeso* para no arriesgar la felicidad que la vida quizás nos pusiera por delante.

Mi conclusión fue que sólo la verdad me permitiría estar en paz conmigo mismo. Mis principios me impedían volver a acostarme con Arminda, a menos que fuera con su aquiescencia, después de ella estar consciente del pasado que casi por seguro nos ataba. Ésta sería, pues, la línea de acción que yo seguiría sin más cuestionamiento. Al instante sentí un alivio no experimentado por muchos días y decidí disfrutar el tiempo que quedaba en el crucero antes del regreso de Arminda. ¡Cuánto agradecí a La Diva su comprensión y su sabio juicio! Era una mujer excepcional. Sentí tristeza al pensar que terminado nuestro periplo, nunca más la vería, porque, a pesar de su enamoramiento de John Brett, dudaba mucho que fuera a Miami o a Cape Cod —si Mendel y Sandy algún día se reconciliaban— a verlo. Su avanzada edad no daba demasiada flexibilidad a sus futuras actividades, y el tiempo inexorable no podía regalarle más que unos pocos años de vida, en el mejor de los casos.

Navegando por el Atlántico, cerca de las costas de África, nos dirigimos a la isla de Santa Helena. No estuvimos allí más que un día, que alcanzó para subir a los farallones más altos y visitar tanto la casa que sirvió de prisión a Napoleón, como su tumba, hoy vacía, pues sus restos fueron trasladados en 1848 a Francia. La gran sorpresa me la tenía reservada Tenerife, a donde llegamos el 13 de abril.

Me apesadumbraba estar en territorio español y no poder ver a mi sobrina Olivia, quien aún vivía en Alcalá de Henares, pero entre Tenerife y la España continental se interpone el mar. Después nos detendríamos en Vigo, mas sólo un día, lo cual me hacía imposible llegar a Alcalá de Henares y estar de vuelta en Vigo para tomar el barco antes de que zarpara rumbo a Southampton. Y atracados en el puerto de Santa Cruz de

Tenerife, temprano en la mañana, subí a la cubierta más alta para observar la ciudad. Varios viajeros, vecinos de esta capital insular, que terminaban allí su recorrido, estaban en la misma cubierta saludando con sus pañuelos a los parientes que se hallaban debajo, en el muelle, y habían venido a recibirlos. Y allí estaba también —enseguida la reconocí— Olivia, agitando un pañuelo rojo, mirando hacia arriba. Me di cuenta de que no me había podido identificar entre toda la gente que se encontraba reunida en la cubierta, y no tenía yo a mano un pañuelo con que devolverle su saludo, de modo que bajé de inmediato para salir del barco. Descendía ya la escalerilla cuando Olivia me reconoció y echó a correr hacia mí, hasta que nuestros cuerpos se encontraron y confundieron en un abrazo que venía a unir tres generaciones de profundo amor familiar, porque ella, en aquel momento, además de ser mi sobrina, era mi hermana, mi madre, tía Alida, Romelia. Con todas aquellas mujeres había tenido Olivia, como yo, contacto durante su niñez, pubertad, o toda su vida. Yo era para ella, por otra parte, el *Tío Panchi* que, a pesar de haber residido durante tantos años en los Estados Unidos, desde 1979 —cuando la Revolución autorizó la reunificación familiar por breves períodos— comenzó a viajar a Cuba para ver a sus padres, su hermana, sus sobrinos, y los demás seres queridos que habían quedado atrás, después de una separación de catorce años, durante los cuales el gobierno se mantuvo firme en su negación de permitir entrar en la Isla a los cubanos que marcharon al extranjero después del comienzo del castrismo. En esos viajes —doce en total entre 1979 y 1998— establecí una hermosísima relación con Olivia, a quien vi por primera vez a la edad de nueve años. En cada vuelta mía a Cuba, me sorprendía por el progreso de su educación y por las pruebas que daba de la sensatez, la inteligencia y la erudición que iba desarrollando. Cuando se marchó a España, casada con un Santo Varón castizo, ya habían llegado a su cumbre las dotes con que la privilegió la naturaleza.

Pasamos el día juntos. Conduciendo su esposo fuimos, en el auto que alquilaron, al Puerto de la Cruz, donde comimos e hicimos una larga sobremesa, acompañada por un buen vino. Hacía varios años que no veía a Olivia y teníamos mucho de qué conversar. Deambulamos por la ciudad playera y turística hasta que no quedó otro remedio que regresar a Santa Cruz de Tenerife. El barco zarpaba a las cinco de la tarde. Estuve con ellos junto a la escalerilla hasta que me informaron que tenía que subir, pues estaban a punto de retirar a los empleados que verificaban la identidad de los pasajeros que volvían al barco. La despedida fue más triste que la que me separó de la Hermana Ambrosia. Pero ya recuperado de la emoción, un rato después, concluí que éste había sido «el segundo día más feliz de mi vida». Olivia me traspasó en aquellas pocas horas que estuvimos juntos su *joie de vivre*. Su alegría innata, parte de su personalidad, se vertía como efluvio sobre aquéllos que la rodeaban, contagiándolos de ella.

El QE2 atracó en Vigo dos días después. Determinado como estaba a complacer a Mendel, y por interés propio, al fin realizamos la gestión que quedaba pendiente. Puesto que conocía Vigo como la palma de mi mano, no me comprometí con ninguna excursión y mantuve el día libre. A las diez de la mañana nos encaminamos Mendel y yo desde la Estación Marítima hacia el centro. Siempre a pie, subiendo la cuesta sobre la cual fue creciendo esta ciudad, continuamos por La Gran Vía en dirección a El Corte Inglés, donde más tarde merendaríamos. Tres manzanas más arriba, se encontraba el Laboratorio Fleming, donde nos tomaron las muestras necesarias para la prueba del ADN y nos aseguraron que enviarían los resultados al barco directamente y a la oficina naviera de la Cunard en Southampton para que por una de las dos vías llegaran los papeles a nuestras manos con la mayor prontitud. Después de tantos contratiempos y posposiciones, me resultaba sorprendente la facilidad con que todo se resolvía en Vigo sin esperarlo. Mientras bajaba ahora la colina hacia El Corte Inglés, en silencio, pues Mendel iba entretenido mirando las vidrieras de las tiendas y los cientos de objetos artesanales que nos encontrábamos en las aceras y proponían vendedores de la raza negra —probablemente nigerianos— que invadían las vías públicas, me dio un malestar en medio del pecho que por un segundo pensé podía ser un problema cardíaco. Mendel se detuvo a mirar unos elefantes de madera negra que le llamaron la atención. Esto me dio tiempo para recostarme a una pared y esperar que pasara mi malestar. Me di cuenta que no había sido más que un fulminante ataque de angustia. Mi mente había estado divagando inconscientemente. Traté de analizar lo que acababa de pensar y de sentir. Había sido algo así como un súbito pánico que me asaltaba al comprobar que demasiadas cosas se facilitaban, confabulándose para darme una ilusoria felicidad que se vería alterada por alguna hecatombe. No estaba acostumbrado a semejante serenidad, a que todo se resolviera a mi favor. La determinación —que me sosegaba— de contar a Arminda toda la verdad, mi solaz en Tenerife al estar con aquella sobrina que tenía un lugar prominente en mi corazón, el hecho de que saldría de dudas —después de tan angustiosa y larga espera— sobre mi paternidad con respecto a Mendel, y el Sol que bañaba aquella mañana espléndida de Vigo, eran factores que me obligaban a tener especial precaución, porque suponía que después de mi calma vendría la tormenta, al revés de lo que expresa el dicho popular. Pero, puesto que no tenemos más que el eterno presente, hice un esfuerzo por reponerme y lo logré. Le compré a Mendel uno de los elefantes que el vendedor envolvió en unos papeles de periódico y amarró con una cuerda, y seguimos hacia el almacén. Nos tomamos en la planta baja unas horchatas, que Mendel jamás había probado, revisamos muchos mostradores, echamos un vistazo a la ropa, y fuimos por último a la cafetería del séptimo piso, donde nos sentamos a descansar mientras saboreábamos un café con leche.

El descenso al casco viejo de la ciudad fue después de mediodía. Una empleada de la sección de perfumería en El Corte Inglés con quien entablé conversación, al preguntarle sobre algún restaurante donde poder comer bien, me recomendó uno que estaba cerca de la Estación Marítima cuando le informé en qué dirección nos desplazaríamos para regresar al barco en que llegamos a Vigo. En una de las calles peatonales cerca del puerto, nos detuvimos en una *telefónica* desde donde llamé a Olivia y al Santo Varón, quienes a esa hora estaban en casa comiendo con los niños. Quería despedirme de ellos una vez más desde suelo español, aunque nos manteníamos en frecuente contacto telefónico cuando me encontraba en los Estados Unidos. El restaurante no dejó nada que desear. Comimos opíparamente con una botella de un vino tinto del país, espeso, algo dulzón, un poco burdo, pero auténtico y delicioso, que acompañó el caldo gallego, los medallones de cerdo con patatas fritas, y luego un excelente flan. Mendel, por cierto, había aumentado unas diez libras durante los tres meses que llevábamos de recorrido, devorando todo lo que le ponían por delante, tanto en las comidas monumentales del barco como en las realizadas durante las salidas y paseos en tierra.

Desde la cubierta del barco, a medida que éste se alejaba por la ría hacia el mar, la vista de Vigo, que iba quedando atrás en la distancia, era formidable. El QE2 continuó su navegación sin prisa, a sólo dieciséis nudos por hora. Los mares estuvieron muy tranquilos, de modo que el trayecto hacia Southampton se hizo placentero.

* * *

A CARGO DEL EDITOR

Fiel lector, ponte en mi lugar. La tarea que tengo ante mí se me presenta como una escarpada montaña a cuya cumbre no tengo otra alternativa que subir para alcanzar su cima ileso, triunfador. Considero suficientes los recursos con que cuento para realizar mi labor, aunque mi pericia como narrador se pondrá a cada instante en tela de juicio, puesto que me he dedicado durante mi larga carrera docente a la crítica literaria. Mi gran amigo Francisco Binerfa, por el contrario, fue siempre creador, poeta desde muy temprana edad, y su capacidad narrativa ya está probada. Ojalá pueda yo cumplir con eficacia las metas que me impone la amistad. Voy al grano. Francisco acostumbraba redactar sus apuntes de viaje durante las noches a bordo, después de visitar los puertos, ciudades, islas o países donde el barco hacía sus escalas. El último recuento *coherente* que dejó documentado, fue el que acaban ustedes de leer. He utilizado el adjetivo *coherente* porque, aunque nunca ha abandonado su labor creadora, la inestabilidad mental que se adueñó de él, hizo que un buen número de sus apuntes resultaran *incoherentes*. Por otra parte, tal como ya he afirmado, él mismo está hecho de palabras, y la última quedará escrita cuando exhale su postrer suspiro. No obstante, no tengo en mis manos, de su directa autoría, suficiente material para completar la historia que nos viene contando. Pero si esta *memoria* terminara aquí, en este preciso momento, estarías tú insatisfecho, y los famosos cabos a que él se ha referido, quedarían sin atar. Hay, eso sí, muchos fragmentos suyos que puedo utilizar para recomponer los hechos, y tengo la plena intención de hacerlo, porque no es justo ni para ti, ni para mí —que con tanto empeño me he dedicado a colaborar en la composición de esta trilogía—, que el final de todo esto sea abrupto y que las respuestas que precisamos no se materialicen.

No puedo, ni quiero, por otra parte, recibir total crédito por la redacción de los capítulos que siguen. Además de los papeles emborronados, desordenados y confusos que he recolectado en distintas oportunidades de manos de Francisco, cuento con sus confesiones personales, con lo que Mendel

—con quien mantengo una relación muy afectuosa desde que
lo conocí— me ha relatado, con los documentos que me ha
suministrado el doctor Emilio Sabir, y con la ayuda del escritor Luis González-Cruz, amigo común de Francisco y mío.
No se violará aquí la privacidad de Francisco, pues dio su
aprobación, por escrito, para que utilicemos los datos que
transmitió al Dr. Sabir en las múltiples entrevistas que ha tenido con éste. Ha estado muy consciente, además, de que sin
este esfuerzo final nuestro, su obra quedaría trunca. Conti-
nuemos, pues, con los eventos que nos interesan. Aclaro que
he hecho un gran esfuerzo por lograr un *estilo* de escritura
que siga el modelo que utiliza Francisco. Trataré, asimismo,
de mantener su simpleza de expresión para que el desarrollo
de lo anecdótico llegue por igual a lectores con diferentes ni-
veles de educación, sin aburrir a los más cultos ni deslumbrar
o confundir a otros menos capaces.

*   *   *

La agencia de pasajes de Francisco le ofrecía una visita a
un palacete cerca de Salisbury donde conocería, con otros pasajeros, a los dueños de la propiedad; allí tomarían un almuerzo *formal*, pero él ya tenía planes de hacer arreglos con
un taxista para trasladarse por su cuenta desde Southampton a
Stonehenge. En cuanto abandonó el puerto, feo, con cientos
de automóviles de fabricación británica estacionados en nu-
merosos lotes, esperando su turno para ser embarcados hacia
todo el mundo, quedó deslumbrado con la hermosura de la
campiña inglesa. La carretera estaba ribeteada por pintorescas
villas, que se ajustaban con perfección a las que con frecuencia describía Agatha Christie en sus novelas. Algunas casas
eran de construcción muy antigua, con techos de paja recubiertos por algo semejante a una malla metálica que los protegía de los elementos. Los jardines bien cuidados, repletos de
tulipanes y narcisos, rodeaban estas residencias.

Entre un poblado y otro se extendían llanuras de belleza y serenidad únicas, tapizadas de verdor o de flores amarillas que teñían de este color los campos hasta donde se perdía la vista en las suaves colinas. Riachuelos y estanques añadían su toque edénico al paisaje. El auto bordeó Salisbury y al poco rato apareció, ante los ojos asombrados de mi amigo, el complejo de piedras ceremoniales de Stonehenge: monumento religioso, funerario, y observatorio astronómico erigido por las llamadas «gentes de Windmill Hill, Beaker y Wessex», dos mil años antes de Jesucristo. Cito un breve fragmento de Francisco, que transcribo textualmente. Se refiere al momento en que se halló por primera vez entre los monolitos: «Respiré muy profundamente, según me aconsejaron que hiciera. No sentí estremecimiento alguno, sino una especial armonía entre mi cuerpo y el paisaje que me rodeaba, una profunda calma interior, como si nada me importara, como si aquellas piedras, al estar yo allí, pudieran transportarme con ellas, anímicamente, a la eternidad de todo lo inanimado que, aunque de algún modo se transforme, perdura. Pensé que por un rato era uno de aquellos hombres muy antiguos, cualquiera que fuera su raza u origen, que había llegado por primera vez al sitio sagrado de peregrinaje donde su esencia se confundía con la del universo que lo había creado para hacerse ambos —él y el universo—, por arte de magia, o de los dioses, una sola entidad».

Sacó de su bolsillo el papel que llevaba con las inscripciones que le había dibujado Sir Herbert Priestley Dorset que, en la lengua de los originales constructores de aquel círculo pétreo, correspondían al nombre de Olorún. Según le describió Sir Dorset, había dos singulares bloques rocosos, muy parecidos, que se erguían independientemente. Comenzó a darles vuelta a ambos, hasta que encontró en uno de ellos la grafía. Imaginó que poniendo la palma de su mano sobre la sagrada escritura, el dios se le presentaría o le hablaría una vez más. Entonces recordó que el propio Olorún le dijo que no volvería a verlo *en esta novela* y, para evitar una decepción, prefirió no invocar a su Santo Padre y se limitó a proferir una breve oración en español que improvisó, para no tener que acudir a frases acuñadas que sabía en lengua yoruba o a las tradicionales letanías católicas aprendidas desde la niñez. En el estado de serenidad en que se encontraba, celebró estar en aquel sitio, vivo. Una torva idea pasó por su mente y enseguida logró anularla, repitiéndose que era infinito, asegurándose que su presente no tenía fin, que no existía el futuro y que en aquel momento, recostado a la piedra consagrada, era inmortal.

De regreso a Southampton, Francisco se detuvo en Salisbury, tanto por previa decisión suya como por recomendación del chofer, quien era oriundo de aquella villa y tenía familiares allí; estaba orgulloso de lo que en ella podían disfrutar los forasteros curiosos que, como Francisco, traía a su pueblo natal. Desde la carretera, a gran distancia, se distinguía la torre mayor de la catedral, cuya cúspide alcanza una altura de ciento veintitrés metros: la más empinada de toda Inglaterra. Le resultó incongruente a Francisco la inmensidad y majestad de aquella edificación, en un lugar cuya población era sumamente reducida cuando se construyó, en el siglo trece. El chofer le explicó que la magnificencia de la catedral, con un recinto sobrecogedor por su tamaño, no correspondía al número de feligreses que podía acudir a la nave; todo ello no era más que un simple signo del poder de la Corona y la Iglesia. Al entrar Francisco, se estaba celebrando la misa de Jueves Santo. Por no llamar la atención, se hincó de rodillas en el suelo, al fondo del templo. Aún estaba sosegado por la *elevación espiritual* experimentada en Stonehenge, pero lo invadieron repentinamente los pensamientos que había estado tratando de echar a un lado. Al día siguiente, 18 de abril, llegaría Arminda a Southampton para completar su contrato en el QE2 y a la vez reunirse con su esposo. Poco después de mediodía, zarparía el barco hacia Nueva York. Arminda debería llegar bien entrada la mañana. Le quedaban a Francisco unas cuantas horas de soledad durante el día 17, más la noche víspera del siguiente, cuando ocurriría la reunificación matrimonial. Tuvo la voluntad de descartar las ideas que amenazaban con abrumarlo: se puso de pie con energía y salió al exterior, donde respiró llenando a plenitud sus pulmones de aire varias veces para calmarse. La paz casi total que disfrutó temporalmente, ya no lo volvió a acompañar del todo, aunque no actuaba con desconcierto ni se sentía ansioso. A veces se desentendía momentáneamente de lo que lo rodeaba, pero su percepción del medio ambiente no había caído en un estado enfermizo. Siguiendo al chofer, que ahora le servía de guía, caminó mucho por el pueblo, escuchó con relativo interés los comentarios de su acompañante cuando éste le señaló el arco que recordaba el Puente de los Suspiros de Venecia, entró en una de las muchas *boutiques* que animaban la zona central y, ligeramente mareado, se tomó un refresco en un café que tenía dos mesitas con sillas en la acera.

Francisco le informó al chofer que deseaba ya regresar a los muelles y le pidió que utilizara la vía más rápida. Ni mi amigo ni yo sabemos si el hombre le hizo caso o no. Tomó una carretera estrecha que atravesaba el *New Forest* («*Nova Foresta*», según bautizó estos bosques William, el conquistador de Normandía) y a cada momento le llamaba la atención a Francisco para que observara los distintos animales que iban apareciendo a uno u otro lado del camino, en especial los caballitos salvajes. Es probable que el chofer creyera oportuno tomar aquella ruta por ser Francisco un turista, aunque a lo mejor éste era, en realidad, un atajo que reducía la distancia entre las dos poblaciones.

Mendel lo esperaba en el saloncito recibidor entre los dos camarotes con John Brett en sus brazos; se saludaron y aquél le informó de inmediato que durante la mañana habían llegado un correo electrónico para Francisco y un sobre sellado y grueso que tenía en una esquina el membrete del Laboratorio

Fleming. Mendel se fue a su camarote y puso al niño en la cuna. Francisco entró al suyo, cerró la puerta, se despojó de la ropa que llevaba, se puso una bata de baño, tomó la correspondencia que Mendel había colocado sobre la cómoda, salió al balcón, y se arrellanó en una de las butacas para leer los papeles con parsimonia, puesto que anticipaba informes de importancia que requerían tranquilidad y soledad para asimilarlos, fueran cuales fueran. Vio primero el correo electrónico: eran noticias de Arminda. Ésta le decía que tenía enormes deseos de estar a su lado, que lo extrañaba mucho, que le daría una sorpresa, y que llegaría el 18 de abril antes de mediodía.

Con manos algo temblorosas abrió el sobre del laboratorio que contenía otro de menor tamaño y varias páginas impresas. Hojeó estas últimas deprisa y en ellas encontró diagramas, números y anotaciones que no comprendió. Al final venía una carta, una comunicación aclaratoria de cariz científico. En ella se le explicaba que las muestras tomadas se habían confundido y contaminado, lo que les hizo imposible a los técnicos llegar a un resultado concluyente. Los análisis preliminares, antes de que se malograran las muestras, mostraban cierta semejanza en las lecturas del ADN de los dos sujetos, lo cual podía indicar cierto vínculo sanguíneo, pero no probaban nada pues tales parecidos eran comunes a veces entre gente de la misma raza o parientes muy lejanos. Se ofrecían a realizar de nuevo el estudio y para ello mandaban en el otro sobre —que Francisco abrió interesado—, cuatro palillos con las puntas algodonadas (hisopos estériles), cada uno envuelto en su forro de plástico transparente. Las instrucciones pedían que se raspara con ellos los carrillos, en la zona interior de las mejillas, se pusieran de nuevo en sus envases individuales, se sellaran éstos con el adhesivo incluido, y se devolvieran al laboratorio, poniendo por fuera, en la etiqueta que portaba cada fundilla plástica, el nombre de la persona a quien pertenecía. Le daban también la alternativa de devolverle, en su integridad, lo que había pagado por la prueba, responsabilizándose ellos por el trastrueque de las muestras originales. Fue al camarote de Mendel para darle la información que tenía. Mendel se mostró contrariado y le dijo que estaba dispuesto a rasparse los carrillos y poner en el correo el sobre al día siguiente desde Southampton con destino a Vigo. Fue el propio Francisco quien lo disuadió, haciéndole ver que no era prudente forzar los acontecimientos y que tal vez era mejor dejar las cosas como estaban. Dina estaba a punto de viajar a los Estados Unidos, donde Mendel y él la verían, y si tanto interés tenía en saber si él, Francisco, era su padre, Dina podía aclararle de una vez cuál era la verdad. La inminente llegada de Arminda restaba importancia a todo lo demás que rodeaba su existencia. Tampoco quiso pedir una devolución del dinero entregado al laboratorio, pues no tenía ánimo para hacer la carta requerida y molestarse en enviarla al día siguiente. John Brett se había dormido, por lo que Francisco le dijo a Mendel que se fuera a cenar y que él se quedaría allí hasta que regresara del comedor, ya que no tenía deseos de vestirse para la ocasión. Por lo general, La Diva, quien cenaba en el turno de las ocho y media, era la que se quedaba con el niño mientras ellos lo hacían en el turno de las seis y media. Francisco la llamó por teléfono a su *suite* y le dijo que no viniera; después, pidió a *room service* que le trajeran unos bocadillos al camarote. Cuando Mendel regresó, Francisco se fue a su compartimiento, se bañó, vio un rato un programa de la televisión británica, y se dispuso a irse a la cama con cierto desasosiego. La incertidumbre de lo que ocurriría al día siguiente lo inquietaba sobremanera. Creyó necesario comunicarse con Bruna esa noche, pero para ello tenía que dormir después de realizar los rituales que propiciaban su aparición durante el sueño. Si dormía muy profundamente, no se le aparecía, o si lograba verla, al despertar no recordaba nada de lo que ella le hubiera dicho. Al terminar los preparativos psíquicos y espirituales,

en vez del fuerte somnífero que lo llevaba al borde de la in-
consciencia, se tomó quince miligramos de *diazepam*, en vez
de los cinco acostumbrados, para relajarse bien. Tan pronto
cayó en el sopor producido por el tranquilizante, en medio de
una lluvia gruesa que creaba un manto de agua semejante al
torrente de una cascada, apareció Bruna intacta, ataviada de
blanco, flotando en medio del agua pero seca, dentro de una
urna de cristal que la envolvía y protegía. Francisco trató de
iniciar el diálogo, pero no tuvo que decir ni una palabra, pues
Bruna se adelantó y comenzó a hablar sin que él se lo pidiera.
«¡Hijo mío, cuánto tiempo hacía que no me llamabas!
Pensé que te olvidabas de mí. He estado al tanto de todo lo
que te ha ocurrido y estoy aquí por tu voluntad, para acompañarte. No sé si podré ayudarte, pero al menos te daré el apoyo
que en estos momentos necesitas, y mis consejos, como siempre, que te ayudarán al menos a comprender lo que el futuro
te tiene reservado. Perdóname si no soy lo explícita que
desearías, pero ya sabes que me veo limitada en lo que puedo
revelarte. Ni el propio Olorún quiso abrirte su corazón cuando
te vio en Kandy, aunque sé que de buena gana lo habría hecho, porque te quiere de un modo muy especial, igual que yo.
Hay tres seres en tu vida de los cuales no se apartará nunca tu
corazón. (Tu memoria de los que ya han muerto, tan allegados
y queridos, se ha ido nublando al pasar los años, y lo mismo
ocurrirá con el recuerdo de los que hoy te quedan, que logres
sobrevivir, cuando se vayan para siempre.) Los tres a que me
refiero son Mendel, Arminda y Luz. Ellos se han ligado a ti
de un modo afectivo que los ha hecho parte de tu perecedera
carne y de tu imperecedero espíritu, santificado desde tu nacimiento por el propio Olorún: algo que yo desde entonces
supe cuando me envió a Cárdenas, pocos días después de tú
abrir los ojos por primera vez en este mundo, para que te sacara del cuarto del hospital antes de que su techo se desplo-
mara y quedara destruida, bajo los escombros, la cunita donde
estabas». Francisco le preguntó: «¿Mendel es mi hijo?» A lo

que Bruna respondió algo iracunda: «Si no lo sabes es porque no has utilizado esa inteligencia privilegiada que tu Dios te dio. Bien claros fueron aquellos versos que te dije hace mucho, pero mucho tiempo, cuando estabas obsedido con ese asunto. ¿No los recuerdas? ¿No? Pues te los repito, y si tienes paciencia podrás deducir su significado y saber la verdad sin tener que acudir a pruebas de laboratorio. Decían así:

El río de la sangre se bifurca
en busca de dos mares diferentes
y a los mares aúna el mismo puente
de la sangre común que los fecunda.

Luego, cuando despiertes, ponles un poco de atención, porque parece que has menospreciado el valor de esos endecasílabos que tanto trabajo me dieron para poderlos componer y rimar. No soy poeta, aunque tú te metas en mi cabeza para influir en lo que digo. De Arminda poco te puedo aclarar, porque ya todo lo que me está permitido informarte te lo hice saber a través del mensaje que grabó el monje en el librito sagrado que compraste en Kyoto. Lo tradujiste a tu lengua con gran eficiencia y exactitud, pero tampoco has logrado descifrar su significado. No te culpo. Esa tarea es mucho más difícil que la que te puse con los versitos sobre Mendel. Si no sospechas en absoluto el vaticinio que encierran, no tendrás que esperar mucho para que se haga patente su revelación. Cuestión de horas. Te aconsejo, y para eso precisamente he accedido a hablarte esta noche, que digas la verdad y que aceptes las consecuencias como parte del designio que ha forjado nuestro Santo Padre para guiar tus pasos por sus Caminos. Arminda no debe ser para ti más que una interrupción pasajera, por mucho que la quieras; aunque jamás la olvides. Has de seguir adelante en busca del arco iris de tu Salvación. Luz, Luz, Luz... Te han distraído muchas cosas durante este viaje. Poco has recordado a Luz. Nunca quisiste a nadie con

tal ardor, con la pasión firme y serena que da la madurez. Te
dio dos hijos de cuya paternidad no tuviste duda. Los engen-
dró por voluntad de Olorún, a tu imagen y semejanza. Tenían
el lunar que debes portar con orgullo y no ocultar como si
fueras un delincuente, tal como haces ahora en presencia de
Arminda. El hecho de que les dio muerte no es relevante. Todo tiene su razón de ser. Ya verás, ya verás...»

Bruna hizo silencio. La bóveda transparente que la en-
capsulaba comenzó a disolverse en el agua a medida que Bruna se movía hacia atrás muy despacio, siempre atrás, de modo
que se incrementaba la densidad del agua que Francisco veía
caer frente a él, lo que dificultaba progresivamente la percepción que tenía de la Santa. El torrente seguía cayendo, empa-
pando a Francisco. Entonces oyó su voz por última vez, aunque le costó trabajo entenderla, porque hablaba como si
estuviera tragando agua y su garganta se anegara. Gluceaba:
«Tra(glu)ta de (glu)a(glu)ta(glu)jarla(glu, glu)...» [«Trata de
atajarla».] Algo así como una garra, un garfio, una mano nu-
dosa y larga salió de la cascada y lo haló hacia ella hasta que
se encontró inmerso en el torrente y se ahogaba. Al fin despertó, haciendo un esfuerzo por respirar. Tenía un fuerte ataque de asma, estaba empapado en sudor, se había orinado, y
yacía sobre la ropa de cama mojada. El relajante que tomó
hizo su efecto y no le permitió despertarse cuando tuvo deseos de ir al baño. Se levantó lamentando lo ocurrido, pues no
tenía modo de secar aquellas sábanas antes de que llegara el
mozo de la limpieza a arreglar el camarote por la mañana. Co-
ligió que esto podía ocurrir con frecuencia y que para los empleados aquello no sería más que un pequeño contratiempo.

No intentó volverse a acostar, aunque el otro lado de la
cama, donde durmiera Arminda los días que lo acompañó,
estaba seco. Nebulizó con urgencia sus bronquios y pulmones
—algo que mejoró de inmediato su respiración—, se quitó el
pijama mojado, lo echó en la bolsa de la lavandería, se duchó,
se puso la ropa limpia con que estaría durante el día, y termi-

nó sentándose en el balcón para salir del seco y frío aire acondicionado que lo empeoraba cuando tenía asma. Todavía no amanecía, pero ya el puerto estaba activo. Los autos nuevos británicos iban subiendo a los barcos de carga, así como los enormes contenedores que altas grúas elevaban para depositar con calculada precisión en sus lugares correspondientes. No quería hacer ya ninguna salida más antes del regreso a los Estados Unidos. Para completar el recorrido, no faltaba más que una breve parada en las Azores, el cruce trasatlántico, y luego un día más para navegar de Nueva York a Fort Lauderdale.

Arminda tomó en Nueva York un vuelo de British Airways hasta Londres. Llegó a las siete de la mañana. De Londres se trasladó a Southampton en tren. No tuvo contratiempo alguno con el itinerario que tenía planeado. A las once y cuarenta subía la escalerilla del QE2 y fue directamente al camarote de Francisco, pero éste ya estaba en camino al restaurante para almorzar. El equipaje de Arminda llegaría al compartimiento más tarde. Sólo traía una bolsa de mano con ella. Se compuso un poco el rostro y se dirigió al comedor, donde supuso debía encontrarse Francisco. Él estaba sentado a la mesa —solo— de tal modo que quedaba de frente a la entrada. Sospechaba que Arminda podía llegar en cualquier momento y no quería sorpresas. La Diva quiso ir a ver unas iglesias antiguas de Southampton, notorias por sus vitrales, y convenció a Mendel para que él y el niño la acompañaran. Habían adquirido un cochecito en Durban para sacar a pasear al bebito y poder tenerlo a su lado en distintos lugares del barco.

Lo que se produjo en el comedor cuando apareció Arminda fue una conmoción. El *maître d'* se adelantó a recibirla y le dio la mano haciendo una pomposa reverencia. Los que ya la conocían, comenzaron a cuchichear, pues estaba anunciado que la virtuosa bailarina volvería al QE2 para el viaje trasatlántico. Todos la admiraban, tanto por sus dotes artísticas como por su belleza. Y en aquel momento, llevando un traje de calle de una simpleza increíble, superaba en gracia a las más exquisitas esculturas femeninas de Fidias o Cánova. Lucía un vestido enterizo blanco, a media pierna, que no ceñía ningún sitio específico de su cuerpo. La tela, muy fina, ondulaba como si Arminda al moverse flotara. No había una nota de erotismo o provocación en su andar y, sin embargo, cualquier hombre hubiera dado satisfecho su vida por poseerla tan sólo un momento. Ese privilegio le fue otorgado a Francisco y a nadie más. Se puso de pie como un resorte en cuanto la vio. Arminda se dirigió a él y sin timidez alguna, a pesar de que todos los ojos estaban posados en ella, lo abrazó y le dio un ardoroso beso en la boca. En aquel instante, Francisco no sabía si era el hombre más dichoso del universo o el más desgraciado.

Padre e hija, marido y mujer, se sentaron a la mesa. De inmediato el camarero vino a tomar la orden de Arminda, quien pidió una ensalada sin aderezo, un filete de salmón a la plancha y una botella de *cristal* —especificó— de agua mineral. Cuando volvieron al camarote, ya estaban de vuelta Mendel y John Brett. Arminda tomó al niño de los brazos de su padre y se puso a mecerlo y darle besos. Con él estuvo hasta que el bebito se durmió. Entonces entró en el camarote de Mendel y lo depositó cuidadosamente en su cuna para no despertarlo. Mendel acababa de alimentarlo y era la hora de su siesta. Arminda le comentó a Francisco que estaba muy cansada, pues no durmió nada en el vuelo nocturno. Su llegada a Heathrow a las siete de la mañana, dado el cambio de hora, correspondía a la una de la madrugada, hora de Nueva York. Necesitaba un buen rato de sueño, pues a las cinco debía presentarse en la fiesta que ofrecía la Cunard a los miembros del *World Club* que abordaban en Southampton para el cruce oceánico.

A la espléndida recepción estaban invitados Francisco, Mendel y la Diva. Ninguno de los tres quería perdérsela, pues era un saludo de bienvenida para los nuevos pasajeros, pero también la despedida oficial para los que dieron la vuelta al mundo. La Diva se ofreció para traer a John Brett a la fiesta en su cochecito. El niño y Arminda fueron la sensación del evento. Todos no hacían más que celebrarlos, y la presencia de un niño tan pequeñito en el ágape, llamaba la atención por poco común. Se comieron exquisiteces entre las cinco y las seis de la tarde; se hicieron varios brindis con champán; estuvieron también presentes el Capitán del barco y la presidenta de la Cunard.

Terminada la celebración, Arminda instó a Francisco a que la acompañara a cubierta para caminar un poco antes de la cena y conversar. Francisco estaba lacónico. Arminda, por su parte, le hacía un recuento de las cuatro semanas que estuvieron separados. Les explicó a sus compañeros de danza y trabajo en Nueva York que era posible que se retirara a Miami, puesto que era ahora una mujer casada y su cónyuge vivía allí. Tenía planes que consultaba con Francisco. Quería saber cómo era su apartamento en Miami, si era suficientemente amplio, si podrían sentirse cómodos. Él le suministró los detalles que solicitaba hasta que, interrumpiéndola, le dijo: «Arminda, tengo un asunto importante que quiero discutir contigo». Ella imaginó que sería referente a los arreglos que tendrían que hacer para su vida común a largo plazo. Pero sorprendió a Francisco cuando le comentó: «Y yo tengo otro más importante que el tuyo que también quiero conversar contigo. ¿Quién empieza, tú o yo?» Él le contestó: «Luego, después de la cena. ¿Te parece? Pronto abrirá el comedor. No hay prisa. Quiero sentarme más tarde, con calma, a platicar». La nave ya estaba en alta mar y se movía a una velocidad moderada. El viento de fines de abril, aunque fresco, no obligaba aún a tener que resguardarse en los interiores. La costa de Inglaterra había quedado atrás. Se veían, de cuando en cuando, barcos pesqueros con bandera portuguesa. Comenzaba a oscurecer.

Durante la cena, en compañía de Mendel, la conversación fue jovial entre los tres. Francisco miraba ora a Mendel, ora a

Arminda, y especulaba si serían hermanos. No notaba parecido entre ellos. Mendel no tenía el lunar; Arminda sí. Como él, Mendel aborrecía el aguacate, cosa curiosa que apuntaba a los lazos de sangre entre ellos. «¡Ah!», pensaba, «qué oportuno si pusieran aguacate en la ensalada de esta noche para ver cómo reacciona Arminda». Pero no, la ensalada fue muy británica, insípida, y no incluía ningún fruto tropical importado. De cualquier modo, no le hacía falta el aguacate para corroborar que Arminda era su hija.

Subieron los tres a los camarotes. La Diva se encontraba allí, cuidando al niño, y se fue al llegar ellos. Mendel tenía particular interés en ir al espectáculo que se ofrecía un poco más tarde en el teatro. Francisco y Arminda le insistieron para que fuera, haciéndose responsables de John Brett, a quien acomodaron en la cama grande de ellos entre dos almohadones para que allí durmiera. Mendel se marchó. Tocaron a la puerta del saloncito. Francisco abrió y un mozo pasó al interior, colocando sobre la consola, una botella de champán que Arminda había ordenado esa tarde cuando estaba sola en el camarote, después de dormir la siesta, con el propósito de darle una sorpresa a Francisco. Ella le dijo que éste era un regalo suyo con motivo de una celebración especial. «¿Nuestro reencuentro?», preguntó él. «Algo mejor», afirmó ella. Un poco preocupado al creer que había pasado por alto una fecha clave en la vida de los dos, inquirió: «¿Se cumple un mes exacto de nuestro matrimonio?» Ella, negando con un movimiento de la cabeza, no más le pidió: «Descorcha la botella y vamos a tomarnos unas copas al balcón. Ya te contaré... Y tú a mí... ¿verdad?, lo que tienes que decirme. Fuera no molestaremos a John Brett, que se está quedando dormido. Pero hay que dejar la puerta abierta para oírlo si llora».

Arminda sacó la botella de champán en su cubeta con hielo y la colocó en la mesita que estaba entre las dos butacas en el balcón. Llenó las copas de los dos y se recostó sobre la barandilla, mirando al mar. Apareció la luna. «¿Viste qué linda?», le dijo a Francisco. Él no contestó. En vez de acercarse a ella, se sentó y le pidió que hiciera lo mismo para hablar.

ARMINDA. Sí, pero antes vamos a brindar.

FRANCISCO. ¿Por qué? ¿Te han hecho alguna oferta excepcional? ¿El *New York City Ballet*...?

ARMINDA. No. En este momento nada me importa más que tú, nuestra felicidad. He esperado mucho tiempo para encontrarte, aunque siempre supe que llegarías. No te conocía y te soñaba. ¿Recuerdas aquella canción que dice: «Tu alma y mi alma, tu vida y la mía, no se conocían, ya se presentían; Ay, amor, dulce amor...»

FRANCISCO. La recuerdo. Es de mi época, no de la tuya.

ARMINDA. Yo la oía en mi casetera, en una grabación que tenía de niña y me hicieron mi mamá y mi papá. Estaba al final de una cinta donde tenía también música selecta que yo bailaba de pequeñita. Nací bailando y Mamá me estimulaba porque ella, la pobre, nunca soltó las muletas. ¡Brindemos! ¡Por nuestro futuro! ¡Por la dicha de los tres... o de los cuatro... quién sabe... no vendría mal que fuera una parejita...!

FRANCISCO. (*Se ha percatado del giro que toma la conversación y se horroriza ante la idea que cruza por su mente.*) Una parejita... ¿de qué?

ARMINDA. Mi amor, estoy en estado. ¡Vas a ser padre!

FRANCISCO. (*Como si le hubieran extirpado el corazón y en su lugar plantaran una bomba de tiempo. Podría echarse a llorar, pero la revelación ha sido tan súbita que no ha habido tiempo para que afloren las lágrimas. Habla con gran pesadumbre.*) ¡Ay! ¡Hija mía!

Arminda, en vez de entender «¡Hija mía!» como una exclamación entristecida, interpreta el comentario como la pregunta «¿Hija mía?»

ARMINDA. Sí, *tuya* o *tuyo*. Será hija o hijo. Lo que Dios quiera.

FRANCISCO. *(Afirmativo.)* ¡Hija mía! ¡Tú! ¡Tú eres mi hija!

Se hace un breve silencio. Arminda está confundida.

ARMINDA. ¿Qué estás diciendo? No te entiendo. ¿Te ha mareado el champán?

FRANCISCO. ¡Eres hija mía, mía y de Amanda! Tu madre y yo te concebimos. Eres el fruto de una relación que tuvimos cuando yo era un adolescente.

Se produce otra pausa en que Arminda trata de asimilar lo que Francisco le ha revelado.

ARMINDA. Lo que estás diciéndome es un disparate. El único hombre que hubo en la vida de mi madre fue mi padre. Muchas veces me lo dijo y quiso que yo siguiera su ejemplo. Por eso me hallaste virgen. ¿No me dijiste que la única vez que tuviste contacto con ella fue cuando se encontraron casualmente en «El Polinesio» y que te odiaba por la mala reseña que escribiste sobre una de sus actuaciones?

FRANCISCO. ¡Te mentí por no perderte! No sabía que eras mi hija cuando te enamoré y nos casamos. Esto lo descubrí después. Tengo la obligación de decirte la verdad.

ARMINDA. Pero, ¿cómo? No seas tonto... *(Pausa durante la cual trata de dar coherencia a los hechos que acaba de conocer.)* ¿Qué te ha hecho descubrir esa *verdad*, como tú la llamas, ahora?

FRANCISCO. Debes creerme, hija mía. Nada hay tan doloroso para mí como tener que confesar algo tan lejano que ha venido a golpear mi vida y la tuya. Puedes tomarlo como quieras. Yo estoy dispuesto a seguir el camino que el destino ha puesto ante mí, pero eres tú quien debe decidir, pues eres la víctima, y yo soy el culpable, aunque he actuado ignorando la realidad que te estoy haciendo saber. Tú tienes la última palabra. Yo acepto ser tu esposo, si esto no va en contra de tus principios, o tu padre amantísimo hasta que me vaya de este mundo, divorciándome de ti... y criando a ese angelito que se va despertando en tu vientre.

La pausa ahora es mucho más larga. Arminda se sirve otra copa de champán, que apura nerviosamente, y, de inmediato, otra más. Francisco siente cierto optimismo, porque la reacción de Arminda se ha mantenido dentro de los límites de la normalidad y civilidad.

ARMINDA. (*Aún dudosa.*) La decisión que me pides depende de las pruebas que me puedas dar para convencerme de que es cierto todo lo que dices. (*Lo conmina.*) A ver, ¡demuéstralo con evidencias!

FRANCISCO. De mi relación con tu madre no quedó ni una fotografía, pero basta que mires mi cuello para que te convenzas de que la sangre que corre por tus venas es de Amanda y mía. ¡Mira!

Francisco se vuelve en la butaca, dándole a Arminda la espalda, se quita el lacito del *smoking* que lleva puesto, se suelta los dos botones superiores de la camisa y baja la sección posterior de ésta para mostrar su cuello con el lunar de familia. Arminda se acerca. A pesar de no haber en el balcón una luz intensa, reconoce el lunar y observa con sumo cuidado la forma que tiene, idéntica a la del suyo propio.

FRANCISCO. ¿Estás satisfecha?
ARMINDA. (*Se deja caer en la butaca, vencida, desmadejada, contorsionada como Francisco jamás la ha visto. Ha perdido la partida. Le contesta sin fuerzas, con total desánimo.*) Sí...

Arminda no dice una palabra más. Ha dejado de mirar a Francisco a los ojos y está sumida en sus profundos pensamientos. Su cara está tan blanca que parece la faz de un moribundo. Le toma algún trabajo ponerse de pie, apoyándose en los brazos de la poltrona. Completamente erguida, se ladea y da unos pasos de espalda, hacia atrás, aproximándose a la barandilla. El cielo y el mar son de tal negrura que es imposible distinguir entre la masa líquida y la celeste. Por un instante pasa por la mente de Francisco la posibilidad de que Arminda, temporalmente enajenada, vaya a cometer una locura, y se levanta de la silla. Va a moverse hacia ella cuando ésta levanta su brazo y apuntando hacia él con el dedo índice le dice terminantemente: «¡No te acerques!» Aunque ella es incapaz de lanzar un grito como el de su madre cuando se reencontró con Francisco, la firmeza de su orden hace que Francisco se detenga. En el corazón de Arminda no hay rencor. Su inteligencia ha reconocido que el dilema no tiene solución. Lo que le esperaría como cónyuge de aquel hombre, o como hija, es un horror con el cual ella no puede vivir. Da dos pasos más, retrocediendo hasta hacer contacto con la madera húmeda del balaustre. Se recuesta a él y su cuerpo de caucho se tuerce a medida que deja caer la cabeza hacia atrás. Su cuello de cisne blanco se curva. Es un junco que se va doblando hasta convertirse en un arco. El centro de gravedad que mantiene a Arminda a salvo sobre el barco, se desplaza hacia fuera hasta que alcanza un punto sin sostén más allá del balcón. Cuando comienza a desprenderse, Francisco se arroja sobre ella para asirla, pero sólo logra atajarla por las piernas que, sudorosas, resbalan por entre sus brazos, dejándolo al fin con los zapatos de Arminda en las manos, mientras el cuerpo de su hija cae al mar.

Mendel acababa de entrar al camarote en busca de John Brett. Puesto que la puerta hacia el balcón había quedado abierta, ha presenciado la catástrofe. Corre al balcón. Francisco saca de un cajón que está entre el camarote suyo y el de

Mendel un salvavidas que arroja al mar. Toma otro y se lo pone. Todo ocurre vertiginosamente. Mendel le grita a Francisco: «¡No te tires!» Francisco ignora la petición de Mendel y, envuelto en el salvavidas que ha amarrado fuertemente alrededor de su tórax, se lanza al mar para rescatar a Arminda. Mendel actúa con igual rapidez. Comprende que no hay nada más que hacer y corre al puente de mando, golpea la puerta de entrada pidiendo auxilio, y da el informe de lo ocurrido al amigo capitán que está allí en ese instante.

Francisco sufre un fuerte trauma al caer al agua, pues la presión de ésta contra el salvavidas y la intensidad del impacto han hecho que el flotador golpee su mandíbula, torciéndole hacia arriba la cabeza a punto de desnucarlo. Pero se recupera y comienza a llamar: «¡Arminda, Arminda, Arminda...!» Ella, por caer al agua dos minutos antes que él, dado el movimiento del barco, ha quedado a demasiada distancia para oírlo. La caída no la lesionó. Su cuerpo ágil se sumergió y enseguida salió a flote. El salvavidas que Francisco le arrojó, rozó su cabeza. Cuestionó si debía afianzarse a él para salvarse.

La profecía del monje se hizo realidad. *El pasado volvía al presente*, porque la caída de Amanda al agua cuarenta años atrás, empujada por Francisco con la intención de aniquilarla, se repetía con la de Arminda en presencia de Francisco, aunque éste ahora fuera un agente de intención salvadora. La segunda parte del vaticinio, *el futuro se interrumpe en lo muy profundo del agua oscura*, describía con justicia lo que acontecía. Arminda se proponía dar muerte a *su futuro* en las oscuras aguas del Atlántico del Norte. Francisco, por supuesto, no hubiera podido discernir el sentido de la advertencia del religioso, ni importaba ya nada hacer tal cosa. Tampoco habría referido, al contar su historia, la similitud entre las situaciones que involucraron a su antigua amante y luego a su hija, pues nunca admitió su participación en aquel acto delictivo que, a fin de cuentas, no le quitó a Amanda la vida, pero sí le robó para siempre la felicidad a que tenía derecho.

El barco se detuvo, volvió atrás, y comenzó con los reflectores de intensa luz la búsqueda de los dos *náufragos*, por así llamar a aquellos seres que se lanzaron por su propia voluntad al mar y cuyas vidas dependían de la pericia del capitán y sus oficiales en su tarea.

Arminda sólo emitió mentalmente dos palabras dirigidas al Ser Supremo en quien creía: «Perdóname... Perdónalo...» Apartó de un empujón, lejos de sí, el salvavidas, y abrió bien la boca, con la intención de llenar de agua sus pulmones para terminar aquella agonía de una vez. Entonces, quizás demasiado tarde, pensó en el hijo que llevaba en su vientre.

11

Rapsodia en rojo y blanco

(Conclusión)

Obra dramática en cuatro cuadros

Personajes

Francisco. Tiene 58 años, aspecto caribeño, y es esbelto. Aparecerá vestido todo de blanco. Lleva una manilla y un collar de cuentas verdes y amarillas.

Dina. Tiene 81 años. Lleva el pelo teñido de color rojizo. Es delgada y dinámica. Aparecerá vestida toda de rojo.

Mendel. Tiene 42 años, pero parecerá más joven. Aparecerá vestido de un color neutro.

Luz. Tiene 30 años y estará vestida como una niña, pero sin exageraciones, con todo su atavío siempre de color azul.

Cuca. Edad indefinida. Lleva un uniforme de sirvienta.

John Brett. Es un muñeco.

* * *

La acción ocurre en la sala del apartamento de Francisco en Miami Beach, alrededor del año 2003. Al fondo, derecha, corredor que va a los dos dormitorios. Al fondo, izquierda, se ve parte del comedor que da acceso a la cocina. Al fondo, centro, dos anchas ventanas móviles de cristal, que dan a un balcón, a través de las cuales se ve el mar. Los muebles de la sala, elegantes, no ostentosos, se pondrán, a discreción del director, donde mejor funcionen. Predominará el color blanco en todo el decorado y en la utilería con la cual se asocie Francisco. Se usará el rojo en toda la utilería con la cual se asocie Dina. Podrá haber toques que combinen el verde y el amarillo, contrastando con el blanco. Las actuaciones han de ser muy naturales.

CUADRO 1

Mendel y Dina entran por el público. Él lleva dos male-tas rojas y ella una. Mendel usa su llave para abrir la puerta y pasan al interior del apartamento.

MENDEL. (*A Dina.*) Vamos a poner tus maletas en mi cuarto, Mamá. Sígueme.

Entran los dos hacia los dormitorios. El escenario queda vacío por espacio de un minuto. Durante ese intervalo se oye por primera vez una música de fondo que debe imitar aquélla que se usaba en alguna de las novelas radiales que se oían en la Cuba prerrevolucionaria, cuando la televisión no era aún el medio de comunicación más difundido. Cuando vuelven los intérpretes al escenario, baja el volumen de la música hasta que deja de oírse, al comenzar el diálogo.

MENDEL. Estarás conmigo y con el niño en mi cuarto. Francisco estuvo a punto de comprar un apartamento más grande hace cuestión de un año y puso un depósito, pero después se echó para atrás. Ahora vendría bien, pues podríamos darte más independencia. Lo de Sandy ha sido un verdadero contratiempo para todos. Debiste ir directamente a Cape Cod a vivir con Sandy y conmigo, pero todo ha cambiado. ¡Quién iba a pensar cuando te reclamé para que vinieras que Sandy me iba a dejar!

DINA. ¡Qué importa, hijo mío! Yo me arreglo como quiera. Siempre que no te incomode a ti, podemos estar juntos. Tengo muchos deseos de conocer al niño. ¡Al fin soy abuela! He tenido que llegar a vieja para verte convertido en el padre de una criaturita.

MENDEL. Siempre tuve yo mi cuarto y tú el tuyo. El tercero quedaba para tus libros y tu trabajo de la universidad. El apartamento de El Vedado se nos estaba cayendo encima, pero al menos era espacioso. Aquí, en particular en la playa, los apartamentos no son nada y cuestan una fortuna. (*Pausa breve.*) ¿Quieres ir a desempacar? Le pedí a Francisco que te comprara un gavetero; no sé si te fijaste; es el mueble que está al lado de la cunita de John Brett. También vacié la mitad de mi *closet* para que pongas tus cosas.

DINA. La iniciativa del gavetero, ¿fue tuya entonces? ¿A Francisco cómo le ha caído que yo venga a quedarme aquí?

MENDEL. No sé. No me ha dicho nada. Él pagó por el mueble sin poner reparos. Yo no tengo un centavo, Mamá. En este momento, quiero decir, no tengo nada mío. Sandy puso mi nombre en una de sus cuentas bancarias poco después de casarnos para asegurarme la posibilidad de empezar un negocio o hacer yo una inversión en caso de que nos separáramos o pasara algo en nuestro matrimonio. No tengo ni idea de por qué pensó en eso cuando nos casamos. Yo no se lo pedí, pero tal vez, como que ella era un poco *frívola*...

DINA. ¡Un poco *puta*, querrás decir!

MENDEL. Bueno, como que era un poco *puta*, tal vez pensó que dándome dinero yo no la acosaría si decidía arrimarse a otro hombre cuando le diera la gana. Cuando me dejó con el niño, casi ni me hablaba. No me he atrevido a llamarla después de nuestro regreso a Miami para el asunto del dinero porque, después de todo, la plata es suya. No sé si quitó mi nombre de la cuenta ni qué cantidad ha dejado en ella. No voy a llamarla para preguntarle eso exclusivamente.

DINA. ¿Por qué se disgustaron? ¿Qué fue lo que pasó?

MENDEL. Yo no le hice nada. Estábamos en el barco cuando dio a luz y casi enseguida empezó a rechazar a John Brett. Francisco me explicó que esto era común muchas veces en las madres primerizas y que después posiblemente se le pasaría. Él sabía muy bien lo que decía, porque Luz, su *compañera*, con quien tuvo un par de gemelos, los asesinó a puñaladas.

DINA. (*Muy asombrada.*) ¿Qué dices? ¿De veras? ¿Pero, cuándo? ¿Aquí?

MENDEL. Sí, aquí en Miami. Luz es esquizofrénica y bipolar. Francisco la conoció en el sanatorio donde ha estado ingresado, pero ella le hizo creer que estaba allí por una simple depresión. La cosa era mucho más grave.

DINA. ¡Qué horror! Parece cosa de película.

MENDEL. Yo conocí estos detalles porque el crimen ocurrió después que yo vine de Cuba con Francisco. Él y Luz se hicieron amantes; nunca se casaron, y vivimos los tres en este apartamento, bajo el mismo techo. Él y ella ocupaban el dormitorio más grande, y yo el que ahora tendremos tú, John Brett y yo. Después se separaron y ella tuvo a los niños viviendo en casa de la señora que la crió, aquí, en Kendall.

DINA. Me imagino que la muchacha estará en la cárcel.

MENDEL. Nada de eso. No hubo ni juicio. Estaba loca de remate. La metieron en un sanatorio del estado y después en un centro de rehabilitación. Y ya está suelta. La verás. Viene aquí ahora casi todos los días. Francisco le tiene mucho cariño, y lástima. Y Luz juega con John Brett como si fuera su hijo. Francisco la vigila, claro. No los deja solos ni un instante. Pero ella está casi bien. Yo le pregunté a Francisco y me dijo que se ha estabilizado con un medicamento nuevo que le están dando que nunca antes habían probado. Yo converso con ella cuando viene, porque éramos como familia, juntos en esta casa. Nos llegamos a conocer y nos llevábamos muy bien. Creo que ahora está de la cabeza, más cuerda que entonces. Es increíble.

DINA. Bueno, sin los hijos que asesinó y sin ella vivir aquí, quedó despejado el horizonte. (*Pausa breve.*) Ahora quepo yo.

MENDEL. A medias. Estamos yo y John Brett. Preferiría que tuvieras tu propio cuarto.

DINA. Hijo, dime, ¿por qué le pusieron al niño John Brett? ¡Es un nombre rarísimo!

MENDEL. No tiene nada de raro.

DINA. John es común, John Wayne, John Dos Passos. ¡Pero, John Brett! Jamás he oído que nadie se llame así.

MENDEL. Sí, Mamá. (*Pausa breve.*) Fue idea de Sandy. Le puso ese nombre por el de un actor de cine.

DINA. Yo le diré Juanchi, como le decían a mi abuelo Juan. John es Juan, ¿no?

MENDEL. Como quieras. Él todavía no responde a ningún nombre. Es muy chiquito. Pero se ríe en cuanto uno se le acerca. Ya verás lo lindo que está.

DINA. Tiene a quien salir, porque tú fuiste un muñeco de muchacho... y sigues siendo guapísimo. Me imagino que Francisco también está corriendo con los gastos de la crianza del niño...

MENDEL. Sí, Mamá.

DINA. ¿Dónde están?

MENDEL. Francisco lo llevó al médico. Llegarán en cualquier momento. ¡Ten muchísimo cuidado con Francisco! No es la persona que tú conociste. Ha estado muy enfermo y tiene un tratamiento psiquiátrico, pero de verdad, no como el que tú me inventaste para que me sacara de Cuba.

DINA. Para que tuvieras una mejor vida, hijito. Y para que pudieras después traerme.

MENDEL. Pues, aquí estás. ¿Satisfecha?

DINA. De momento estoy satisfecha, de verte. El plan no era que yo viniera a parar aquí, sino que viviera contigo y con Sandy, así que no tengo idea de lo que va a ocurrir. De cualquier modo, pase lo que pase, yo les puse en mis cartas que no sabía si vendría a quedarme o no.

MENDEL. Siempre tienes esa opción, Mamá. El pasaje que te mandamos yo y Sandy es de ida y vuelta.

DINA. (*Corrigiéndolo.*) ¡Sandy y yo!

MENDEL. ¡Ah, sí! El burro *alante*...

DINA. Para que no se espante.

MENDEL. Y buen papel de burro que he hecho. La Sandy me ha dejado solo, con un hijo que cuidar, y en la *fuácata*.

DINA. Pero tenemos a Francisco.

MENDEL. ¡Bastante desquiciado! Si no fuera porque tiene el corazón como un pan, no lo hubieras podido convencer para que me trajera a los Estados Unidos, ni se habría creído que yo era su hijo, ni me habría acogido como lo hizo. Él sabe que lo de mi locura fue *puro teatro*, porque yo se lo conté todo. No podía seguir fingiendo para siempre. Pero *lo otro* sigue siendo una incógnita. Quiero que sepas que muchas veces ha discutido ese asunto conmigo. No sé por qué motivos quería saber si yo era su hijo de verdad. (*Enfático.*) Y ahora soy yo quien lo quiere saber, Mamá. Con la edad que tengo, nunca me has dicho quién es mi padre, o quién fue, porque a lo mejor se ha muerto. (*Algo exaltado.*) ¿Le estabas mintiendo también a Francisco cuando le hiciste creer que yo, tu hijo esquizofrénico, era hijo suyo, producto del romance que tuvieron él y tú en Cárdenas cuando él, a los quince años, era tu alumno y tú su profesora de química que le llevaba casi veinte? (*Mucho más exaltado.*) ¿Nos estabas mintiendo a los dos, o acaso todo eso es verdad y Francisco es mi padre?

DINA. ¡Cálmate, hijo, cálmate! ¡Me estás llamando mentirosa! ¡Ya me estás acusando y no he hecho más que llegar...!

MENDEL. No, Mamá, no te acuso de nada. Pero quisiera saber quién soy, quién es mi padre, de dónde vengo. Y con todo lo que ha pasado últimamente, también quisiera saber a dónde diablos voy. ¿Me acabarás de decir si Francisco es mi padre o no?

DINA. (*Pausa. Seria y enfática.*) ¡No! Francisco no es tu padre. Es obvio que tiene buen corazón, pero es un perfecto mentecato. Lo usamos cuando nos convino y seguiremos usándolo mientras se pueda.

MENDEL. Yo no quiero aprovecharme más de él. Ha sido muy bueno conmigo. Me lo ha dado todo. Me ha cuidado más que si fuera mi padre. Le debo agradecimiento. No, no se *lo debo*. ¡*Le estoy* verdaderamente agradecido! Le tengo, además, mucho cariño y, sobre todo, compasión. Lo conozco muy bien. Aparte de saber todo lo que ocurrió con Luz, también estoy consciente de lo mucho que ha sufrido ahora. La tragedia volvió a tocar a su puerta demasiado pronto. De milagro no está en un manicomio, porque lo que acaba de pasar volvería loco a cualquiera.

DINA. Pero, ¿qué tragedia? ¿No han estado divirtiéndose de lo lindo él, Sandy y tú durante cuatro meses, paseando, gastando y recorriendo el mundo en un barco?

MENDEL. Para mí, en particular, la diversión se acabó desde que Sandy abandonó el crucero en que le dábamos la vuelta al mundo y me quedé con la responsabilidad de atender a mi hijo recién nacido. Gracias a una pasajera que se hizo amiga nuestra pude hacer algunos paseos mientras ella se quedaba con John Brett. Tampoco *recorrimos* el mundo. Le dimos la vuelta, sí, pero el barco sólo paraba en puertos o lugares escogidos, así que del mundo sólo he conocido las ciudades y países que tenían acceso por mar a lo largo de la ruta que seguía el barco. Y para Francisco... sabiendo cómo es de obsesivo, me imagino que desde que se casó con Arminda, el viaje se le hizo una tortura.

DINA. Bueno, dame los detalles. De eso no me has contado nada.

MENDEL. Más vale que te los dé para que no metas la pata cuando llegue y hables con él. En el propio barco se casó con Arminda sin saber que la muchacha era hija suya y de una amante que tuvo él cuando era muy joven, en La Habana. Sólo después de la boda descubrió que Arminda tenía un lunar idéntico a otro que él también tenía, casi en el mismo lugar. Ella, que era bailarina y estaba en la embarcación ofreciendo unos seminarios de danza, se ausentó un mes y entonces volvió al barco. Estuvo este tiempo en Nueva York, y cuando regresó para unirse a su esposo, le confirmó que estaba en estado de él. Francisco no tuvo más remedio que decirle la verdad y ella no pudo hacerle frente a la situación de seguir viviendo maritalmente con su padre y se lanzó al mar. Nunca apareció. Francisco perdió a su hija en este accidente, y a los gemelos de Luz, como ya te he contado. ¿Te das cuenta de lo que debe ser vivir algo así? (*Pausa. Pensando en voz alta.*) ¡Qué lástima que yo no sea su hijo, porque si lo fuera se iría de este mundo, el día que le toque, sabiendo que ha dejado a alguien que lo continúe o lo represente, como él quisiera! Me ha contado muchísimas cosas, después del incidente, sobre la relación que tuvo con la madre de Arminda; en fin, lo que le viene a la mente cuando está conmigo, porque no tiene a nadie más con quien sincerarse. Cuando regresamos a Miami fue a ver a su médico enseguida y empezó el tratamiento. Le han dado varios electroshocks. Yo lo he llevado, porque después de esos tratamientos no le permiten conducir y el Dr. Sabir no ha querido ingresarlo. Piensa que se pondría peor de la depresión recluido en el sanatorio. (*Pausa breve.*) Si aparecen él y el niño, tenemos que cambiar de conversación. Deben estar al llegar ya de un momento a otro.

DINA. ¡Me parece que te has convertido en enfermero, chofer y criado!

MENDEL. No. Pero si fuera así, ¿qué? A mí no me parece nada reprochable. Haría cualquier cosa por una persona que se ha sacrificado tanto por mí. (*Pausa.*) Pero, bueno, Mamá, me estás haciendo hablar y sigues evadiendo mi pregunta. Lo has hecho siempre. (*Con firmeza, amenazante.*) ¿Me dirás de una vez y por todas quién es mi padre?

DINA. Era un hombre casado, está muerto.

MENDEL. ¡Quiero un nombre, un apellido! ¡Soy un hombre hecho y derecho! ¡Te exijo la verdad!

DINA. Se llamaba Eleodoro...

Dina queda muda, paralizada, al escuchar que se abre la puerta de entrada del apartamento. Entra Francisco con John Brett en un cochecito. Francisco y Dina se miran fijamente, tratando de notar si ha habido algún cambio en el aspecto físico del otro. Después de varios segundos, Dina toma la iniciativa para romper el silencio.

DINA. *(Actuando mal, de modo que se haga obvio que está fingiendo sus sentimientos.)* ¡Francisco, qué alegría volver a verte! *(Se abalanza sobre él y le da un fuerte abrazo. Él permanece inmóvil, sin reciprocar el abrazo ni responder verbal o anímicamente al efusivo saludo.)* Han pasado más de dos años desde que nos vimos. ¿O son tres? ¿Cuándo fue que estuviste en casa, en La Habana, por última vez?

FRANCISCO. *(Con ironía y melancolía.)* Creo que, por suerte, lo he olvidado...

Mendel se da cuenta de la tensión que prevalece en aquel encuentro e interviene para evitar, en ese momento al menos, un enfrentamiento entre Francisco y Dina.

MENDEL. ¡Tres años y medio, Mamá! Llevo bien la cuenta.

DINA. ¡Cómo pasa el tiempo! ¡Parece que fue ayer! *(Se separa de Francisco, retrocediendo, para mirarlo de pies a cabeza.)* ¡Pero si estás igualito que cuando nos vimos! Te conservas muy bien, delgado, juvenil. No parece haber mucha diferencia de edad entre Mendel y tú. *(Con ambigua intención.)* ¿Nunca los han tomado por hermanos?

FRANCISCO. *(Habla por primera vez, haciendo un esfuerzo por participar en la conversación que preferiría no estuviera produciéndose.)* ¿Un hermano al que le llevaría veinte años?

DINA. No tanto... Quince, dieciséis...

FRANCISCO. (*Después de una breve pausa, cambiando de tema.*) ¿Acaban de llegar del aeropuerto?

MENDEL. No. Hace un buen rato que llegamos. Hemos estado poniéndonos al día. ¡Mamá y yo tenemos tanto de que hablar!

Suena el timbre del teléfono. Se miran los tres como tratando de decidir a cuál de los dos hombres le corresponde abandonar a la recién llegada para contestarlo. Mendel dice: «Yo voy». Se acerca al teléfono que está sobre una mesita. «Hello», dice. Escucha. Añade: «Sí, un momento». Mirando a Francisco, le dice: «Para ti. Es Luz». Francisco va al teléfono. Dice: «Dime, Luz». Escucha. Añade: «Tengo visita. [...] Hoy no. [...] El niño está bien. [...] Sí. Es un día un poco complicado. Acabo de regresar del médico. [...] No, el niño. Rutina. [...] Como una manzanita. [...] Mañana. ¿O.K.? [...] Bye». Cuelga y se acerca a Mendel y a Dina.

FRANCISCO. (*A Mendel.*) ¿No ha venido Cuca?

MENDEL. Sí. Llegó temprano, antes de yo salir para el aeropuerto, pero le dije que ni tú, ni el niño, ni yo íbamos a estar aquí para el almuerzo. Lavó, porque mi ropa limpia está sobre la cama, pero como que no le dije a qué hora regresábamos, debe haberse ido. Tal vez dejó preparado algo de comer. Voy a ver. Le dije que hoy no tenía que ocuparse de John Brett. (*Mendel pasa al comedor en camino a la cocina. Francisco queda solo con Dina un momento. Él la mira con rencor. Ella le depara una sonrisa hipócrita. Mendel regresa enseguida.*) Dejó hecha una ensalada de algo. Creo que es de pollo. Y arroz amarillo.

FRANCISCO. Si me perdonan, me voy a bañar. (*A Mendel.*) El niño está dormido. Llévatelo al cuarto. (*A Dina.*) Tú y yo también tenemos que ponernos al día.

DINA. ¡Ya lo creo! Vete a bañar. No necesito cumplidos. Voy a sacar mis cosas de las maletas... (*Mirando a Francisco.*) Y las que traigo para ti...

FRANCISCO. ¿Para mí? (*Curioso y sarcástico a la vez.*) Espero que no sea una camiseta con la foto del Che Guevara...

DINA. ¡Bromista...! Son recuerdos de familia, algo que te prometí hace mucho tiempo y que ha llegado el momento de entregarte.

FRANCISCO. (*Piensa. Habla, después de una breve pausa, como si perdiera un instante la conciencia de la realidad circundante, súbitamente ensimismado.*) ¡Bromista...! Esa fue la palabra que usó Dios la última vez que habló conmigo...

DINA. (*Muy sorprendida.*) ¿Dios habló contigo?

Dina está confundida. Mira a Mendel, interrogativa. Francisco no contesta; se da vuelta y se dirige al pasillo que lleva a los dormitorios. Mendel queda solo con Dina.

MENDEL. No le hagas caso. Dice cosas rarísimas y los electroshocks le han hecho perder mucho la memoria, sobre todo de las cosas inmediatas. A veces se queda en blanco y no sabe dónde está, pero después vuelve al presente como si nada. Otras me pregunta si he visto a Arminda y cuando le viene a la memoria lo que pasó, se echa a llorar. Yo estaba presente cuando ocurrió el desastre. (*Pausa.*) Te digo que fue algo horrible. Lo vi todo, porque la puerta que daba al balcón del camarote de ellos estaba abierta, y gracias a mí se salvó.

DINA. ¿Cómo que se salvó? ¿No me dijiste que se tiró al mar y que nunca apareció?

MENDEL. ¡No! ¡Sí! Arminda desapareció, se ahogó. El que se salvó fue Francisco. Veníamos ya de regreso a Nueva York, en camino a las Azores, desde Inglaterra. Yo llegué al camarote de ellos a buscar a John Brett en el mismo momento en que Arminda se lanzaba al agua. Francisco se abalanzó sobre ella para agarrarla por las piernas cuando ya saltaba por encima de la barandilla, pero se le escurrió entre los brazos y se quedó con sus zapatos en las manos. Le arrojó un salvavidas, se puso él otro, y se tiró él también al mar para rescatarla. Yo fui corriendo al puente de mando. El barco paró, dio la vuelta, comenzaron a buscarlos con reflectores, y encontraron a Francisco vivo, flotando, aunque tiritando de frío. Arminda no apareció.

DINA. (*Sincera.*) ¡Qué horror! Eso puede llevar al más cuerdo a la locura. Para Francisco, a quien le faltan cuatro tuercas, sería devastador.

MENDEL. Le tengo mucha compasión. Hay que ayudarlo.

DINA. (*Volviendo a su natural pragmatismo.*) Nada, nada de lo que me refieres es asunto mío. Yo tengo mis problemas y tú los tuyos. Y no hay más nadie en el mundo que nos pueda dar una mano. Así que tendremos que hilar fino y jugarnos el todo por el todo. Más por ti que por mí. Al fin y al cabo, estoy vieja, y el futuro se acorta cada día más. Pero no quisiera tener que volver a Cuba a pasar trabajo. Mi militancia política no me ha llevado a ninguna parte porque nunca pude llegar a las altas esferas del Partido. No pasé de ser una profesora, fiel servidora del régimen. Si hubiera tenido otro oficio, aunque no hubiera sido dirigente del Partido, habría viajado, como hacen los artistas y los atletas, y recibir parte de mi salario en dólares. Pero ya sabes las penurias que pasamos tú y yo. No te habrás olvidado en tan poco tiempo que hace que estás aquí.

MENDEL. Pues sí. Me he olvidado. Bueno, si tú me lo recuerdas, me viene a la mente, pero dejé atrás esa miseria, y Francisco y Sandy me han dado lo que nunca tuve... Para serte sincero, lo que nunca pudiste darme tú con todo tu maldito comunismo.

DINA. Pero, hijo, ¿te han lavado el cerebro? (*Pausa breve.*) ¡Te has vuelto un verdadero *gusano*, de corazón! (*Pausa breve.*) No me importa. Pero quiero que te quede bien claro que aunque los principios revolucionarios que he defendido no me hayan dado las comodidades y placeres que has disfrutado tú y pude haber tenido yo, no los abandonaré jamás. Contrariamente a ti, no tengo la menor reserva en utilizar a Francisco, con cuya familia tuve gran contacto. Esa gente me debía la ayuda que Francisco me dará ahora y que tú mereces.

MENDEL. Yo no merezco nada. Él no es mi padre y ya me lo has confesado. ¿Qué tienes que ver tú con su familia? ¿A qué te refieres?

DINA. Mira, tengo hambre. ¿Puedo servirme un poco de la ensalada de pollo? En el avión de Cubana lo único que dieron fue un café aguachento, sin azúcar casi, que daba asco. Y llevo horas sin comer.

MENDEL. Sí, claro. Ve a la cocina. Puedes servirte lo que quieras.

DINA. Gracias. (*Pausa breve.*) No pienso morirme por ahora, así que tendrás tiempo de interrogarme cuanto te parezca. Quizás ni falta te haga.

MENDEL. Voy a poner al niño en su cuna. (*Apuntando con el índice hacia el comedor que conduce a la cocina.*) La cocina está ahí.

Dina se dirige hacia la cocina y Mendel, con el carrito del bebé, hacia los dormitorios. Se produce un breve

Apagón.

CUADRO 2

Al día siguiente. Son las cinco de la tarde. Francisco está sentado en una butaca, leyendo el periódico. Mendel manipula su teléfono móvil, enviando y recibiendo mensajes o entretenido con algún juego electrónico. Luz está extendiendo una pequeña manta sobre un lado del sofá para protegerlo y después desdobla una ropita que yacía al otro extremo del sofá.

FRANCISCO. Mendel, ¿qué hace tu madre? No la he visto desde que regresé.

MENDEL. Por la mañana, mientras estuviste fuera, se ocupó de acabar de ordenar sus cosas. No tenía dónde meter las maletas vacías en nuestro cuarto y le dije que las pusiera en el cuartico de desahogo, donde están la lavadora y la secadora. ¿Te parece bien?

FRANCISCO. Sí, por supuesto.

MENDEL. Almorzamos. Nos llegamos a la farmacia, y después se tiró a echar un pestañazo. Debe estar dormida todavía. (*Pausa breve.*) Por cierto, Cuca hizo un tremendo arroz con pollo. Te lo perdiste.

FRANCISCO. No. Luego me caliento un poco. Yo almorcé en Versailles con Olfa Cannon. ¿La recuerdas? Te la presenté en una función de teatro a donde fuimos tú y yo.

MENDEL. ¿La reportera del *Diario Libre*?

FRANCISCO. Sí. Es un encanto de persona. La voy a invitar para que venga a cenar con nosotros la semana próxima, si puedo contar con Cuca algún día.

Entra Cuca de los dormitorios cargando a John Brett, quien trae puesto sólo un pañal.

CUCA. Aquí está este muñeco. Acabadito de bañar, fresquito y entalcadito. (*A Luz.*) ¿Tienes lista la ropita? (*Entregándole al niño.*) ¡Toma!

LUZ. Dame.

Luz coloca al niño sobre la manta, en el sofá, y se dedica a vestirlo

FRANCISCO. (*A Cuca.*) ¿Cuca, estarás disponible alguna noche de la semana que viene para preparar una comidita especial? ¿El viernes, por ejemplo? Quiero que venga una vieja amiga.

CUCA. El día que usted quiera, Señor Francisco.

FRANCISCO. Muy bien. Te lo confirmaré a principios de semana.

CUCA. ¿Me necesita para algo más?

FRANCISCO. No, Cuca, gracias.

CUCA. Bueno, entonces me voy. Preparé arroz con pollo. Yo pensé que usted iba a almorzar aquí. Por eso lo hice como a usted le gusta, a la chorrera, y le eché una botella de cerveza. Tiene un plato listo en la nevera. No tiene más que ponerlo dos minutos en el microondas.

Cuca va hacia la zona del comedor y la cocina. Desaparece un instante y vuelve con una bolsa, dirigiéndose hacia la puerta de salida. Dice «Hasta mañana», a lo cual Mendel y Francisco responden de igual modo. En ese mismo instante, entra Dina desde los dormitorios y alcanza a decirle a Cuca: «Hasta mañana, Cuca». Cuca la oye, se detiene un momento antes de cerrar la puerta tras sí y, mirando a Dina, le dice: «Hasta mañana, señora». Luz continúa ocupada en su labor y se ha mantenido al margen de la conversación anterior.

DINA. (*Mirando a Luz y refiriéndose a ella.*) ¡Bueno, se llenó el bote!

FRANCISCO. (*Ignorando lo que Dina ha dicho. A Luz.*) Luz, ya va siendo hora de que regreses a tu casa.

MENDEL. (*A Francisco.*) ¿Quieres que la lleve yo?

FRANCISCO. Bueno. Te lo voy agradecer. Me he pasado el día trajinando. ¿A qué hora vino Luz? (*A Luz.*) Luz, ¿a qué hora viniste?

LUZ. No me acuerdo. Antes de almuerzo.

MENDEL. A eso de las once. (*A Francisco, con intención, para que comprenda que no ha dejado a Luz sola con el niño ni un minuto.*) ¡Yo he estado con ella desde que llegó! (*A Dina.*) ¿Quieres venir con nosotros, Mamá, para que empieces a conocer la ciudad?

DINA. Ay, hijo, ya tendré tiempo para eso. Aparte de que todavía no he tenido un minuto para conversar con Francisco. (*A Francisco.*) ¿Estás ocupado?

FRANCISCO. No.

Francisco le da las llaves del auto a Mendel. Luz pone a John Brett en su cochecito, ya vestido, y se dispone a salir con Mendel. Dina, quien se ha mantenido de pie, le dice a Francisco: «Ya vuelvo», y sale en dirección a los dormitorios. Antes de salir por la puerta principal, Mendel dice: «Hasta luego», y Luz: «Bye». Francisco queda solo un minuto. John Brett permanece también en la sala dentro de su cochecito, que Francisco podría mover de cuando en cuando. Entra Dina. Trae una bolsita de plástico pequeña, con algo de forma rectangular dentro, que bien podría ser —pero no es— una caja de jabones.

DINA. Perdona la demora en darte lo ofrecido. Lo tenía en el fondo de una de las maletas. (*Irónica.*) ¡No es una camiseta revolucionaria! Creo que con esto se desvanecerán todas tus dudas. Tal vez no estés en condiciones de hacer un viaje a un pasado muy lejano, de saber cosas que tú por aquella época no imaginabas que pudieran estar ocurriendo.

FRANCISCO. ¡Vaya! ¡Ahora enigmática! No quise preguntarte nada ayer en presencia de tu hijo, pero hay mucho que tienes que aclarar. Si piensas que vas a venir a mi casa, a mi propia casa, a engañarme como lo hiciste en la tuya para que cargara con Mendel, te equivocas. ¡La enfermedad de Mendel era una mentira! Pero me lo creí. Hoy día, no pienso que él sería capaz de prestarse a tu juego. (*Pausa.*) ¿Y tu enfermedad? Me aseguraste que te estabas muriendo, que no querías seguir haciéndote el tratamiento de diálisis. Tenías los brazos vendados donde supuestamente te ponían las agujas para el tratamiento. (*Pausa breve.*) ¿Te curaste de repente o te hicieron un transplante de riñones? Te ves muy saludable. (*Pausa breve.*) ¡Mentirosa!

DINA. No te niego nada, Francisco. Mi desesperación para sacar a Mendel de aquella miseria me obligó a mentir. Tú no sabías que Mendel existía.

FRANCISCO. Pero no tenía obligación alguna, a menos que hubiera sido, de verdad, mi hijo, y ya sé por él mismo que no lo es. Anoche me dijo lo que había conversado contigo. Me tiene absoluta confianza. Más que a ti. Me ha contado cosas que quizás tú ni sepas.

DINA. (*Curiosa.*) ¿Como qué?

FRANCISCO. Eso nada importa. Mendel no es mi hijo. Su padre sería uno de los amantes de turno que tuviste cuando me sedujiste en el Instituto de Cárdenas. Muchos fines de semana te ibas a La Habana y allí tendrías tus bacanales y orgías.

DINA. ¡Tus insultos no tienen paralelo! En esas condiciones no podemos dialogar. Y lo que tengo que explicarte requiere ecuanimidad de parte tuya... y mía.

FRANCISCO. (*Tras una breve pausa.*) ¿Tengo que adivinar qué me traes en esa bolsita? ¿Es parte de tu juego? ¿O puedo deducir por su forma y tamaño que es una raspadura hecha con melaza cubana?

DINA. ¡Mejor! ¡Mucho mejor así! Ese tono burlón, pero jocoso, es más favorable.

FRANCISCO. (*Firme.*) ¡Habla!

DINA. Mira, Francisco, mi comportamiento después de (*Con intención.*) lo ocurrido entre nosotros en el cuartico del laboratorio del Instituto, mi alejamiento, el evadirte para evitar otro episodio erótico entre nosotros, debe haberte extrañado mucho.

FRANCISCO. Muchísimo. No sabía qué hacer. Sentí que me rechazabas, que me despreciabas. Y yo quería que lo nuestro continuara, a pesar de la diferencia de edades. ¿Por qué hiciste todo aquello?

DINA. Ya te expliqué cómo surgió el asunto cuando viniste a mi casa aquel día en que te llevaste a Mendel. (*Pausa breve.*) Una de las veces que fui al consultorio de tu padre, en la Clínica La Caridad, me pidió que te iniciara... que, bueno, te persuadiera a tener sexo conmigo. Acababas de cumplir quince años y no habías tenido ninguna aventura. Tu padre, que era homofóbico, a pesar de ser médico y extremadamente inteligente, pensaba que no te habías acercado a ninguna mujer hasta entonces porque no te gustaban...

FRANCISCO. ¿A mí? ¡Qué poco me conoció!

DINA. Tienes razón. ¡Me consta! Se equivocaba. Eras simplemente un adolescente delicado, un intelectual en ciernes, pero tus padres, los dos, no entendían eso. A tu casa no habían llegado tales finuras espirituales. Le dije que haría lo que me pedía y cumplí con mi palabra. Además, te soy sincera, tú me gustabas, y las ideas que yo tenía en la cabeza de que una mezcla de razas, por pequeña que fuera, mejora las especies, me impulsaron a acostarme contigo buscando un hijo tuyo, que tuviera la inteligencia tuya, que obviamente te venía por tu padre.

FRANCISCO. En otras circunstancias te pondría nueva, pero lo que tengo de mulato es hoy para mí una honra. Pertenezco a dos mundos. Los Santos Tutelares blancos y los negros velan por mí. (*Pausa.*) ¿Conseguiste lo que querías? Si al fin no quedaste preñada por mí, ¿en qué paró tu búsqueda del hijo perfecto que se convirtiera en un hombre nuevo para la Revolución que defendías con ahínco?

DINA. Al día siguiente de tener tú y yo aquel encuentro en que pudiste haberme inseminado dos veces, me levanté sintiéndome muy mal; me di cuenta entonces que hacía días venía teniendo mareos. Pero esa mañana en cuestión, además de los vahídos y el dolor de cabeza, vomité como nunca lo había hecho. Por la tarde fui a ver a tu padre y al reconocerme confirmó que estaba en estado. Los síntomas de un embarazo no se manifiestan en veinticuatro horas. El hijo no era tuyo. A pesar de lo mucho que nos cuidábamos, el hijo era de él.

Hay una pausa en que Francisco queda con la boca entreabierta, atontado, sin poder responder física o verbalmente a la confesión de Dina. Ella no se atreve a decir nada más hasta no entender cómo la información que le ha dado, ha afectado a Francisco. Él no se recupera.

DINA. (*Temiendo un ataque de furia.*) ¡No te sulfures, por lo que más quieras!

FRANCISCO. (*Después de una larga pausa. Habla como caído en un trance, como un sonámbulo, muy pausadamente.*) *El río de la sangre se bifurca... en busca de dos mares diferentes... y a los mares aúna el mismo puente... de la sangre común que los fecunda.* Las palabras que me dijo la Santa Negra Bruna en un sueño y que nunca pude entender... La sangre de mi padre se bifurcó y llegó a dos mares diferentes, los úteros acuosos de mi madre y de Dina... que dieron dos hijos con un mismo padre... A mí y a Mendel nos une el mismo puente, nuestro padre común... y su sangre corre por nuestras venas hermanas... (*Pausa en que lentamente va volviendo a la realidad y se*

percata de que tiene a Dina frente a él. A Dina.)
...entonces, mi padre y tú...
DINA. Sí, por un período de varios meses.
FRANCISCO. Mendel es mi... (*Recapacitando. Ahora bien despejado.*) ¡No puede ser! ¡Otra de tus mentiras, urdida para quedarte en esta casa! Porque no tienes adonde irte ni donde meterte. Inventando que Mendel es *mi hermano*, aunque no sea *mi hijo*, no podría echar de mi casa a su madre... (*Pausa. Por un momento ensimismado.*) Aunque las palabras de Bruna...
DINA. ¡Despierta, Francisco! Esto sí es verdad. Y aquí tengo las cartas de amor escritas por tu padre como prueba. De su puño y letra. No tendrás la menor duda, porque su escritura es inconfundible; garabatos de médico que son difíciles de entender. (*Saca el mazo de cartas de la bolsita y se lo entrega.*) ¡Aquí tienes!

Pausa en que Francisco deshace el lazo de color rojo que ata las cartas y comienza a leer una de ellas.

FRANCISCO. Sí, es la letra de mi padre.
DINA. Nunca reconoció a Mendel como hijo suyo.
FRANCISCO. (*Breve pausa.*) ¿Se negó a ayudarte o a mantenerlo?
DINA. No. Me dio una mano. Me enviaba dinero periódicamente, aunque yo con mi sueldo me desenvolvía bien. No permitió jamás que tu madre supiera nada; la quería mucho. Con sus envíos trataba de ayudar con la crianza de Mendel y de callarme la boca.
FRANCISCO. Y mantuviste el secreto hasta hoy...
DINA. No. Tu madre al fin lo supo muchísimos años después. Había pasado tanto tiempo, que consideré que la verdad no podía perjudicarla en nada, porque tu padre ya había muerto. En una de las visitas que le hice en Varadero, le conté lo ocurrido y le mostré las cartas para pedirle su

asistencia. Fue durante el «Período especial», cuando en Cuba no había nada de nada, y tenía la esperanza de que al menos ella pudiera suministrarnos algunas cosas de comida que se conseguían en el campo, en provincia, quiero decir, puesto que Varadero en sí no es campo. Por tu padre, yo sabía que sus nietos pescaban y que en tu casa tenían contactos con gente que los abastecía de algunos comestibles. Si él hubiera reconocido a Mendel, yo habría tenido más derecho para exigir, pero eran unas cuantas cartas de amor lo único que me ligaba a la vida de tu padre.

FRANCISCO. ¿Fue esa revelación que le hiciste lo que le produjo a mi madre la embolia?

DINA. ¡Nada de eso! Tuvo la embolia en vida de tu padre.

FRANCISCO. Ah, sí. Ahora recuerdo.

DINA. Ya ella se había mejorado mucho cuando la visité, y se portó como una dama. No creo que hubiera persona más noble en el mundo. Se ofreció a enviarme cuanto pudiera con tu cuñado, que iba a La Habana semanalmente, para aliviar nuestra situación, y hasta en más de una ocasión me hizo llegar dólares de los que tú le mandabas a ella todos los meses.

FRANCISCO. ¡Así era mi madre! Se quitaba de la boca lo que iba a comer para dárselo a otros.

DINA. Aquel día, antes de irme de tu casa, me pidió que volviera con Mendel para conocerlo. Me dijo que por estar tú, su único hijo varón, exiliado, y no poder verte con la frecuencia que ella hubiera deseado, Mendel sería para ella como otro hijo, pues aunque no lo había parido, era fruto de tu padre, el único hombre que había amado en su vida.

FRANCISCO. (*Pausa. Pensando.*) Ahora entiendo tantos misterios que nunca pude descifrar. Mendel aborrece el aguacate, pero no por ser hijo mío, sino porque heredó la misma fobia patológica de mi padre, o sea, de *su* padre.

Y, claro, el lunar de mi familia, que tenía Arminda, mi hija, no apareció en Mendel porque ese estigma nos viene por Mamá. Mi padre no tenía máculas conspicuas que identificaran a sus descendientes.

DINA. Tu madre y yo quedamos amigas.

FRANCISCO. ¿Y por qué, entonces, me engañaste como a un imbécil cuando estuve en tu casa? Podía haber traído a Mendel a los Estados Unidos como el hermano mío que era.

DINA. Ése fue un plan que había concebido mucho tiempo atrás y no podía arriesgarme a que tú reaccionaras de un modo adverso y me quedara yo plantada en La Habana sin saber qué hacer con mi hijo, ni cómo sacarlo de Cuba. Además, todo aquello, su locura, que anduviera en cueros por la casa, los versitos que inventé para que me dijera, ¿recuerdas?, «Dina, Dina, Caca-quina, Dina, Dina, Caca-cón», nos divertía muchísimo. Todo fue teatro. Nos gusta el teatro. (*Pausa breve.*) ¿Hay algo más que quieras saber?

FRANCISCO. (*Terminante y molesto por la desfachatez de Dina. Sopesando seriamente la burla de que fue objeto.*) ¡No!

DINA. Entonces, me voy a mi cuarto, y te dejo con esas carticas, que te van a entretener más que el periódico.

FRANCISCO. (*Enfático.*) Te vas *al cuarto de MI casa*, donde te has acomodado temporalmente. Te vas al cuarto que le he asignado (*Recalcando.*) a *mi hermano* Mendel y a *mi sobrino* John Brett, su hijo. Ni en ese cuarto ni en esta casa tienes tú cabida. Con tu confesión no has conseguido lo que supongo querías. ¡Conmigo no cuentes! Fuiste una arpía, pudiste destruir el matrimonio de mis padres, te acostaste con media Habana, y has estado sirviendo a los enemigos de la dignidad humana toda tu vida, con penurias o sin ellas. Quien miente una vez, dos, diez, es como el asesino que ya no cuenta los crímenes que ha cometido ni los muertos que ha dejado atrás y sólo piensa en salvar el pellejo. Aquí estarás hasta que soluciones tu conflicto, pero esta vez no seré yo el idiota que te lo venga a resolver.

Dina se revuelve en su ira y su odio a Francisco. Se encamina hacia el pasillo que lleva a los dormitorios. Se detiene y se vuelve.

DINA. (*Mirando a Francisco fría, duramente, le grita.*) ¡HIJO DE PUTA!

Apagón.

CUADRO 3

Han pasado varios días. Francisco está sentado en la sala. Entra Mendel.

MENDEL. ¡Listos! ¿Seguro que no vas a necesitar el carro en toda la tarde? Podemos tomar un taxi.

FRANCISCO. ¿A qué hora piensas regresar? No será cosa de más de dos o tres horas...

MENDEL. Ahora hay más puntualidad, pero la espera será larga.

FRANCISCO. ¿Y tú? ¿Ya decidiste?

MENDEL. No hay nada que decidir. ¿Qué puedo hacer? De momento no tengo otra alternativa. ¡Atado de pies y manos!

FRANCISCO. Tienes todas las alternativas habidas y por haber. Puedes hacer lo que quieras. Las condiciones que ha impuesto Sandy para que regreses no representan un problema que no podamos solucionar.

MENDEL. No sé cómo podría resolverlo. Aunque Sandy me abre de nuevo las puertas de su casa, y de su corazón...

FRANCISCO. (*Relajado, ligeramente juguetón.*) Te abre de nuevo las puertas... y las piernas... Ya sabemos qué es lo que más le gusta de ti. (*Pausa breve.*) Te quiere a ti, sin ataduras, sin hijos, sin viejas suegras entrometidas.

MENDEL. Lo sé. Quiere que volvamos a tener la libertad que disfrutamos desde que nos conocimos hasta que nació John Brett. El niño y Mamá serían un obstáculo para que ella hiciera las cosas que le gustan.

FRANCISCO. ¿Como qué?

MENDEL. Locuras de ella. Anda desnuda en la casa. Durante el invierno, subía la calefacción para poder quitarse la ropa y andar así todo el tiempo. Y (*Con intención.*) lo otro, le gusta hacerlo en la escalera, metidos en un *closet*, revolcándose sobre las alfombras.

FRANCISCO. Bueno, hijo...

MENDEL. (*Interrumpiéndolo.*) ¿Hijo? ¿Todavía tienes eso metido en la cabeza?

FRANCISCO. Es un modo de hablar. De todas maneras, aunque seamos hermanos por parte de padre, medio hermanos, te llevo una partida de años y bien podrías ser mi hijo... (*Pausa.*) Lo que te iba a decir es que cada cual se divierte a su manera. Si tú das la talla y puedes continuar complaciéndola, aprovecha su invitación.

MENDEL. Eso se dice fácil, pero tengo que criar a mi hijo, buscarme un trabajo aquí en Miami, enfrentarme a lo que la vida va poniendo por delante. Te estoy eternamente agradecido, pero tengo que independizarme. El dilema que me ha creado Sandy es que tengo que escoger entre ella y John Brett. No puedo volver a Cape Cod con él y tampoco lo puedo dejar solo. A menos que tú cambies de parecer y Mamá se quede para cuidarlo.

FRANCISCO. Si te vas, el niño no se va a quedar solo. No necesita de tu madre. ¿Para qué me tienes a mí?

MENDEL. ¿Tú? ¿Te harías cargo del niño?

FRANCISCO. ¿Ves en eso alguna dificultad? Cuca se ocupa de todos los quehaceres de la casa. Me queda mucho tiempo libre. Ya escribo muy poco. Amor y dedicación no le faltarán a ese pedacito de carne. No olvides que es mi sobrino. No es un extraño que vaya a adoptar o a cobijar en mi casa. Por vía tuya, lleva también la sangre de mi padre.

MENDEL. Pero Mamá... Las mujeres tienen un don especial para ocuparse de los niños. Además, me he encariñado mucho con mi hijo...

FRANCISCO. ¿Y qué te impide tomar un avión cada vez que se te antoje y venir a verlo, estar aquí unos días, y luego volverte a Cape Cod?

MENDEL. (*Piensa.*) Sí... y podría venir de cuando en cuando con Sandy, quedarnos en algún hotel por aquí cerca, y tal vez, tal vez, viendo al niño en esas condiciones en que no

estaría obligada a cuidarlo, empiece a simpatizar con él...
Quién sabe... A lo mejor...
FRANCISCO. Entonces, ¿qué? ¿Te vas?
MENDEL. Del modo que tú planteas, sí, lo haría. Lo de Mamá
quizás se pueda resolver de otra manera. Si tú quieres...

*Dina le grita a Mendel desde su dormitorio: «¡Mendel,
ya!» Mendel sale y casi enseguida regresa cargando las dos
maletas que traía al principio de la representación. Lo sigue
Dina, portando la tercera maleta y una bolsa de mano.*

MENDEL. (*A Dina.*) Vamos, Mamá.
DINA. (*A Francisco, con irritación.*) El niño se despertó. Debe
tener hambre otra vez... Está chillando.
FRANCISCO. Eso es asunto mío. ¡Adiós, Dina!

*Francisco va a encaminarse hacia los dormitorios, pero
Mendel lo detiene.*

MENDEL. Espérate, Francisco. Si yo me voy para Cape Cod,
las cosas no tienen que terminar así. Mamá puede quedarse aunque sea un tiempo y velar por John Brett. Si la presencia de ella es una molestia para ti, se podría alquilar un
efficiency para ella y el niño por aquí cerca. No pretendo
que tú lo pagues. En cuanto regrese a Cape Cod y le expli-
que a Sandy la situación, estoy seguro que ella no tendrá inconveniente en contribuir con lo que sea para criar a su hijo.
Lo que no quiere, por ahora al menos, es tenerlo cerca.
DINA. (*Interrumpiendo, violenta.*) ¿Pero, qué es esto? (*A
Mendel.*) ¿Desde cuándo tú decides a dónde voy, dónde
vivo y qué hago? ¿Te vas de nuevo a vivir (*Despectiva.*)
con esa Sandy? ¿Y no me habías dicho nada?
MENDEL. Lo acabo de decidir. Por ahora, ésa es la única
puerta que se me abre. Y yo quiero a Sandy. La quiero de
verdad. No me casé con ella por su dinero.

DINA. (*Alterada.*) ¡Yo me voy! Aquí no hay nada para mí.
MENDEL. Mamá, por favor. Estoy yo, aunque viva en Cape
Cod. Te veré a ti y a mi hijo con mucha frecuencia. Estoy
seguro que a Francisco no le importará darte albergue unos
días más hasta que se resuelva un apartamentico para el
niño y para ti. ¿Verdad, Francisco?
FRANCISCO. No tendría inconveniente, aunque preferiría que
el niño se quedara aquí, conmigo.
DINA. (*Muy alterada. Gritando.*) ¡Basta! La peste a mierda de
ese chiquillo me tiene loca. No cambio ni un pañal más.
No paso una noche más en vela. Estoy muy vieja para en-
redarme ahora con semejante abominación. (*A Mendel.*)
¡Agarra las maletas y vamos!
MENDEL. (*Desconcertado. A Francisco.*) Dame las llaves.
FRANCISCO. (*Le da a Mendel las llaves del auto y saca de su
billetera dinero, que le entrega, ignorando a Dina.*) Llena
el tanque cuando regreses del aeropuerto.
DINA. (*Con urgencia, a Mendel.*) ¡Vamos de una vez! Voy a
perder el avión. ¡No aguanto ni un día más de estos enre-
dos en que me has metido!

Dina y Francisco se miran por última vez.

FRANCISCO. (*Con absoluta sinceridad, muy calmado.*)
¡Todo te lo perdono! ¡Que tengas buen viaje!
DINA. (*Enfática.*) ¡El santico Francisco! ¡Gracias! ¡De
nada! ¡Espero no volverte a ver nunca más en esta puñetera
vida! ¡Que te parta un rayo!

*Dina sale enfurecida, deprisa, del apartamento. Mendel
mira a Francisco tratando de excusarse en nombre de su madre y se encoge de hombros.*

MENDEL. (*A Francisco.*) ¿Quién la entiende?

Apagón.

CUADRO 4

Han pasado tres días. Llueve y se escuchan resonantes truenos. Durante esta breve escena, el tiempo mejorará, lo cual se hará notar por los cambios de la iluminación que se observa a través de las ventanas del balcón. Francisco está sentado en una butaca. Tiene en la mano una pluma y apoya una hoja de papel sobre una revista. Luz saca a John Brett de su cochecito, lo carga, lo toca, lo huele, toma un paño y un pañal desechable del cochecito y va al sofá. Acomoda el paño en un extremo del sofá y sitúa al niño sobre el paño.

LUZ. (*A Francisco.*) Le voy a cambiar el pañal.
FRANCISCO. ¿Se hizo caca?
LUZ. Creo que no, pero me huele a orina.

Luz hace todas las acciones. Francisco deja la pluma y el papel sobre la butaca que ocupaba, se levanta y se sienta al otro extremo, que queda libre, del sofá.

LUZ. ¿Qué escribes?
FRANCISCO. (*Pausa breve.*) Hasta ahora no he escrito nada. Iba a anotar lo que recuerdo de un sueño que tuve anoche con una de mis tías. Casi todas las noches sueño con mi familia, pero me veo de niño. Nada. ¡Boberías!
LUZ. Cuando lo escribas, ¿me vas a dejar leerlo?
FRANCISCO. Sí, si tú quieres. (*Pausa.*) ¿Tú no sueñas?
LUZ. Muy pocas veces. Duermo profundamente. A veces me vienen a la cabeza los recuerdos de todo lo que pasó si me despierto en algún momento de la noche, y ya no puedo dormir más. Pero esto me ocurre con menos frecuencia cada día. Me siento culpable. Las pastillas que tomo me controlan, pero no cambian los hechos.

Durante el resto del diálogo, Luz cargará al bebé como si fuera su propio hijo, lo pondrá después en el cochecito y realizará acciones relacionadas con el niño. Podría darle su alimento o atenderlo de otros modos, sacándolo de nuevo del cochecito, etc.

FRANCISCO. (*Suavemente.*) Tienes que olvidar todo eso. No puedes volver atrás. Estabas muy enferma y no lo sabías, no lo sabíamos, ni tú, ni yo, ni tu tía... Acacia.

LUZ. Debí hacerle caso a Acacia cuando trató de convencerme para que me hiciera un aborto. No hubieran tenido oportunidad de nacer esos dos angelitos... para que después yo hiciera lo que hice.

FRANCISCO. Pero aquí está este otro angelito que jamás llora cuando tú estás a su lado. Te siente aunque no te vea. Y cuando lo cargas no hace más que sonreír. (*Pausa breve.*) ¿Qué tiempo hace que no tienes una recaída?

LUZ. Desde que comenzaron a tratarme en el Centro de Rehabilitación del Estado. Me quitaron todos los antidepresivos, que eran los que me llevaban a las crisis, y me han dejado con el *clozapine* y el *litio*. Nada más. Nunca me había sentido tan dueña de mí misma y de mis acciones. Si no fuera por los pensamientos obsesivos que todavía a veces me atormentan, te podría decir que estoy curada. Pero el médico me ha dicho que tendré que tomar los medicamentos por el resto de mi vida.

FRANCISCO. Sí, eso es así. Pero lo mismo le pasa al que tiene la presión alta, o a los diabéticos. En fin. ¡A cuidarse! (*Pausa.*) ¿Tienes algún plan?

LUZ. Las artes gráficas, como siempre. He comenzado de nuevo a dibujar y pintar. Pero sin ninguna intención precisa por el momento. Recibo ayuda del gobierno como incapacitada. Como sabes, a la cárcel nunca fui ni me hicieron juicio. En el Centro de Rehabilitación me tramitaron todos los papeles para la ayuda y que pudiera seguir viviendo con Acacia. Siempre me ha dado su apoyo.

FRANCISCO. Conmigo también puedes contar. ¡Incondicionalmente! (*Pausa.*) ¿Estás contenta?

LUZ. Yo sí. ¿Y tú?

FRANCISCO. También estoy contento, feliz de verte aquí, de que te sientas bien. (*Pausa. Vacila antes de hacerle la pregunta que sigue, porque duda si estará actuando correctamente y porque no sabe cómo Luz la tomará.*) ¿Quieres quedarte esta noche a dormir aquí?

LUZ. (*Sorprendida.*) ¿Aquí?

FRANCISCO. Sí. Así me ahorro el viaje a Kendall para llevarte. El tiempo sigue malo.

LUZ. ¿Quedarme esta noche a dormir aquí...? (*Pausa breve.*) ¿Contigo...?

FRANCISCO. Sí. ¡Aquí, conmigo!

LUZ. Yo no estoy enamorada de ti.

FRANCISCO. Eso ya lo sé, Luz. Me has entendido mal. Cuando te digo que te puedes quedar aquí conmigo, no quiero decir que duermas conmigo. Mendel ya se fue para Cape Cod y su cuarto está desocupado.

LUZ. (*Pensando tan sólo un instante, responde entusiasmada. Lo que Francisco le ofrece es algo que ella ha estado deseando.*) Sí, sí. No tengo más que llamar a Acacia para decirle que me quedo aquí y que no me espere.

FRANCISCO. Y mañana, ¿te volverías a quedar?

LUZ. Mañana y todas las noches, si quieres que me quede aquí para siempre. ¡Contigo y con Johnny!

FRANCISCO. Ésta es tu casa... (*Enternecido.*) ¡Te quiero mucho, Luz!

LUZ. Y yo a ti.

FRANCISCO. (*Como un juego de niños.*) ¿De qué tamaño?

LUZ. (*Separando y extendiendo los brazos para dar la idea de un espacio gigantesco.*) ¡Así de grande!

FRANCISCO. ¿Más que a Johnny, o menos?

LUZ. ¡Igual!

Francisco se acerca a Luz y le da un beso en la frente.

FRANCISCO. No tengas la menor preocupación. Sólo quiero tu bienestar. ¡Tú, en tu cuarto, y John Brett y yo, en el mío! (*En voz alta, cual si le hablara agradecido a sus Santos Custodios.*) ¡Ahora tengo dos hijos por quienes velar...! Y la paz de este hogar...

Luz advierte por el balcón unos raros colores y se acerca a las ventanas de cristal.

LUZ. (*Llamando a Francisco.*) Ven Francisco, mira... Mira qué arco iris más lindo. (*Pausa. Observa detenidamente.*) ¡Qué curioso! Le veo sólo una punta, y está ahí, frente a nosotros. Parece que nos pasa por encima. La otra punta debe estar al otro lado.

FRANCISCO. Entonces, estamos justamente bajo su cenit, lejos de la muerte, en el lugar donde Olorún concede los milagros. ¡Este arco iris que nos cubre es la señal! (*Pasando un brazo por encima de los hombros de Luz, eleva su mirada afuera, hacia el cielo. Dirigiéndose a sus dioses invisibles.*) ¡Gracias!

La luz comienza a disminuir gradualmente en el escenario mientras que la iluminación de fuera que entra por el balcón, con los colores del arco iris, se intensifica hasta que se vean desde el público tan sólo las siluetas oscurecidas de los personajes. Se oye, altisonante, el ruido de un largo trueno. Francisco y Luz voltean sus cabezas para mirarse, sorprendidos de que vuelva la tempestad. Entonces se produce un total

Apagón.

Fin de la obra.

12

Junto al mar de Flores

Luz y Francisco cenaron juntos en el *pantry* del apartamento, situado entre la cocina y el comedor. Éste último sólo se usaba cuando eran más de tres los comensales y, en particular, cuando Cuca podía atender la mesa: poner y quitar el mantel y los platos, traer las fuentes servidas de la cocina y otros menesteres de este tipo. Después de la cena, Luz llamó a Acacia para informarle que no iría a dormir a su casa, le dio a John Brett el último alimento del día, jugó un rato con él, lo durmió, y lo acomodó en la cuna que entre Cuca y Francisco habían pasado para el dormitorio de éste, que era el más espacioso de los dos. En él había varios muebles, además de la cuna, que ahora ocupaba una esquina de la habitación. En una mesa baja estaba el ordenador de Francisco, frente al cual pasaba una o dos horas noche tras noche, leyendo periódicos de todo el mundo a través del *Internet*. Aunque no más hablaba bien tres lenguas, podía leer con comodidad el francés, el portugués, el italiano, el inglés y el alemán, aparte de su nativo español.

Esta noche, la primera que Luz se quedaría a dormir en el apartamento después de mucho tiempo, la joven se aseó y se fue a su nuevo cuarto. Por su parte, Francisco se refugió en su dormitorio. Algo aprehensivo por el recuerdo de lo que hizo Luz con sus hijos, por la seguridad de John Brett y para poder dormir tranquilo, pasó el cerrojo de su puerta por dentro y se puso, como de costumbre, a revisar noticias en el ordenador. Su corazón abrigaba la esperanza de que hubiera ocurrido lo impensado y en algún escrito que leía en la pantalla encontrara una referencia a Arminda. Pensaba que tal como Amanda sobrevivió en el mar del Archipiélago de los

Canarreos, Arminda bien podía haber sido rescatada por un barco pesquero, o corrido otra suerte que la llevara a tierra firme.

Después de la tragedia ocurrida a bordo del QE2, Francisco realizó muchas veces los preparativos necesarios antes de dormir para emplazar a Bruna y preguntarle cuál había sido el destino de Arminda, pues se negaba a aceptar que su hija hubiera perecido ahogada. En varias ocasiones, la Santa Negra se le apareció en sueños, entre humos espesos, ataviada con sus acostumbradas prendas de tela de yute blanqueado. Al Francisco preguntarle por Arminda, le recitaba, o le cantaba con tono de himno religioso, una poesía compuesta por ella que Francisco halló deplorable en cuanto a su versificación, pero que le daba una información muy precisa. De modo misterioso, pomposa, al estilo de una actriz redicha y exagerada, Bruna entonaba:

¡No llores, hijo, no llores!

Huyendo de los amores
con que la vida la carga,
al mar se lanzó de espalda
dejando atrás sus temores.
Olvidando los dolores,
abrigando una esperanza,
a la vida ya se afianza
confiando en tiempos mejores.
Arrostraría sinsabores
por el niño en sus entrañas:
al salvavidas se agarra
y un velero la recoge.
Allí junto al mar de Flores,
más bella que una guirnalda,
Arminda está sana y salva.
¡No llores, hijo, no llores!

Esta letanía, sin variar una sola palabra, dicha por Bruna muchas veces, fue memorizada por Francisco. A partir de entonces, devanándose, trataba de encontrar información sobre las tierras que baña el Mar de Flores que, por cierto, atravesó él en el QE2 durante su largo recorrido.

Poco encontraba de interés en los periódicos de las islas de esa zona: Java, Bali, Lombok, Timor, Sumba, Sumbawa, Célebes, Borneo, Flores. Las lenguas de estos sitios le resultaban desconocidas y era capaz de leer tan sólo las noticias que aparecieran en los suplementos en inglés de algunos de estos diarios o semanarios cibernéticos. No podía, por otra parte, conectar estas lejanas tierras con la desaparición de Arminda. ¿Cómo hubiera podido ir a parar a lugares tan distantes en caso de haber sobrevivido? Por fin decidió ignorar el comentario de Bruna y hacer su pesquisa por los territorios cercanos al área donde ocurrieron los hechos. Y de pronto realizó el hallazgo.

Flores, Flores también se llamaba una de las islas pertenecientes a las Azores. El QE2 había partido de Southampton hacia las Azores; se detuvo en Ponta Delgada, la capital, en la isla São Miguel. Buscó en su ordenador la información concerniente a la isla Flores y halló un periódico insignificante, en portugués, que se editaba en Santa Cruz das Flores, la única población de importancia en la isla. Después de revisar muchas fechas del diario a partir del fatídico 18 de abril, como por arte de magia surgió ante sus ojos una página muy breve de anuncios clasificados. Con ojos atónitos leyó el aviso en que se ofrecían clases de ballet y danza moderna en el local de una academia o a domicilio. La profesora, como credenciales, refería haber pertenecido al conjunto del Ballet de La Habana, daba la dirección, un número de teléfono y su nombre: Isadora Alonso. Al buscar un mapa de la población, Francisco comprobó que la dirección correspondía a una callejuela que desembocaba en el puerto, junto al mar, *junto al mar de* (la isla de) *Flores*, tal como había adivinado Bruna.

Ya era muy tarde. Si esta mujer era Arminda, por algún motivo cambió su nombre. Quizás escogió Isadora, por la Duncan, y el apellido Alonso, por estar éste asociado con la famosa bailarina cubana. Pero tal vez era cierto que Isadora Alonso era quien decía ser, y por motivos inexplicables para Francisco, había buscado refugio en aquella islita casi perdida del Atlántico. Se convenció de que no había nada que hacer. No emprendería un viaje a las Azores con el propósito de verla, fuera quien fuera. Si era Arminda, bien podía huir horrorizada al verlo y tratar de suicidarse otra vez, como hizo su propia tía Alida, *la segunda vez* que, aparentemente, sufrió por un hombre los infortunios del amor. Fueron, las dos, víctimas de aquellos desencantos. Alida se salió con la suya y murió, casualmente, a la misma edad que tenía Arminda cuando ésta se lanzó al mar. Francisco no quería convertirse, *por segunda vez*, en el motivo que impulsara a Arminda a tratar de quitarse la vida. Y así, los torvos pensamientos que lo asediaban lo llevaron, retrospectivamente, al *primer intento* de suicidio de su tía.

Francisco planeaba anotar antes de irse a la cama, el sueño que tuvo la noche anterior: aquél que la conversación con Luz le impidió escribir un rato antes, cuando se encontraba con ella en la sala de su apartamento. Pero los ojos ya se le cerraban. De hecho, se durmió sentado frente al ordenador. Despertó una hora más tarde, sobresaltado. Había vuelto a soñar con su tía, con Arturo, con el caserón de su pueblo de infancia. Tenía constancia de que el sueño era la repetición de otro anterior, con ciertas variantes, pero decidió escribirlo de todos modos en ese mismo instante, no sólo para entregárselo luego a Luz —quien quería leerlo—, sino para sacarse todo aquello de la cabeza y poder dormir en paz las horas que quedaban antes del amanecer. Y comenzó a teclear:

Me veía de siete u ocho años, acompañando a Tía y a Arturo, su lascivo prometido, en una habitación de la casona de Coliseo. Mamá me había asignado esta tarea de vigilarlos,

no porque desconfiara de Tía, sino para evitar que él se to-
mara libertades que no le estaban permitidas. Tía se hallaba
sentada bastante lejos de él, en una butaca, como para evitar
que él se le acercara. Esa mañana supo que Arturo había vi-
sitado recientemente un prostíbulo de Cárdenas, y esto le
produjo a ella tal repulsión, que decidió terminar con el
compromiso, pero no sabía cómo hacerlo sin disgustar a las
familias de los dos, que ya tenían todos los planes hechos pa-
ra la boda. Mamá me llamó desde el patio y fui a ver qué se
le ofrecía, pero ni estaba ella en aquel sitio, ni había nadie.
Lo que encontré fue una mesa cubierta con un mantel de un
blanco incandescente que me cegaba con su brillantez. En su
centro, relucía una antigua bandeja plateada, de mediana
profundidad, colmada de una sangre rojísima que parecía
manar del fondo del recipiente y comenzaba a derramarse
sobre el mantel. Entonces oí los gritos de Mamá que prove-
nían del baño. Cuando llegué allí, no me dejaron entrar. Tía
había tratado de suicidarse, cortándose las venas con un cu-
chillo que el propio Arturo le había regalado. Más tarde, vi
con mis propios ojos las manchas de sangre sobre el piso, y
el traje blanco de novia, ensangrentado, dentro de la bañera.
A Tía se la llevaron a Cárdenas, y cuando recobró el conoci-
miento en la Clínica La Caridad, le cambiaba los vendajes
una monja, la Hermana Ambrosia, con quien luego entabló
una estrecha amistad...

Se hacía realidad la sentencia de Bruna escuchada en otro
sueño: «*NO HAY FINAL. EL FINAL ES SIEMPRE EL PRIN-*
CIPIO. POR AHORA, OLORÚN ESTÁ SATISFECHO». Sin
saberlo, sin proponérselo siquiera, Francisco había vuelto al
punto de partida.

Libros de Luis F. González-Cruz

Ediciones críticas

Three Masterpieces of Cuban Drama. Plays by Julio Matas, Carlos Felipe, and Virgilio Piñera (Los Angeles: Green Integer, 2000).

El día empieza a volar / Airborne with the Day, de/by Moisés Wodnicki (Pittsburgh: Latin American Literary Review Press, 1996).

Cuban Theater in the United States. A Critical Anthology (Tempe, Arizona: Bilingual Press / Editorial Bilingüe, 1992).

Una caja de zapatos vacía, de Virgilio Piñera. Edición crítica (Miami: Ediciones Universal, 1986).

Crítica literaria

Fervor del método. El universo creador de Eugenio d'Ors (Madrid: Editorial Orígenes, 1989). Finalista en el concurso literario de los PREMIOS LETRAS DE ORO de 1987.

Neruda. De Tentativa *a la totalidad* (New York: Anaya-Las Américas Publishing Company, 1979).

Pablo Neruda, César Vallejo y Federico García Lorca. Microcosmos poéticos (New York: Las Américas Publishing Company, 1975).

Pablo Neruda y el Memorial de Isla Negra. *Integración de la visión poética* (Miami: Ediciones universal, 1972).

Novela

Olorún's Rainbow. Anatomy of a Cuban Dreamer (Bloomington, Indiana: 1stBooks Library, 2001).

El arco iris de Olorún. Anatomía de un cubano soñador (Miami, Ediciones universal, 2005).

Las nalgas de Olorún. El Gran Premio de F. B. (Miami: Ediciones Universal, 2010).

Frente al espejo de Olorún. El fin del baile (Miami: Ediciones Universal, 2013).

Poesía

Curiosidades de un impertinente (Pittsburgh: Ediciones Consenso, 2004).

Disgregaciones (Madrid: Editorial Catoblepas, 1986).

Tirando al blanco / Shooting Gallery. Edición bilingüe / Bilingual Edition (Miami: Ediciones Universal, 1975).

www.ingramcontent.com/pod-product-compliance
Lightning Source LLC
Chambersburg PA
CBHW020354120726
47904CB00002B/549